品读大连
品｜读
大｜连

传说寻真

大连物语

王小岩 编著

大连出版社
DALIAN PUBLISHING HOUSE

© 王小岩 2022

图书在版编目（CIP）数据

传说寻真·大连物语 / 王小岩编著. — 大连：大连
出版社，2022.9
（品读大连）
ISBN 978-7-5505-1767-7

Ⅰ.①传… Ⅱ.①王… Ⅲ.①民间故事—作品集—大连
Ⅳ.①I277.3

中国版本图书馆CIP数据核字(2022)第106226号

CHUANSHUO XUN ZHEN · DALIAN WUYU
传 说 寻 真 · 大 连 物 语

出 版 人：代剑萍
策划编辑：刘明辉　代剑萍　卢　锋
责任编辑：卢　锋　刘丽君　于凤英
封面设计：盛　泉
版式设计：对岸书影
插　　画：贾　强
责任校对：尚　杰
责任印制：刘正兴

出版发行者：大连出版社
　　　地址：大连市高新园区亿阳路6号三丰大厦A座18层
　　　邮编：116023
　　　电话：0411-83620573 / 83620245
　　　传真：0411-83610391
　　　网址：http://www.dlmpm.com
　　　邮箱：dlcbs@dlmpm.com
印 刷 者：大连金华光彩色印刷有限公司
经 销 者：各地新华书店

幅面尺寸：170mm×240mm
印　　张：12
字　　数：220千字
出版时间：2022年9月第1版
印刷时间：2022年9月第1次印刷
书　　号：ISBN 978-7-5505-1767-7
定　　价：29.00元

目 录

风物传说

　　风物是指一个地方特有的风光景物，具有很强的地方性。风物传说把历史人物和神话人物的故事地方化，有时也使用寓言的手法把山川拟人化，或把一般民间故事落实到特定的地方风物上，形成多姿多态而又独具特色的民间传说的一个种类。大连风物传说根据大连的独特历史、山海特点讲述故事。宝褡裢的传说、石操斩虎、貔子窝白貔子迷惑人等故事贴合着山和海以及那些人们耳熟能详的名胜古迹，生动自然又合情合理。

大连 宝褡裢的传说

大连，一座年轻的城市，带着时尚的标签，会有什么样的来历？小时候的我，听爷爷奶奶讲过这样的故事。

从前有个穷小子，叫大海，有个苦丫头，叫小妹。大海虎虎彪彪，憨憨厚厚，双臂有把子力气。小妹长得平平常常，细眉细眼，可是很招人喜欢。她的针线活好，缝缝补补，织织绣绣，家里地下的，都拿得起来。

大海和小妹都在东家干活。东家很有钱，家有好地上千顷，若问地片多大，四匹马拉的车跑三天三夜不到边。东家有钱是有钱，可就是太贪心，做人不厚道。

大海从早忙到晚，送了太阳迎月亮。一天晚上，大海躺在草席上想心事："要是自己有块地多好哇。我把它种上庄稼，勤施肥，勤浇水，勤锄草，一块地打的粮食，比东家的一片地还多。"想着想着就睡着了。忽然，他觉得有人在扯他的衣角，睁眼一看，是小妹扯着他那被树枝剐烂的衣角细心地缝着。他高兴极了，伸手去抓小妹的手，刚抓着，就醒了。大海翻身坐了起来，想着梦里的情景，嘿嘿笑出了声。

一个温柔的声音在他的耳边响起："大海哥，你笑什么？"大海慌了神："嘿，嘿，这不是小妹吗？你有事？"小妹羞羞答答地说："方才我在梦里梦见了你。"大海觉得有只热乎乎的手握住了他的手，他激动地说："我，我这不是做梦吧？"

"不是做梦，大海哥，你看我不是小妹吗？"

大海把小妹的双手捧在心口上，一句话也说不出来。

"大海哥，咱们走吧，离开这鬼地方。"

"我也这么想。"

于是，两人趁着天黑，神不知鬼不觉地逃走了。

他俩先是向北走了七七四十九天，又向东走了七七四十九天，寻了好多个东家，可是没遇上一个心肠好的。怎么办？两个人又朝大雁南飞的方向走去。一路上捕鱼打猎，翻山涉水，到春暖花开的季节，才来到一个山清水秀的地方。

这地方三面临海，一面傍山。树林里，有采不尽的野果、打不完的野兽；大海里，有捞不完的鱼虾。大海和小妹来到一处平缓的山坡上，发现地上放着一些铁锄和铁铲，还有一张石桌和几个铜碗，好像特意给他们准备的。他俩都笑了，齐说："这真是个好地方！"从此，大海天天拿着铁铲上山开荒，小妹也不闲着，垒石砌墙，挖野菜，采野果，日子过得虽有点苦，可是两个人的恩爱比蜜还甜。

一天，大海走在山路上，忽然迎面吹来一阵海风，风过后，有一样东西绊住了他的脚。他拾起一看，是个破褡裢，便随手扎在腰上。

开荒开出一片好地，却没有种子下种。一天夜里，小两口愁得没法子，并肩坐在海边，望着大海出神。潮涨潮落，满天的星星直眨眼，他俩不知不觉地靠在一起睡着了。

不知不觉间，天亮了，大海抓过破褡裢，自言自语地说："褡裢啊，褡裢！财主的褡裢满满的，我的褡裢空空的。什么时候我们的褡裢也装得满满的就好了。"说着说着，只见破褡裢忽然鼓了起来，一些金黄的苞米粒从褡裢口流了出来。大海不敢相信自己的眼睛，忙招呼小妹来看。小妹高兴极了，连说："傻哥哥，这是宝褡裢哪！"她把褡裢紧紧地贴在心口上，嘴里连连祷告着："宝褡裢啊，宝褡裢！你可救了我们的命了。"

从此，小两口再也不为种子发愁了，他们只需说一声"种子"，那种子就会源源不断地从褡裢里流出来。就这样，两个人高高兴兴地开荒、播种，一片土地种完了，又开出一片。他们看着一片片庄稼长起来，心里美滋滋的，说不出有多高兴。

荒凉的岗上有人烟了，野草丛生的土坡变样了。他们从山上挖来野葱，栽在房前，从此有了菜下饭；从林子里把野杏连根搬回家，栽在房前屋后，从此有了果子解馋。大海带上山珍海味，跋山涉水，去集市上换回猪马牛羊，还领来一些人到这里安家。荒滩野岭一天比一天热闹起来。听说能发财，许多人就像闻到鱼腥的猫，纷纷来到这里，其中就有大海和小妹的东家。

东家听说大海和小妹有个宝褡裢，立刻红了眼。他找到大海说："你和那丫头都是我家的长工，宝褡裢当然是从我那儿偷来的了。把它还给我就

风物传说

褡裢，一种中间开口，两端可装贮钱物的长口袋，大的可以搭在肩上，小的可以系在腰间，通常用很结实的布制成。人们习惯把那些相连的岛屿依其形似褡裢称作"褡裢岛"，把相连的小湖泊称作"褡裢泡"。

算没事，不然的话，我把你们抓回去，送官府问罪！"说着，他一把将褡裢夺到手，扭头就走。大海急了，追上去和东家争夺起来，小妹也上前帮忙。东家抓住褡裢的中间，大海和小妹抓住它的两头，你争我夺，相持不下。正在这紧要关头，冲上来一群东家的帮凶，一下子把褡裢挣断，他们都闪倒了，一个个坐在地上嗷嗷乱叫。这时，但见大海和小妹各抓着半截褡裢，忽忽悠悠地向空中飞去。

大海和小妹越飞越高，飞着飞着，两片褡裢又连到了一起。褡裢越来越大，在空中变成两座大山，"轰隆"一声，大山落下来，把东家他们压在下面。褡裢的两头变成了两座高山，两座高山连着一块窄长的陆地，中间环抱着一个大海湾，形成了一个褡裢形状的半岛。海湾里鱼虾多极了，捕也捕不完，捞也捞不尽。两座山上长满了各种各样的果树，特别是苹果树，漫山遍野的。

从那以后，人们便在这块土地上开荒种地，生儿育女，日子越过越红火。大海和小妹呢？人们再也没见到他们。有人说，在一个月明风清的夜晚，曾看到小两口在地里扶犁播种。

大连市得名于大连湾。为何叫大连湾？说法较多。如地形似褡裢而得名；山东往来东北销售褡裢多路经此地，故名之；原名大蛎湾，因其不雅，改称大连湾；满语"达连"（海的意思）译音等。"大连"一词最早是以英文的形式"Dalian"出现在文献地图上的。"大连"作为特定的地名概念和行政区概念单独使用始于1905年。1905年1月27日，日本以辽东守备军司令部第三号命令，将俄国人命名的达里尼市改称大连市（同年2月11日实行）。很显然，日本殖民统治当局是把大连湾之名移植为城市之名的。

从此，人们把这个地方叫作褡裢，海湾就叫褡裢湾。后来叫的人多了，又为了写起来简便，就逐渐变成今天的"大连"了。

讲述：郭培成

搜集整理：郭宗保

老虎滩 石操斩虎

大连有个老虎滩，老虎滩有个海洋公园极地馆，极地馆里有王企鹅、懂人语的海豚、可爱的大白鲸。那组栩栩如生的虎雕更是向人们讲述了老虎滩的由来。

老虎滩得名于石操斩虎的传说。

很久以前，这片海滩北面的山根下，是个有百十户人家的小渔村。渔村里有个名叫石操的小伙子，自幼失去双亲，以打猎为生。他体格好，力气大，一身好武艺，见谁受欺负就好打抱不平，村里男女老少都非常喜欢他。

一天，石操正在北山上打猎，从西北天边刮来一阵狂风，飞沙走石遮天盖地，海上的小渔船全被掀翻。渔民们冒着风浪，好不容易逃到岸边。可是刚上岸，就听"扑通"一声，从天上跳下来一只吊睛白额大黑老虎，一屁股坐在村西头的悬崖上，坐出了个几丈深的大洞。这老虎回过身，张牙舞爪地向渔民们扑来，一连咬伤了好几个人。石操见此情景，拔出佩刀，大喝一声向恶虎冲去。这恶虎凶猛异常，大吼一声，猛地向石操扑来。石操捕过好多野兽，却从没遇见过这样凶猛的老虎。他和恶虎在山坡上大战了几个回合，渐渐地有些招架不住，于是虚晃一刀，向村里奔去。恶虎也没再追他，只大吼了三声，扬扬得意地钻进洞里去了。

乡亲们见石操回来了，都走出家门，围着他打听斗虎的结果。石操把恶虎的凶狠向大伙说了一遍。乡亲们愁闷地说："虎害不除，我们可怎么出海打鱼啊？"

石操听罢乡亲们的话，一声不响地从箭袋里抽出一支竹箭，一撅两截，大声说："俺石操不宰了这个害人虫，有如此箭！"说完，又要去找恶虎。乡亲们怕他单枪匹马吃亏，就物色了十几个棒小伙子，与石操一起去打虎。

他们来到老虎洞旁，只见恶虎"轰隆"一声钻出洞口，向前扑过来。石操挥刀迎了上去，那十几个小伙子也跟着迎上去。他们同恶虎斗了一天，有

风物传说

几个小伙子被咬伤了。恶虎大概也累得不行了，它往后一退，一头钻进洞里去了。小伙子们急忙搬来一块大石头，把洞口堵住。

石操回家吃了点饭，又回来守在老虎洞旁。一直等到第二天中午，也不见老虎有半点动静。这时节正是三伏天，炎炎烈日烤得他浑身冒汗，只好离开这里。他走到海滩上，刚要脱衣下海洗澡，忽听北山顶的松柏林里传来一阵女人叽叽嘎嘎的嬉笑声。他不好意思洗澡了，正想离开海滩，却听见有个女人惊慌地喊："姐妹们，海滩上有人，别掐花了，快跑吧！"

石操循着声音望去，只见一个长得挺俊俏的姑娘，手拿一束野花，一边朝他这儿望着，一边慌慌张张地向西山头跑去。她身后还有几个姑娘，也跟着跑。石操急忙冲她们喊道："别往那儿跑！那儿有虎！"

就在这时，只听西山头那里"轰隆"一声，那只恶虎把压在洞口的大石头顶开，"呼"地蹿出来，一口咬住那个姑娘的胳膊，拖着就走。其他的姑娘纷纷跳下悬崖，变成一条条美人鱼，向大海深处游去。那个被恶虎咬住的姑娘拼命喊叫："救命啊！救命啊！"

石操急忙拉开弓，照着老虎屁股狠狠射了一箭。老虎中箭，疼得大叫一声，放开姑娘，钻进洞里。石操急忙跑到姑娘跟前，见她已经昏了过去，胳膊被恶虎咬得鲜血直流。石操在草丛中采了些止血药草，用石块捣烂，敷在姑娘的伤口上，撕下自己的衣襟将伤口包扎起来。姑娘的伤口止住了血，脸上现出红润，慢慢苏醒过来。她睁开眼睛，惊慌地喊着："虎！虎！"

石操安慰她说："大姐，老虎被俺射伤，跑进洞里去了，你别怕。"

姑娘惊恐地望了望老虎洞，让石操把她扶到海滩上，离老虎洞远了，她的情绪才安定下来。这时，她端量了一下石操英俊的面孔，感激地说："大哥，要不是你出手相救，俺就没命了，你要是不嫌弃，俺情愿以身相许，报你的大恩大德！"

石操虽然非常喜欢这个直爽美貌的姑娘，却谢绝了她的好意，对她说："俺石操救难济危，从不图报答。大姐的情意俺心领了，大姐要多保重，快回家养息去吧！"

姑娘听他这么一说，也就不强求了。她忧虑地说："大哥，实不相瞒，俺是海里的美人鱼，今天和几个姐妹到岸上玩耍，未料遇见了这只恶虎。你知道它的来历吧？它是天上的黑虎星，趁看守它的天将喝醉了酒，私自逃到人间，窜到这里为非作歹。单靠你的力量，除不了它。大哥对俺这样好，俺怎能眼睁睁看大哥去送死呢？望大哥依俺一件事。"

石操说："只要能除掉这恶虎，别说一件事，就是一百件事，俺也依你，你说吧！"

姑娘说："东海龙王那里有把镇妖宝剑，能斩魔除害。你一定听俺的话，待在家里，不论恶虎怎样行凶，也不要出来惹它。等俺到东海龙宫把宝剑盗来，你拿着它斗虎，才能取胜。"

石操见姑娘说得这样恳切，也就点头答应了。姑娘转身走进翻滚的大海，变成一条美人鱼，一边往前游，一边不断回头望着石操。石操站在海滩上，也目不转睛地望着她，直到望不见了才回家。

石操依照美人鱼姑娘的嘱咐待在家里，一直等了五六天，也不见姑娘盗剑回来。到了第七天，他见恶虎越来越凶，到处吃人，弄得整个渔村一片恐慌，就再也等不下去了，手提佩刀从屋里冲出来，正赶上那只恶虎叼着一个小孩朝西山头窜去。石操从后面追上去，一刀砍伤恶虎后腿，恶虎一声吼叫，一尾巴扫在石操的后脑勺上。石操眼前一黑，滚下悬崖，落进海里。

不知过了多长时间，石操才苏醒过来。他听身旁有人说话：

"大姐，快来看呀，他活过来了！"

"哎呀，谢天谢地！"

石操睁开眼睛一看，发现自己躺在一张白玉床上，床前站的正是他从虎口里救出的美人鱼姑娘，她身后还站着几个姑娘，都在朝他微笑。他的头又疼又沉，浑身无力，坐不起来。他不解地问："大姐，这里是什么地方？俺怎么躺在这里？"

姑娘对他说："这是俺的洞府。那天，俺去东海龙宫，费了好几天时间，才盗出镇妖宝剑，急忙往回游。游到海边一看，你正和恶虎搏斗，头负重伤，沉到海底。俺和几个姐妹把你抬到这里。你在这儿昏睡了七天七夜，可把俺急坏了。俺正想到南海观音菩萨那里求起死回生的药救你呢，不想，你活过来了。"

另有传说，与本篇略有不同。传说中有善、恶两只虎，青年渔民（不是猎人）石操从恶虎口中救下美人鱼后，继续追杀恶虎。美人鱼昏昏沉沉躺在山坡上，被善良的镇山虎用口衔送归大海。如今老虎滩公园里的大型石雕，就是镇山虎把美人鱼送归大海的情景。

姑娘的话又勾起了石操斗虎除害的念头。洞府虽然像个水晶宫，各种珠宝应有尽有，石操却无心观赏。他急忙向姑娘要镇妖宝剑，想立刻回去斩虎除害。姑娘劝他说："你的伤这么重，怎能回去斗虎？宝剑俺收着，你别着急，先在这儿好好养伤。"

石操只好留下来。这个姑娘待他可好了，一天到晚守在他身边侍候他。他俩的感情也一天比一天深，再加上姐妹们从旁撮合，石操的伤一见强，两个人就成了亲。

有一天，石操让妻子陪他到外边散心。洞府上面是个绿树成荫的小岛，他站在小岛上，四下观望。这时，海风中传来阵阵虎吼和人们的哭叫声，石操听到了，两眼瞪得溜圆，怒火中烧。

妻子忙问他："石操哥，你怎么了？"

"俺再也不能待下去了！快拿宝剑来，等俺回去杀死恶虎，再来和你团聚。"

"你伤没全好，尽管有镇妖宝剑，也会吃亏的，俺不放心！"

"为了乡亲，俺死也甘心！"

"可是，你忍心扔下俺？"

说到这里，妻子哭了。石操拉着她的手劝道："俺怎能忍心扔下你？可是，光顾咱俩的安乐，让恶虎去残害乡亲，俺也不忍心啊！"

美人鱼姑娘见丈夫急于除害，只好回洞府拿出宝剑，千叮咛万嘱咐，让丈夫多多保重。石操接过宝剑，辞别妻子，向渔村游去。心急游得快，不大工夫，就游上岸来。

石操一进村，就同正在吃人的恶虎拼杀起来。乡亲们也都拿着家什来助威。石操越斗越勇，恶虎渐渐力虚，有些招架不住。它刚要进洞，石操冲上前，举起宝剑，一道闪光，砍掉三颗老虎牙，虎牙掉进海里，马上变成礁石。老虎这时疼急了眼，又向石操扑来，石操举起宝剑狠狠砍去，一道闪光划破天空，"咔嚓"一声，恶虎被削掉半个脑袋，跌在地上，四腿蹬跶了几下，变成了一座山。这座山像个只有半拉脑袋的老虎卧在海里，这就是现在老虎滩西南的半拉山。这时，石操也累得直吐鲜血，倒在地上，也变成一座山，像个巨人卧在老虎滩东南的海面上，人们叫它石操山，后来叫白了，叫成了石槽山。

美人鱼姑娘见石操打虎被活活累死，难过极了。她一天到晚站在那个小岛上，望着石操变成的那座山，哭啊哭啊，一心想把丈夫哭活。她的泪水顺着脸蛋，不断地向大海里滴去，年复一年，把坚硬的礁石都滴出了坑。她的头发白了，泪水哭干了，也没把丈夫哭活。可她还是一动不动地站在那里。天长日久，风吹雨打，渐渐地，她变成了一块礁石，耸立在小岛的边上，远远望去，像个亭亭玉立的少女，人们叫它望夫石。

从那以后，人们给这个地方改了名，叫作老虎滩，一直叫到现在。

讲述：王国政

搜集整理：宋一平

棒棰岛 小胖孩棒棰娃娃

在大连滨海路东段，站在岸边向海面望去，不远处有一小岛突兀而立，极像农家捣衣服用的棒棰（棒槌）。这就是大连名胜棒棰岛。

这个小岛为什么叫棒棰岛呢？这得从头说起。

相传很早很早以前，也说不上是哪朝哪代，在海边住着个张寡妇，丈夫已死去多年，她拉扯着两个孩子过日子。两个孩子大的叫张乖，小的叫张顺。家里穷得刮锅抹勺子，吃了上顿愁下顿，这张寡妇只好靠赶海好赖讨个

棒棰（棒槌）：捶打用的木棒（多用来洗衣服）。多出现在皖南农村地区，由一根短木头刨削而成，略有弧度，拿捏轻便顺手。用于戏剧界多指外行。本文中取"人参"之义。东北地区人们喜欢把人参叫作棒棰。人参主根肥大，圆柱状，对人身体有很强的滋补作用。

生活。那老大张乖有点不务正业，成天在外边鬼混，不顾家，光顾自个儿；老二张顺还小，在家里也帮不了多大忙。张寡妇每天起早贪黑的，累得连喘口气的工夫都没有，天长日久，累得趴在炕上起不来了。

哥儿俩急得趴在母亲身旁哭开了，正哭着，忽然房里进来个老头儿，对他们说："别哭，别哭！光哭也救不了你娘的命。在海北边的山上有棒槌，要能挖来给你娘熬汤喝，病准好。"哥儿俩抬头一看，只见这老头儿头发、胡须都是白的，可是脸上看上去还不算老。哥儿俩正要问个清楚，老头儿已经出去了。他俩急忙追赶，只见那老头儿从树上摘了片树叶，吹了口气，扔到海里，树叶马上变成一条小船。转眼间那老头儿就不见了，只有那条船留在海边。

哥儿俩知道这是神仙点化，给了他们条船，连忙跪在地上朝北叩了三个头，爬起来，回家背起张寡妇上了那条船。张乖起橹，张顺扶着娘，一阵风起，小船飞一样地向北漂去。

小船在海里漂啊，漂啊，绕过九十九个暗礁，闯过九十九道流子，经过七七四十九天，娘儿仨来到北海岸，在一个小渔村住了下来。

张家哥儿俩，品性不一：老大生来乖巧，一肚子"猴"；老二憨厚温顺，没有弯弯肠子。别看哥儿俩都急着挖棒槌，心思可不一样。张乖想：快让俺挖到棒槌吧！发了财，俺可以娶上个漂亮媳妇。张顺想：快让俺挖到棒槌吧！俺娘吃了治好病，多福多寿，那该多好啊。第二天一早，哥儿俩各揣心事分头进了山。

先说老大张乖，因为在外面鬼混多年，知道的事多。他听人说过："九宝十八坡，不在前坡在后坡。"就专门在后山坡转悠。转哪，转哪，一抬头，看见崖头沿上有一堆牛屎。张乖心里犯起疑来："不对呀，这十里八村都是打鱼人，不养牛，哪来的牛屎呢？再说牛也爬不上那么高的崖头呀！噢！准是麒麟屙的屎！俗话说，'麒麟不落无宝之地'，这一带八成有棒槌！"想到这儿，张乖左撒目右撒目，忽然见东山顶上放出一片红光，再一细看，只见一个穿着红肚兜的小胖孩在山顶上蹦跳戏耍。他想，这准是棒槌娃娃！就拼命往东山顶上跑。跑到东山顶一看，小胖孩又在西山顶上蹦跳戏耍。等他追到西山，小胖孩又上了南山。张乖累得趴在山坡上张口喘，看看天也黑了，只好耷拉着脑袋先回家。

再说老二张顺，光听说山上有棒槌，也不知在哪里，漫山遍野地走哇，走哇，天快黑了，什么也没挖到，急得坐在崖头上哭了起来。哭着哭着，就听见身旁有人问："小哥哥，你哭什么呀？"那声音奶声奶气，怪讨人喜欢的。张顺抬头一看，是一个光着屁股穿着红肚兜的小胖孩站在眼前，小脸蛋红扑扑的，大眼睛水灵灵的，可好看啦。张顺说："唉！俺漂洋过海来挖棒棰给娘治病，可是，连个棒棰须子都没看见，眼瞅着娘要断气了，这可怎么办啊！"

小胖孩听了，眼圈红了，吧嗒，吧嗒，眼泪一个劲地往下掉。过了一会儿，小胖孩说："小哥哥，你别愁，俺认识一种草根，能治病。"说着，他从崖后拔出两棵草根递给张顺。张顺连忙爬起来，拉着小胖孩的手说："小弟弟，可谢谢你啦！俺送你回家吧。"小胖孩说："俺家就在这后坡，自己能走，你快回去给娘治病吧。等四月十八赶庙会那天，俺再捎点草根给你。"小胖孩说着一蹦一跳地钻进树林子里不见了。

张顺欢欢喜喜地回到家，先用一棵草根熬了碗汤，端到娘的床前，用小勺一口一口地往娘嘴里喂。张寡妇喝了第一口，头不沉、眼不花了；喝了第二口，脖子能抬起来了；喝了第三口，挺身坐了起来；一碗汤没喝完，张寡妇红光满面，腾的一下站起来了。张顺乐得碗也扔了，蹦高喊："哥，咱娘病好啦！咱娘病好啦！"

张乖没挖着棒棰，却累得腰酸腿疼，正趴在墙根龇牙咧嘴："二弟，娘喝什么啦？"张顺一五一十地说了一遍，又把剩下的草根拿出来给哥哥看。张乖一瞅，草根白乎乎，一节骨一节骨的。"啊！这不是棒棰吗？"他瞪着眼，一个饿狼扑食，把棒棰夺了过去，边往外跑边往嘴里塞。谁知刚张嘴，

风物传说

手里的棒棰变了样子：白乎乎的棒棰变成萝卜一样的东西了。气得他朝地上一摔，又使劲踩上两脚。张顺一看，棒棰变了，又碎了，心里不忍，就用土埋了起来。

刚埋上一会儿，埋土的地方就蹦出了芽，长出了叶，这就是后来人们熟知的胡萝卜。直到现在，人们还叫胡萝卜假人参呢。

四月十八赶庙会的日子到了，张顺一大早就吵吵着要去找小胖孩当面道谢。张寡妇也是这个意思，她特意煮了四个鸡蛋让张顺捎给小胖孩。张乖呢，却推说脑袋疼，哪儿也不想去。等娘儿俩一出门，张乖就爬了起来，扯上一根红线揣在怀里，偷偷地跟在张顺后面瞄着。

娘娘庙前人山人海，里三层外三层的，连罗锅子都能挤直了背。扭秧歌耍大头的，玩狮子逗猴的，可热闹了！张乖左钻右看，在戏台子底下发现了小胖孩，小胖孩两手托着下巴颏儿，大眼睛一眨巴一眨巴地正在看大戏。

张乖一想：他是棒棰娃娃，老年人吃了返老还童，年轻人吃了长生不老。张乖正在打主意，只见张顺二话没说，掏出鸡蛋往小胖孩怀里塞，小胖孩推开不要，两个人正撕巴着，张乖悄悄从后面挤了过来，偷偷地把红线绑在了小胖孩的红肚兜上，然后，一把抱住小胖孩，冲出人群就跑。

小胖孩急啦，又哭又叫，又蹬又挣，怎么也挣不脱，吓得连声喊："救命呀！救命呀！"

张顺见哥哥这样欺负人，气不打一处来，冲上前去，从张乖怀里夺过小胖孩。小胖孩着急地说："小哥哥，你快把我肚兜上的红线解下来，要不我就没命啦！"张乖慌得大喊："解不得！解不得！他是棒棰娃娃！弟弟，你可千万别解，咱俩吃了就能长生不老啦！"张顺说："小胖孩救了咱娘的命，就算真是棒棰娃娃，我也要放了他！"说着，把红线一解，小胖孩就不见了。

张乖见弟弟放跑了棒棰娃娃，气得两眼冒火，挥起拳头朝张顺头上砸去，张顺两眼一黑，口吐鲜血倒在地上。

亲兄弟被打死了，张乖也麻了爪子，这可怎么办呀？他一想：一不做，二不休，扔了算了。他背起张顺就往海边砬子上跑，到了海边，一下子把张顺扔进海里，又扭头朝山上奔，他心里还惦记着棒棰娃娃哩。

小胖孩得救以后，急忙往北山上跑，可是，又担心救他命的小哥哥，就一步一回头地往后望，见张顺被扔进海里，惊得他"啊呀"一声，扭头又朝海边跑来。可是，已经晚了，张顺沉到海底不见了。小胖孩坐在砣子上大哭起来。

哭声惊动了镇海大将蚍蛸精，它正率领水族众将四处巡海，碰巧发现了落入海底的张顺，就命令众将把张顺托上岸来。

小胖孩正哭着，忽然见张顺漂上岸来，又惊又喜，抱住张顺连声呼唤："小哥哥，你醒醒！"可是，张顺的血快要流干了，听听胸口，只剩下一口气了。小胖孩边哭边想：小哥哥为了救我弄成这样，要是他死了，我怎么对得起他呀！再说，他还有一个老娘，谁来侍候啊！想到这儿，他一狠劲咬断了自己的血管。血，像石缝里的泉水，汩汩地淌进张顺的嘴里。张顺的脸色慢慢红润起来，可是小胖孩的脸色却越来越苍白，身子眼看支撑不住了。

正在这时，张乖又转了回来，一见小胖孩，拼命往上扑。小胖孩挣扎着爬起来，一步一步向砣子头挪动。张乖追了上去，用力向前一扑，只听"扑通"一声，小胖孩和张乖一起落到大海里去了。

张顺醒过来，不见小胖孩，爬起来拼命地四处喊："棒棰弟弟！棒棰弟弟你在哪儿啊？"喊着，喊着，只见平静的海面上冒起了一朵白色的浪花，浪花里，有一座形似棒棰的小山包慢慢悠悠地升了起来，这就是棒棰岛。

那么，落到水底下的那个张乖呢？恶人自有恶报！他被镇海大将蚍蛸精拖进洞，犒劳了水族三军将士。为了保护棒棰，镇海大将又下令围着小岛凿

棒棰岛位于大连市滨海路东段，是一处以山、海、岛、滩为主要景观的风景胜地。远处的三山岛云遮雾罩，空蒙迷离，传说是"三山五岳"中的三座仙山。岛对岸原是渔村，1959年始建东山宾馆，1977年改名棒棰岛宾馆。

另有传说如下：清朝同治年间，大连巴爵山东沟里王家屯有户姓王的老两口，无儿无女，靠种地打柴过日子。一天，王老汉在山上打柴，从树当子里钻出两个胖娃娃帮他打柴，还给王老汉治病，原来他们是巴爵山上的棒棰娃娃。可是好日子不长，有一天屯里来了两个外乡人，说是进山采药的，口口声声要挖走巴爵山上的两个棒棰娃娃。两个娃娃惩罚了这两个贪心的坏人以后就在小岛上长住了。从此，这个无名的小岛就叫棒棰岛。据出海的人说，每当雾天船迷航的时候，小岛上就会闪出两盏灯，一盏是红色的，一盏是白色的，那是好心的棒棰娃娃在给他们引航。为了保护棒棰娃娃，镇守这一带海域的蚍蛸精在小岛四周挖了一丈宽、三丈多深的大海沟，任什么妖精也休想登上小岛祸害两个棒棰娃娃。

出一道深深的海沟，它和水族将领日夜在这里巡逻守护。据说现在棒棰岛跟前的那道峡沟，就是当年镇海大将凿出来的。说不定，镇海大将现在还在那里巡逻呢。

讲述：张洪运

搜集整理：单联全

星海 金石星威压大青鲨

很久以前，星海公园到星海湾这一带名叫靠海山庄，在这个村子南面的大海里有块露出海面的形状奇特的礁石，被人们叫作星石，因此这一带海域就被叫作星海了。

在这里居住的人们，世世代代以打鱼为生。靠海山庄的西面是黑石礁。黑石礁原来叫白石礁，据说由一条神通广大的长腿乌把守着。有一次，凶恶的刺鲨领兵侵犯白石礁，长腿乌率领了孙迎战，从墨囊放出大量墨汁，染黑了海水，杀死了刺鲨，也把这里的白石礁染成了黑色，白石礁从此就成了黑石礁。

白石礁那场海战以后，长腿乌和守卫在靠海山庄东面的东大汀的金加魟结成联盟，誓同生死，共同防守这一带海域。

在海战中失败的刺鲨的子孙们逃到了南海。一想到自己的失败，刺鲨的子孙们就恨得咬牙切齿，甚至睡梦里也想着重返黑石礁，可是一听说长腿乌聪明过人，又和金加魟结成了联盟，就不由得胆战心惊，不敢贸然行事。

一天，刺鲨的子孙们召开了一次秘密会议，发誓报仇雪恨，一洗白石礁海战的耻辱。会议推举刺鲨的嫡传子孙青鲨为王，并由青鲨出面，带上丰厚的礼物去联络虾王。

青鲨带了厚礼去拜见虾王，虾王顿时眉开眼笑，连称"不敢当，不敢

星海公园位于大连市西南，是著名的风景区。该园由陆地公园和海水浴场组成。陆地公园林木葱茏，花卉争艳，楼台亭阁，掩映其间。海水浴场沙滩平坦，更衣室、淋浴设备齐全。东西两端有临海悬崖，立其上观沧海，可见小岛亭亭、轻舟点点、波光粼粼、海天相连，令人心旷神怡。

当"，又迫不及待地追问这些礼物是从哪里来的。

青鲨不直接回答虾王的问题，却指着五光十色、耀人眼目的美丽贝壳问虾王："你看这是哪里的特产？"

"是黑石礁的吧！"

"你到过黑石礁吗？"

"没有。听说那是个好地方。"

"哎呀，可不是嘛！那里依山傍水，风景优美，海底奇珍异宝应有尽有。"接着，青鲨又添枝加叶，把黑石礁吹了个天花乱坠。

虾王问："那你为什么不去呢？"

青鲨叹了口气说："如今那里有长腿乌和金加钇联合镇守，我势单力薄，怎能插进去呢？"

其实，虾王对美丽富饶的黑石礁早就垂涎三尺，现在听罢青鲨一番煽风点火的话，再也按捺不住了，高声叫道："我们好欺负吗？我们就不能联合起来把它们赶跑？"

青鲨登门拜访虾王，要的就是这句话。它见目的已达到，高兴地说："事不宜迟，你带头，我跑腿，再去联合几家，打它们个措手不及！"

"好！就这么干！"

于是，它们又联合了海贼，每天操兵练将，准备攻打黑石礁。

再说长腿乌，每天带领本族兵卒，毫不懈怠地在黑石礁一带海域巡逻。一天，它爬到一块礁石上向远处瞭望，忽然发现大海动荡起来，瓦蓝色的海面变得浑浊了。长腿乌急忙向金加钇发出战斗警报，告诉它，青鲨联合了虾王和海贼共三支队伍，气势汹汹地杀来了。金加钇一面拉出兵卒和长腿乌会合，一面飞也似的来到龙宫，请龙王派兵援助。龙王听罢金加钇的来意，手捻长须寻思："鲨鱼是水族中的一霸，白石礁那场大战，长腿乌不过是侥幸得胜。如今青鲨联合虾王和海贼夺取黑石礁胜负未定，倘若我支持长腿乌和金加钇，青鲨得胜后，必然怨恨于我。不如坐观成败，以获渔翁之利。"想到这里，便对金加钇说："如果纯属水族之争，我当然要管。可是青鲨和虾王队伍里还有海贼，这我就不好管了。"

金加钇见龙王推托不管，便决定到天宫去找玉皇大帝。可上天，必须驾云，怎么才能到云彩上去呢？正在为难之际，只见一头大鲸向这边游来。金加钇来到大鲸面前，恳切地说："大鲸老将，青鲨联合虾王、海贼，带着大

风物传说

批人马来夺取黑石礁。我去找龙王，龙王不管。我想到天宫去找玉皇大帝，又飞不到云朵上。你能不能帮我一下啊？"

大鲸同情地点点头，接着，它深深地吸了一口气，海浪立刻翻滚起来。大鲸让金加釟游到自己头上，它猛地一喷气，高大的水柱一下子把金加釟抛向高空。金加釟纵身一跃，跳到一朵白云上，驾着白云急急忙忙向天宫奔去。金加釟来到天宫，参拜了玉皇大帝，说明了来意。玉皇大帝皱了皱眉头，推托说："这是你们水族之间的事，我不好管！"

金加釟还要说什么，玉皇大帝已拂袖转入后殿了。金加釟退出来，正在走投无路的时候，忽然想起天宫有个金石星，他仗义好侠，救危济贫，何不去求他帮忙呢？金加釟急忙来到金石星的住处，向金石星说明来意。金石星沉吟半晌，说："我本想助你一臂之力，只是水族之争，我怎好插手？"

金加釟用激将法激他说："我听说你一向疾恶如仇，对弱者拔刀相助，才来求你。谁知，你原来也是徒有虚名啊！"说着，转身要走。金石星见此情景，火气来了，喊住金加釟说："等一等，我马上发兵！"

就在这时，下界传来喊杀声。金石星拨开云头朝下一看，只见辽阔的海面浊浪滔天，一艘艘海贼船飞也似的向东大汀驶去。

原来，青鲨在白石礁战斗中吃过长腿乌的苦头，所以这次直取防守力量薄弱的东大汀。长腿乌在金加釟走后，马上召集队伍，准备和援兵一起抗敌。可是，左盼右等，不见援兵的踪影，长腿乌把心一横，准备和青鲨决一死战。长腿乌和青鲨各站在自己队伍前指挥作战。刹那间，旌旗招展，杀声震天，一场血战开始了。金石星见情势危急，集合人马已来不及，便急中生智，在空中把手一挥，只见天上大大小小的星石纷纷向青鲨队伍坠落下去。这突如其来的袭击使青鲨措手不及。只见，一艘艘海贼船被砸碎，沉入海底；大小喽啰们死的死，伤的伤，逃的逃，乱了阵容。青鲨见势不妙，掉头就跑。金加釟站在云头上看得清楚，用手一指说："青鲨最坏，不能让它跑了！"

金石星看得真切，把最大的一块星石推下去，只听"轰隆"一声巨响，

星海广场，亚洲最大的城市公用广场，是大连市的城市标志之一。这里原是星海湾的一个废弃盐场。大连市政府利用建筑垃圾填海造地一百一十四万平方米，开发土地六十二万平方米，形成了总占地面积一百七十六万平方米的星海广场。

星石不偏不倚，正落在青鲨的脊背上，把青鲨砸死了。至今，这块星石还死死地压住青鲨，并露出一半在水面上，这就是人们所说的星石。从此，这一带海域就叫星海，海边的公园就叫星海公园了。

据说，夏天人们在这里洗海澡，不必担心鲨鱼的侵袭，因为有巨大的星石镇守在这里，那些吃过败仗的鲨鱼，子子孙孙都再也不敢来了。

讲述：邓世礼、邓永槐

搜集整理：王德露、高和保

老鳖湾 千年鳖精情迷小云凤

在大连劳动公园南山坡下，有一个风景秀丽的大水湾，它像一面镜子，白天，映着绿树青山的倒影；夜间，洒满了一池星星月亮。人们都叫它老鳖湾。早些年，这里是个小山村，叫靠山屯。靠山屯有一个跑买卖的，叫赵祥。这赵祥，中年丧妻，留下一个女儿叫云凤。这姑娘，生得俊俏，聪明伶俐，赵祥疼爱女儿，就给她娶了个后妈来照顾她。后妈过门以后，待云凤比亲妈还亲。赵祥看在眼里，喜在心上，从此就无忧无虑地做他的买卖去了。

谁知道，赵祥一走，后妈就露出了真面目。她无心管家，一天到晚就顾着涂脂抹粉，爷们堆里去赌钱，娘们堆里嚼舌头；家里的活，完全推给云凤一个人，稍不如意，开口就骂，举手就打，把姑娘折腾得三天两头跑到亲妈坟上去哭。可是，哭归哭，等父亲回到家，问后妈待她怎么样，姑娘怕父亲在外不放心，总是说："爹，你放心走吧。"赵祥听了挺高兴，也就无牵无挂地又走了。天长日久，后妈摸透了云凤的脾气，变本加厉地折磨她。十七八岁的大姑娘，没有一件好衣裳，连个梳妆镜都没有。每天早晨，她都

老鳖湾坐落在大连绿山脚下，是一个三面环山、一面地势低洼的湖，现如今叫绿山湖。老鳖湾由来已久，日本殖民统治时期曾对其进行修建，据大连史志办的工作人员介绍，当年修建的目的有两个：一是老鳖湾三面环山，夏季雨水从山上下来，容易形成涝灾，修建后使之起到缓冲水流的作用；而另外一个目的则是蓄水。2000年，大连市决定对其彻底整治，并在当年冬季枯水期实施了整治工程，重新恢复了老鳖湾及绿山的美丽面貌。当地老人称，最早老鳖湾里有很多野生的鳖，老鳖湾的名字可能由此而来。

风物传说

在家门前的大水湾边上，对着一湾清水梳洗打扮。她那眉清目秀的脸蛋映在水里格外好看。这一天，她正梳洗着，忽听"哗啦"一声，水面上露出一个鳖脑袋，一对亮晶晶的眼睛朝她看了一眼，又钻进水里不见了。她没在意，梳洗完了，背起筐子就上山，拾满一筐干柴，回家烧火做饭伺候后娘。

寒冬腊月，大雪封了山。狠心的后娘照样撵云凤去拾柴。这一天，云凤爬冰卧雪找了个遍，直到天黑，筐里还是空空的。背着空筐回家吧，免不了又要挨打挨骂捞不着饭吃。想想自己过的苦日子，她趴在雪窝里哭起亲娘来了。

哭着，哭着，忽听有脚步声，抬头一看，是一个英俊少年潇潇洒洒走了过来。这少年来到她眼前，恭恭敬敬地施了个礼，看着她说："别哭了，我来帮你！"说完，他弯腰就去扒雪窝。说也怪，他扒到哪里，哪里准有干柴火。不一会儿，就给云凤装满了筐。还没等云凤道声谢，少年一闪就不见了。从那天起，那少年天天帮云凤拾柴火，天长日久，两个人虽然没说句定情话，可都是你有情，我有意。云凤背柴往家走，那少年总是送了一程又一程。日子长了，云凤知道他的名字叫大武，也是个苦命人，就更是你疼我爱，难舍难离了。

赵祥常年不在家，后妈和村里那个偷鸡摸狗的朱老歪勾勾搭搭好上了。不多久，屯子里闲言碎语多起来了，背地里乡邻都说后妈是个野狐狸。后妈心里发慌，却假装正经地站在十字路口骂大街："谁再胡说八道，叫他断子绝孙生疔疮！朱老歪和俺是亲戚！没过门的女婿和丈母娘有来往，碍你们什么事！"为了遮人耳目，她和朱老歪一合计，还真的要把云凤嫁给他。那朱老歪从小得过吊线风，一听说要把云凤嫁给他，大嘴笑得一直歪到耳根子。这天，云凤背着柴火一进门，后妈递过两件新衣裳，皮笑肉不笑地说："凤啊，男大当婚，女大当嫁，你也老大不小了，我给你寻下了婆家。这是朱老歪给你的陪嫁衣裳，你穿上看看合适不？从今往后，不用你去拾柴了，准备准备后天就过门吧！"

后妈的话像晴天霹雳，把云凤惊呆了。她把衣裳往地上一扔，一头扑到炕上放声大哭起来。后妈一看这势头，把脸一翻，恶狠狠地说："哼！儿女大事娘做主，生米已经做成熟饭了，愿不愿意由不得你，你不去，绑也得把你绑过去！"

云凤知道后妈的厉害，再加上朱老歪这个"滚刀肉"，就是有天大的本事，也休想逃出他们的手掌心。娘死爹在外，谁肯替她做主啊！她只有哭，不歇气地哭，从天黑一直哭到四更天。她突然不哭了，急忙爬起来，梳了头，换了衣裳，独自来到大水湾边上，望着那雾蒙蒙的一片水，大叫一声："爹啊，娘啊，大武哥，替我报仇啊！""扑通"一声投到水里去了。

云凤觉得忽忽悠悠，像做了一场梦，睁眼一看，自己躺在一间四壁辉煌的大厅里。她想，这就是阴曹地府了？她模模糊糊地看着，见床前有一个少年，心里一惊，全醒了，仔细一看是大武哥。没等说话，云凤就放声哭起来，大武亲切地说："别哭，小心哭坏了身子。"

过了一会儿，云凤说："大武哥，我本来已经跳水了，怎么到你家来了，这不是做梦吧？"大武说："好妹妹，实话告诉你吧，我是这个大水湾里的鳖精，在这里已经修炼八百年了，再过二百年，我就成仙得道了。这几年，我看你心眼好，又挺可怜的，没有别的能帮你，只能帮你拾柴火。现在你又遭了难，我哪能见死不救啊！你要不嫌弃，我愿意托胎下凡，永远和你在一起。"云凤含泪点了点头，几年的心愿终于成了真。当天，这对有情人就拜了天地成了亲，小两口你恩我爱，过上了舒心的好日子。

一天早晨，大武告诉云凤："你爹回来了，你也该回门看看他老人家。"大武帮云凤打扮一番，拿了些珠宝玉器叫她带上，把她送出水面。

一进门，后娘见云凤穿红披绿，打扮得像个正宫娘娘，馋得她眼珠子要掉出来了。她马上满脸赔笑追根刨底，一心要攀亲戚，云凤只是摇头，什么话也没对她说。进了屋，云凤一头扑到父亲怀里，千言万语，没等开口先哭了。父亲问她怎么回事，云凤就从根到梢地说了一遍。

爷儿俩的谈话，全叫后妈偷听了去。她急忙去找朱老歪，朱老歪一听高兴了，对她说："你要知道，千年修炼的老鳖精，那一对眼睛是无价之宝，咱把它挖下来献给皇帝，说不定还能捞个一官半职。到那个时候，我要做了丞相，你就是一品夫人了。"说到这里，两个人拍手打掌地笑了起来。

这天，正晌午时，朱老歪雇人拉来九九八十一车生石灰，来到湾边，让人将生石灰全部倒进大水湾里。石灰落水，大水湾里像烧开了锅，咕嘟咕嘟直蹿浪，热气腾腾往上冒。不大一会儿，一些鱼虾翻着白肚漂到了水面上。又过了一个时辰，水下漂出一个肚皮朝天的大老鳖。后妈和朱老歪一看红了眼，急忙用爪钩往上拖，刚拖到湾边，两个人急忙下手抬，哪知手一触到鳖身上，这一对狗男女就像中了风，直挺挺地僵在那里不能动了。

再说赵祥，听了女儿的一番哭诉，气得浑身发抖，正要去找后老婆算账，忽听外面人声嘈杂。爷儿俩跑出去一看，只见大水湾上空雾气腾腾。云凤急忙跑到湾边一看，不由大叫一声："大武！"就昏了过去。人们七手八脚上来抢救，不一会儿，云凤苏醒过来。她上前抱住鳖精号啕大哭起来。哭了半天，她的眼泪哭干了，眼里往外流血。那鲜红的血一滴一滴滴到鳖精身上，忽然鳖精动了一下，金光一闪，变成了一个英俊少年坐了起来。正在这时，平地卷起一阵狂风，顿时飞沙走石，天昏地暗。大风过后，人们定睛一看，云凤和少年都不见了。后来听人说，这一对有情人被北海龙王收去做了臣民，在龙宫过上了好日子。

如今老鳖不在了，可是老鳖湾的名字却流传了下来。

搜集整理：邵雪梅

寺儿沟 小马推磨拉金豆

大连市的东边有个地方名叫寺儿沟，曾执导过《开国大典》等影片的知名导演李前宽就是大连寺儿沟人。他回忆："六七岁时，我几乎整个夏天都泡在寺儿沟附近的海里游泳、赶海、捉虾，到当时的东明电影院看电影。"

老大连人记忆中的"红房子"也在这里。寺儿沟原来是块宝地，相传王家屯身后的寺儿山还有个藏宝洞呢。

有一年，从外地来了一个风水先生，借宿在王家屯的王老四家里。王老四的家业不算大，半山坡上开了几亩荒地，家里拴着一驾小驴车，三间草房正朝着山，破烂石头垒成了个院。老两口领着几个孩子，上山种地，下滩赶海，日子过得还蛮滋润。

风水先生一身道士打扮，看风水、相地理很有一套，把寺儿沟一带的风水说得如何如何好。一个山沟里小庄户人家，哪懂得什么风水地理呀，王老四一家被风水先生说得乐呵呵地满招满待。

第二天，太阳还没有爬上山顶，风水先生就山上山下、山前山后转了个遍，天黑才下山。一连这么三天，到了第四天，风水先生换了一身打扮，穿了一身白衣服，涂了个大红脸，拿了一根用高粱秸子做的外面用白纸糊的棍子，就像出殡用的哭丧棍，上了山。有好事的人远远地跟在后面看光景。只见风水先生从山下走到山上，一边甩着哭丧棍，一边嘴里还吆喝着什么，又从山东头走到山西头，好像是在赶着什么东西似的。到了傍黑，来到半山坡的一块大青石下，耳朵贴在石壁上听呀听的，也不知是在听什么。天黑下来，风水先生换了衣裳，扔了哭丧棍回到王老四家，对王老四说："这座山可是座宝山，山上有个小金马驹，没有福的人是得不到的。"第二天早上风水先生又说："我要回老家去，过几年再回来，我这里有一百两银子，麻烦兄弟你照看这座山。你想看见小金马驹并不难，每天早上日出卯时它在东山头吃草，正响午时看不见，日落酉时它又在西山头吃草，半夜子时在大青石上耳贴石壁可听见它在洞里推磨拉金豆子。你每天按时辰到山上看一眼，看见方好，看不见，说明它已不在这山上了。"

风水先生走了。王老四得了银子，乐颠颠地不知怎么好了。他照风水先

据《大连港史》记载，日本福昌华工公司经理相生由太郎为了控制劳工，1911年2月开始在寺儿沟的东北山麓盖起了一百八十多栋房子，南北走向，共计四排，四周有高大的围墙包围，并命名为"碧山庄华工宿舍"。那些房子都由红砖砌成，因此被称为"红房子"。整个"红房子"被高大的石墙包围着，东西南北四个门，平时只开北门，由守卫严密监视着华工的出入。另据记载，在碧山庄里，还设有澡堂、赌场、妓院、大烟馆、小饭店。解放后，"红房子"地区成了海港工人家属的住宅区——海港大院。20世纪末的寺儿沟棚户区改造工程，将包括"红房子"在内的许多老房子、旧棚厦都拆除了。

风物传说

生说的时辰来到山上，果然看见一匹小金马驹，跟盖房子用的砖头大小差不多，金光闪闪，要说跑起来，真好似千里马草上飞，一眨眼的工夫就不见影了。到了半夜子时，王老四来到大青石，耳贴石壁细听，果然像毛驴推磨一样，咕隆隆地响。他心想：既是小金马驹，我为什么不把它抓来家呢。

一天，他在日出卯时上山，看见小金马驹正在吃草，就靠近小金马驹想一把抓住它。可是想不到，一个只有砖头大小的金马驹尥起后蹄子，一下子把他蹬了个仰面朝天，吓得他再也不敢靠近了。

三年过去，风水先生又来到了王老四家，听说小金马驹还在，高兴得不得了，说："我上次没有得到小金马驹是因为功夫浅，道行不高，只好空手回去了，又苦练了三年，这回我有收拿它的办法了。"第二天，他穿了一身黑道袍，王老四陪着他来到山上，从东往西转。他一边走着，一边嘴里还叽里咕噜地念叨着什么。走到大青石跟前，他把耳朵贴在石壁上听了一会儿，说了声："好！"后退三步，嘴里念叨着：

天灵灵，地灵灵，金马要吃草，须在我手中。

一连念了三遍，然后朝石壁上拍了三下，说声："开！"只听"咚"的一声，石壁裂了一道大缝，"吱"的一声，石门大开，里面是一个亮堂堂的石洞，只见小金马驹好像被驯服了一样，一动不动地站在那里。他拿出一个小口袋，张开口，拍了三下掌，喊了三声"来，来，来"，小金马驹就钻进小口袋里了。洞里遍地都是黄豆粒那么大的金豆子，他又从怀里掏出一把刷子来，把这些小金豆子扫进了小口袋里，说这些小金豆子是金马驹拉的屎。一切收拾停当，他转身又甩给王老四一百两银子，就背起口袋扬长而去了。

小金马驹被拿走了，只剩下空荡荡的大青石洞。茂茂盛盛的一座山，没有几年工夫，就变成了一座光溜溜的秃山，活像寺庙里的和尚头，所以得了个名字叫寺儿山。

讲述：郭桂兰

搜集整理：郭新选

李前宽提到的东明电影院是大连最早的有声电影院。据文献记载，东明电影院所在的位置曾是永乐茶园的落脚地，成立于 1918 年；到了 1929 年，日本人参照俄国人留下的图纸，在此修建了东风电影院，取名公谊电影院，开启了大连的有声电影时代。这座电影院的放映设施在当时很先进，两层观众席可以容纳近千人。后来，公谊电影院先后更名为东明电影院、东风电影院，直到 1984 年 8 月才正式停用。

旅顺口 宝狮吼 路途通

> 我们是旅顺，大连，孪生的兄弟。
>
> 我们的命运应该如何的比拟？
>
> 两个强邻将我来回地蹂躏，
>
> 我们是暴徒脚下的两团烂泥。
>
> 母亲，归期到了，快领我们回来。
>
> 你不知道儿们如何的想念你！
>
> 母亲！我们要回来，母亲！

这是闻一多的《七子之歌·旅顺，大连》，旅顺口即七子之一。每年的中国人民抗日战争胜利纪念日暨世界反法西斯战争胜利纪念日，旅顺的学生们都要唱这首歌。旅顺港是北太平洋地区的重要海军基地，最早由清朝开始营建，后来先后为沙俄和日本所占。大连作家素素在她的《旅顺口往事》序中说："旅顺口既是一部读不尽的大书，也是一本写不完的长卷。因为旅顺口是留在中国人心灵里的一道伤口，什么时候碰它，什么时候流血。"

那么旅顺口的名字是怎么来的呢？

早先，这一带没有高山，一马平川几百里平原。海边不远处有个渔村，村里住着一个从小失去双亲的小伙子，一年到头靠打鱼过活，村里人都叫他渔哥。

这一天，渔哥出海回来，把鱼虾用篓子装了，准备担到附近镇上去卖。刚走出不远，前边篓子里掉出一只小海蚌，渔哥捡起来放好，急忙继续赶路。走了一会儿，小海蚌张了张嘴好像要说什么。渔哥叹口气说："唉！也罢。小小虫子都不愿死，何况这个海物，干脆放了它吧。"说完，捧着小海蚌来到海边，小心翼翼地把它放进水中。

一转眼，中秋节快到了。这天，渔哥划船到远海打鱼，返回时海面起了

风物传说

旅顺港是天然不冻港，有独特的区位优势，地处辽东半岛最南端，享有"黄金水道""渤海之咽喉，辽鲁之桥梁，京津之门户"的美誉。不冻港是冬季不会结冰，船舶能正常进出的港口，尤指高纬度地区冬季不结冰的港口。从地理学角度看，高纬度地区的不冻港主要受制于这样几个因素：暖性洋流流经港口海域；海水的盐度及港口附近有无河流注入，一般有河流注入的港口，海水盐度被河水冲淡，容易结冰；港口海域水体对太阳热能的储存能力。

狂风。大浪像小山似的扑来，渔船被打翻，渔哥落入海中，连灌几口海水，迷迷糊糊地向海底沉去。恍惚中，他觉得有什么东西把他托起来，随着浪头向前漂去。

不知过了多长时间，渔哥醒过来了。睁眼一看，天色已经很晚了，自己躺在家中炕上，炕前站着一个姑娘，长得挺俊，手里端着一碗热气腾腾的米汤，正在用羹匙喂他呢。渔哥喝了些米汤，身子有劲了，便慢慢坐起来问道："这位大姐，咱们素不相识，你对我为啥这样好？"

姑娘很大方地说："我是外庄人，叫海女，串门打这儿路过。看你漂在海上不省人事，跑过去把你拽上岸。一打听你在这儿住，就把你背回来，做了点米汤给你喝。天不早了，我得回家去。你孤身一人，无依无靠，怪可怜的。等明天我再来看你。"说完就走了。

第二天一早，海女真的又来了。一进门就给渔哥刷锅做饭。海女做的饭菜香甜可口，渔哥越吃越爱吃。可是怎么让，海女也不肯吃一口。她每天来都是这样，渔哥很是过意不去。他心想：我要是有这么个媳妇该多好啊！

一连几天过去了，渔哥老是在心中合计着，饭也吃得少了。这天傍晚，海女见渔哥只喝了一碗粥就放下筷子，便问他是不是哪儿不舒服。渔哥寻思了半天，才把心里话说出来。海女不说话，坐着也不走。渔哥见她答应了，高兴得不知怎么才好。从此他俩就成了夫妻。

渔哥每天下海打鱼，海女在家操持家务。夫妻二人相亲相爱，日子过得就不用说了。

幸福的日子过得真快，不知不觉一年过去了。一天清早，渔哥吃罢早饭，收拾好渔具，刚要下海，就见一朵乌云从南方飘来，顿时，狂风大作，下起倾盆大雨。海水一浪接着一浪地猛撞着海岸，好像要把海岸冲垮似的。当然不能出海了，渔哥转身回到家里。刚一进门，见妻子坐在炕上直流眼泪，他急忙问："这是怎么啦？"妻子伤心地说："渔哥，咱们就要分别了！"渔哥一听，大吃一惊，问她："这是为什么？"

海女呜咽着告诉他："我原是天宫王母娘娘的一个侍女，只因有一次侍宴不慎打碎了一个玉盘，惹怒王母，被贬为海蚌，交给东海龙王打入冷宫监禁。有一天，我偷偷跑出冷宫到外边看光景，不小心被渔网捕住，拉上岸来，多亏你把我放回海中救了我一命。回到海中后，我躲在一个小岛上，想找机会见你一面。正巧你遇风翻了船，我把你托起送上岸来。如今龙王得知我与凡人成亲，发了怒，要派兵来抓我呀。"

渔哥紧紧攥着妻子的手说："管他什么龙王和王母，我死也不让你离开。"

"你不放我走，你和这一带的渔民都要遭殃啊！"

"难道就没有什么办法吗？"

"办法倒是有，可是很难哪！"

渔哥说："只要你免受灾祸，不管怎么难，就是上刀山下火海我也去！"

海女说："只有一个办法，你去乾元山求见老道人取来镇海宝物，镇住龙王，你我才能团圆。"说罢，她从头上取下一颗珍珠交给渔哥，说："你如能取来镇海宝物，只要把珠子投到海里，我就能回来。"她的话音刚落，一个沉雷打来，把渔哥震昏过去。

渔哥苏醒过来时，海女已经不见了，屋里一片泥泞。他从地上爬起来，草草收拾一下行装，出了家门，直奔乾元山。他昼夜不停地行走，历尽千辛万苦，闯过层层险关。走了整整九九八十一天，才找到乾元山，拜见老道人，说明来意。老道人沉思片刻，便从宝囊中取出一块玉石、一只铁虎、一尊金狮交给渔哥，说："你把这三件宝物带回去，老龙王就不敢兴风作浪了。"

渔哥辞别老道人，赶回家中。他顾不上吃饭和休息，急忙来到海边，从怀中掏出珠子轻轻放进水里。

再说海女被东海龙王派兵抓走以后，每时每刻都在惦念着渔哥。这一天，她正计算着日子，约莫渔哥快回来了，突然发觉冷宫的远处有个亮光，仔细一看，是那

风物传说

颗珍珠直向她漂来。她收了珠子，立刻有了精神。她瞅瞅看守的两个虾兵正在打盹，就变成一条海虫，钻出冷宫，浮出海面，在水中一滚，变得跟从前一样俊俏，直向站在海边的渔哥奔来。

夫妻久别相见，有一肚子话要说，却又说不出来。海女对渔哥说："追兵很快就要到了，这里不能久留。"两人急忙把船划向岸边，一块回到家里。

夫妻二人刚坐到炕上，还没等说上几句话，就见天色大变，狂风大作，乌云滚滚，龙王发兵追杀来了。

海女这回可不害怕啦。她让渔哥躲在屋里，自己拿着镇海宝物来到海边。眼看着成群结队的鱼鳖虾蟹随着大浪向岸上扑来，她不慌不忙地取出玉石放在海边，只见银光四射，突然有一座高山耸立在大海北岸，挡住了滚滚浪头。这座山就是现在旅顺口北面的白玉山。随后她又取出镇海铁虎，向右边的海上抛去。但见青光闪闪，宝虎腾向半空，挺起尾巴猛力向海面横扫过去，那些鱼鳖虾蟹被扫死扫伤大半。后来宝虎也变成一座高山，就是现在港湾西侧的老虎尾山。

老龙王见自己的兵将死的死，伤的伤，气得脸色铁青，大叫一声，下令所有兵将都来推波助澜淹没渔村。霎时间，一排小山似的巨浪向岸边压过来。海女立即放出宝狮。眼前一道金光闪过，只听宝狮吼叫一声，伸展开巨大的身躯，张开血盆大口，稳稳落在海上，与铁虎首尾相接筑成一座大山，就是现在的黄金山。老龙王兴风作浪，命令鱼鳖虾蟹使尽所有招数，却仍无济于事，只好带领残兵败将返回龙宫。

旅顺口的另一个传说：古时候，咱们国家有两件无价之宝，一件是黄金山，一件是白玉山，藏在京城的国库里，由一员大将日夜看守。有一天，北方有个国家派了两名奸细，趁这员大将喝醉了酒，把这两件无价之宝盗走了。皇上知道这件事后，大怒，吩咐刀斧手把这员大将推出午门斩首。大将的两个儿子——雄狮小将和铁虎小将赶来，请求皇上赦免他们父亲的死罪。他们发誓要把这两件无价之宝夺回来。两员小将同奸细大战了三天三夜，宝山夺下来了，小将却活活地累死了。这两件无价之宝运不走了，就在海边变成两座高山，就是现在的黄金山和白玉山。两员小将死后，雄狮小将的身子变成了海边的山岭，嘴就变成了这个像狮子的港湾，铁虎小将变成了一座像猛虎的高山，耸立在港湾的西边，就是现在的老铁山和老虎尾山。

据《大连通史·古代卷》记载，旅顺最早的名称叫将军山，后改名沓津，晋代改为马石津，辽以后因其山海相连，地势险恶，形同狮子张口，称为狮子口，并沿用至明初。

渔哥和海女，同乡亲们一起，终于过上了安稳的日子。

从那以后，当地人们就管这个港口叫作狮子口。明洪武四年（1371年），明太祖朱元璋派马云、叶旺二将率军从山东蓬莱乘船跨海在此登陆收复辽东。为纪念明军渡海顺利，就把狮子口改名叫旅顺口，一直沿用至今。

讲述：徐化太

搜集整理：阎文鹏

龙王塘 龙三太子气盛惹祸

很多年前，大连人重修龙王塘，在坝基破土动工的那天，从土里挖出了一大堆龙骨，足足装了九十九筐。俗语说，"蛇蜕皮，龙蜕骨"，可见，龙王塘里有龙，是名不虚传的。

话说这一年三伏天连着十天没下雨，天晒地烤，庄稼叶子打了卷儿，人们喘口气都烫嗓子眼。人们成群结队地登上八步岭，对着蓝汪汪的大海，又烧香又磕头，一边磕头一边祷告：

"龙王爷啊，你保护的这片土地有旱情啦，你老人家开开恩，下点雨吧。"

大家正祷告着，村里有个叫李小鬼的分开众人，钻到前面跪下去，口中念念有词地说："龙王爷啊，龙王爷，你保护的这片土地遭殃啦，庄稼晒得起了火，土地晒得冒了烟，牛羊晒得爆了皮，鱼儿晒得翻了眼。再不下雨，我们的性命都难保了，快下吧，多多益善。"

人们听了这番话，围住李小鬼质问道："你怎么能骗龙王爷呢？旱情还没有那么严重呢！"

李小鬼摇了摇头说："你们不懂，龙王爷高居龙位，不知下情，不把旱情说得邪乎点，他肯开恩吗？"

且说东海老龙王正迷迷糊糊地打瞌睡，忽然听闻阵阵祈祷声。他不听则

风物传说

龙王塘水库位于大连市旅顺口区龙王塘街道官房村，由日本人始建于1920年8月，1925年3月竣工，是一座以防洪、城市供水等为主要任务的综合性中型水库。工程按百年一遇洪水设计，千年一遇洪水校核。龙王塘水库已经运行九十多年，新中国成立后曾于1953年、1962年、1998年、1999年、2008年对水库进行除险加固维修。

已，一听就冒了火，急忙下令把三太子传上殿来。三太子来了，老龙王板起面孔问道："畜生，你管辖的那片土地遭了大灾，你知罪吗？"

三太子分辩说："父王请息怒，听我如实禀报：自从我二哥去南海投亲，是您让我代管一下他的地盘，我顾这边顾不了那边，忙不过来。再说，我管的那片土地，只有十天没降雨，绝不会造成大灾的。"

"胡说！"老龙王发威动怒了，"黎民百姓刚刚禀报了，'庄稼晒得起了火，土地晒得冒了烟，牛羊晒得爆了皮，鱼儿晒得翻了眼'，你再犟嘴，我把你打入死牢！"

三太子没敢再分辩，沉着脸退出大殿，来到前厅，急火火地点出一拨虾兵蟹将，驾起一朵乌云，连夜来到黄海北岸。在八步岭上空按住了云头，一抬右手，打出一个照明闪，借着闪光往下细看，白天晒卷了的苞米叶子又舒展开来，怎么能说"庄稼晒得起了火"呢！他一看就来了气，大吼一声："刁民！你们夸大灾情，告老子的诬状，看老子怎么惩罚你们！"一声令下，虾兵蟹将摆开了阵势。顿时，乌云滚滚，遮天盖地。一声沉雷过后，大雨倾盆而下。

睡梦中的人们听到雷声，家家户户敞开窗户打开门，跑到院子里，冒着大雨朝天磕头，一边磕头一边念叨着："谢谢龙王爷，谢谢龙王爷！"三太子站在云头，见地下这般光景，冷冷地哼了一声："别高兴得太早了，老子管你们个够！"

雨，连绵不断地下起来，越下越大。三天，四天，五天，不歇气地下着。庄稼人看着老天开始发愁了，再这么下去，就遭涝灾了。

十天，十五天过去了，到了十八天头上，雨还没有停。房顶漏雨了，河水暴涨了，道路冲毁了，树木卷进了浪涡。人们害怕了，一个个脸色由蜡黄变得苍白，仰望着苍天，不断地祷告："龙王爷啊龙王爷，快歇歇脚吧，再下下去，我们连命都难保了。"

三太子听了祷告，冷笑一声说："好吧，就此打住，再给你们来个水倒流，看你们还敢不敢再告老子的诬状！"说罢，收兵入海了。

半夜，庄稼人正在睡梦里，忽然被一阵阵怪叫声惊醒了。坐起来一听，海边传来震天动地的啸声。有经验的闯海人一听，立刻跑出家门，站在高坡上敲起了铜锣，边敲边喊："老少爷们，不好了，发龙潮了，快跑啊，往山顶上跑！"说话间，家家户户扶老携幼冲出家门，慌慌张张地往山上爬。可是已经来不及了，海潮卷着三丈多高的大浪，铺天盖地地追上来了。

人们绝望了，觉得没有救了。胆小的人两腿发软，一屁股坐在地上动弹不了了。

正在这紧要关头，从南天飞来两片云彩，一阵电闪雷鸣，向潮头直扑下去。眨眼间，奇迹出现了，深山沟平地竖起一堵高墙，挡住了狂奔的浪潮。那浪潮发出阵阵怪叫，一次又一次往上冲、往上撞，可怎么冲撞也白搭，闹腾了半天，只好自消自灭地退了回去。

大潮退了，人们才舒了一口气，回头一看，倒把大伙惊呆了。只见两条金龙像长城似的横卧在那里，两条尾巴搭在东西两个山坡上，脸贴脸地卧在那里，挡住了潮水。大伙感恩不尽，齐刷刷地磕头谢恩。磕完头起来一看，两条龙不见了，眼前出现一道横跨东西的大土坝。人们觉得奇怪，不知是怎么一回事。

原来这一天，老龙王的二太子带着南海龙王的女儿回到龙宫，一进大殿，正好传来灾民们的哭叫声。龙王正在发怒，见他们夫妻回来了，就命他们二人到人间察看一番。小两口连夜来到八步岭上空，见三太子凶相毕露，正驱赶着三丈高的浪头向村民们扑去。夫妻俩劝阻无果，就发出一声雷鸣，一头扎下去，挡住了浪潮，然后念动真言，搬来沙石，筑起一道土坝，换了替身，才撤回龙宫。

老龙王得知三太子作了祸，一气之下，甩出一条拴龙索把他捆上，关进养性殿囚禁起来。然后对二太子夫妻说："你三弟从小娇生惯养，至今恶习未改，我要囚他八百一十年。从今往后，他的管区交给你们夫妻二人，你们就到那里安家去吧，不要辜负为父的期望。"

二太子夫妻俩谢了老龙王，再次来到八步岭，往下一看，大坝里蓄了一湾清水，就带着左右侍从，一头钻进水下安了家。

从那以后，这一带年年风调雨顺，人们又过上了好日子。为了报答二太子的恩德，大伙捐款，在八步岭下修起了一座龙王庙，为他们夫妻塑了金身，庙里长年香火不断。

从此，人们就管那湾清水叫龙王塘。也有人叫它老鳖汀，因为有人经常在月明星稀的夜里，看到一只大乌龟游出水面东张西望。其实，那是二太子委任的龟元帅出来放哨。

如今的龙王塘，变成了一个波光闪闪的淡水湖，山上树木苍翠，山下草茂花香，堤内鲤鱼戏水，堤外莺啼燕唱，成为大连地区的游览胜地。

讲述：孔宪伦、于洪洋

搜集整理：蒋焕、刘长杰

蛇岛 蟒三姐救治红眼病

很多在旅顺海边长大的孩子听过"长虫不能过海"这句俗语，也知道海对面那座岛上蟒蛇密布，可没有人害怕。在蛇岛上，流传最多最感人的就是人和蛇的故事，人与蛇昼夜相伴，给蛇打井喝水……为什么旅顺海边人对蛇这么有感情呢？

传说当年唐太宗领兵来到老铁山下，刚刚安营扎寨，海里的鱼鳖虾蟹、陆地上的蛇妖鬼怪就化作人形，纷纷前来向真龙天子讨个一官半职，想分享荣华富贵。

这一天，一个白脸大汉来到唐王殿，向唐王讨封。唐王一看心里就明白了，问："你想让我封你什么呢？"这个大汉说："请唐王赏我个地方，我要在那里为王，保证百姓安居乐业。"唐王一听，心想：这家伙想占山为王，野心还不小呢。唐王望了望西海，看见一座小岛，用手一指说："你就在那座岛上为王吧。"说完，只见这大汉一头钻进海里，游到那座小岛上，现了原形，原来是条大蟒。从那以后，这条大蟒生儿育女，繁殖后代，成了蟒山上的蟒王。

蟒王住在老神洞里，身边有三个闺女，大闺女是白蟒，二闺女是青蟒，三闺女是红蟒。那时候，蟒蛇可以随便到陆地上去，蟒王的三个闺女也常常到陆地上去玩。不过，蟒王给她们立下一条规矩：每次到陆地上，一定要带日头去，带日头回来，不许待到天黑。

有一年四月十八，龙庙山庙会，唱大戏的、耍戏法的、摆小摊做买卖的，各式各样的摊棚挤在一起，十分热闹。蟒王的三个闺女变成大姑娘，也来逛庙会。大姐穿一身白，二姐穿一身青，三姐穿一身红。姐儿仨在庙里庙外到处溜达，十分高兴。三姐最爱看戏，看着看着入了迷，等戏散了，日头也快落山了。她着急回家，四下一望，大姐、二姐都不见了。这下三姐可慌了神，大声呼唤姐姐们。喊了半天，嗓子眼喊得直冒烟，想找点水喝，可卖水的收摊走了，只剩下个卖酒的，正在拾掇，看样子也要下山了。三姐渴得实在不行了，心想：有碗酒解解渴也好。她急忙朝酒摊走去，快到跟前又站住了，觉得自己是个大姑娘，张嘴要酒喝实在不体面。她狠狠心咽了口唾沫，想不喝了，可两眼老离不开酒坛子。卖酒的挺纳闷，酒坛子有什么好看的，八成是馋酒了吧。他顺口问："小姐，想喝酒吗？"三姐脸红了，没吱声，只是轻轻点点头。卖酒的心眼好使，对三姐说："我今天买卖不错，送你一碗酒喝吧。"三姐接过酒，一仰脖，喝了个碗底朝天，觉得酒一下肚热乎乎的挺不错。卖酒的寻思：看来她还有点酒量，今天管你个够。他又递上一碗，三姐照样是一口干了，一连喝了七八碗，把卖酒的吓得舌头都直了。

三姐这时觉得身子轻飘飘的，抬头见日头已经下山了，顾不上再找姐姐们，就顺着来路，一摇一晃地向海边走去。到了海滩上，酒劲上来了，只觉得天旋地转，两条腿软得像面条，站都站不住。三姐想坐下来歇歇，喘口气再走，哪承想一坐下就迷糊过去了。她现了原形，变成一条小红长虫卧在海滩上。

这当儿正是小阳春四月天，海鱼不多，一般渔民早收网回家了，只有刘三想多打几条鱼，卖点钱好给母亲治咳嗽病。日头快入海了，他的小船才摇回岸边。刘三一下船，就看见前面有条细细长长的东西，走近才看清是条小长虫，浑身红彤彤，光闪闪的。刘三蹲下去用手轻轻拨拉一下，小红长虫眼不睁身不动，张张嘴又闭上了。刘三见这小东西孤零零挺可怜，便顺手抓起装进鱼篓。他一回到家，看见母亲跪在炕沿上直咳嗽，喘不上气来，就赶紧进了屋，把鱼篓放在锅台上，去给母亲捶背，又忙活着给母亲找点压咳嗽的东西吃。

三姐睡了一觉，酒有点醒了，只觉得心里像着火一样，口干得要命，低声喊着："水！水！"刘三以为是母亲口渴，赶紧舀瓢凉水端来，却见母亲在炕上稳稳地睡着了。刘三觉得奇怪，满屋打量，根本没别人。最后，他才听出是鱼篓里的小红长虫在喊。刘三笑了："它还会说话？还知道要水喝？"于是就把水瓢放在小红长虫嘴边，小红长虫将头伸到瓢里，喝了个够。水把酒解了，三姐完全醒了。瞅瞅窗外，天色很晚了，她顾不上说声谢谢，趁刘三放水瓢的工夫，翻身化作一道红光，飞回蟒山。刘三回过身来，见小红长虫没了，更觉奇怪。

有一天，刘三母亲病重，在炕上佝偻着腰拔气，三姐从门外进来了，手里拿着草药。她进门二话没说，一个劲忙活，又生火又熬药。刘三母亲一闻药味，就觉得嗓子眼松快了。她接过药碗喝了个精光，只觉喘气顺当，也能下地走了。刘三外出回来，见一个红衣姑娘正扶着母亲，就愣住了。母亲叫儿磕头谢恩，三姐忙拦住："我是来报恩的。"她把事情来龙去脉讲了一遍，刘三这才明白，三个人都乐了。从那以后，三姐常来刘三家帮洗帮浆，一传十，十传百，方圆百里的人都来向三姐讨药，三姐有求必应，经常采蟒山的药给乡亲们治病。

这一年，村子里流行着一种眼病，好好的人睡一宿觉，清早起来，白眼珠子变红，黑眼珠子长出一层云膜，疼得人睡不稳坐不安，有的人甚至瞎了眼。三姐把蟒山上所有的草药都试过了，全不灵验。这事让蟒王知道了，他不愿意女儿搅和人间的事，气得在三姐身上加了咒语，只要三姐一过海，他马上就会知道。三姐去不成陆地，非常惦念害眼病的乡亲，整天愁得跟丢了魂似的。大姐被小妹的真心感动了，偷偷告诉她："要治好红眼病，非得用父王洞口的冰片不可。冰片是父王呵的仙气凝成的，是父王的命根子。"三姐听后非常高兴，转念又一想：就是把冰片弄到手，过不去海也白搭。

再说陆地上，红眼病一天比一天厉害，乡亲们每天都成群结队到海边盼望三姐快来，不少病人就在海滩上横七竖八地躺着住下。刘三焦急万分，就摇小船去蟒山找三姐。他在山南边靠了岸，只见长虫满地，连个下脚的地方都没有。刘三急得没法子，冷不丁想起三姐对他说过的一句话：只要喊声"老瞎子躲道"，长虫就能让路。刘三试着喊了句，长虫果然像听见命令一样，很快闪开一条道。刘三赶紧顺道上山。蟒山上树很密，树上尽是长虫。他一边小心翼翼地钻树当子，一边大喊："三姐！三姐！"他爬过两个小山头，快到山顶了，有一块像场院的平地，长着不少刚打苞的野花，四边长满了密密麻麻的树，什么树都有，一般高，溜齐，像被剪子剪过一样。前面靠崖头的地方长着许多藤子树，互相交叉，自然搭成一个凉棚。刘三没心思看光景，又大声喊起来："三姐，三姐!"

这天三姐在洞里闷得慌，想独自出洞散心。一抬头，看见刘三正在喊她，三姐赶紧化成人形追了上去，刘三把乡亲盼眼药的事一说，问药在哪儿。三姐伸手一指，只见前面暗乎乎的地方有个山洞，洞口往外冒着白雾。刘三求药心切，来不及问三姐，就朝洞口跑去，离洞口还远，却觉得寒气刺骨，浑身起鸡皮疙瘩。再往里一看，一条大蟒身子像水缸粗，头像碾盘大，盘成一堆，堵在洞口。蟒王的头顶上垂着一根银光闪闪的冰凌柱，就像倒挂的小塔，这冰凌柱像水晶一样透明，又像一层一层冰片贴成的柱子。刘三忘记了害怕，两手把住冰凌柱，用力去拽，因用劲太猛了，一下子把冰凌柱连根拔了下来，跌个腚蹲儿。没等他爬起来，蟒王突然张嘴，呵了口气，像股大风，差点把刘三刮到空中。三姐一把拽住他说："你快走吧，我父王快醒了。"刘三一听，吓得连站都站不起来了，抓起摔碎的冰片就往怀里揣。三姐叫他闭上眼睛，他只听耳边风声飕飕响，身子腾了空。一转眼，刘三已回到船上了。他抓起橹朝岸上猛摇，船走出没多远，就听见后面响起了风声，翻江倒海似的，水花全飞起来了，海面上吹出一条又宽又深的大沟。原来是蟒王张着血盆大口撵来了，他恨不得连船带人一口吞进肚里。刘三吓得魂不附体，两手猛劲摇橹。

正在这时，镇海锉鱼精在水晶宫里养神。忽见宫殿摇动，急忙出来看看，见是蟒王正要吞食小船。锉鱼精大怒，

心想：你胆子不小，敢在我的地盘搅海。他不问青红皂白，向蟒王冲去。蟒王见锉鱼精朝他来了，撇下小船，跟锉鱼精打了起来。几十个回合后，蟒王被锉鱼精一锉两截，大海变成了血海。

刘三被急流大浪冲上沙滩，被乡亲救醒，他一摸怀里，冰片还在。这真是宝物，在海水里泡了那么长时间，一点没化。他赶紧把冰片分给闹眼病的人们。他们往眼上一抹，冰片就化了，冰水淌到眼睛里，药到病除。

这件事惊动了玉皇大帝，玉帝大怒，下了一道谕旨：今后长虫一律不准过海。从那以后，蟒蛇全被困在岛上。刘三和三姐也只好隔海相望了。

据说，现在蛇岛上的红长虫很少，偶尔发现一条也不伤害人，可能是三姐留下的后代。

讲述：谭运明、唐立勋

搜集整理：都德滨、谭福思、刘作贤

万忠墓 搬不动 炸不毁 民意难违

由旅顺北行约一公里，在白玉山东麓，苍松翠柏掩映之中，有一座占地约九千二百平方米的陵园，这里安葬着中日甲午战争期间惨死于日军屠刀下的约两万名无辜同胞的尸骨。这就是万忠墓。

甲午那年，日军闯进了旅顺口，在城里烧杀四天三夜。那真叫血流成河、尸骨成山啊！过了些日子，那些死里逃生的百姓悄悄赶回来收尸，大伙车拉人抬，把死难同胞的尸首运到北大沟里烧了，骨灰埋在白玉山北面的一片树林里。在墓地上竖起了一块大石碑，上面镌刻着"万忠墓"三个大字，并且盖了三间灵堂。

石碑竖起来以后，日本人害怕了。原来，碑文记载了日军残杀中国百姓的罪行。他们为了逃脱罪责，一心要把这块石碑拔掉。

一天晚上，他们偷偷把石碑拔掉了。说来也怪，第二天一看，石碑照样竖在墓地上。日本人犯了嘀咕，晚上又派了一队人马把石碑拔了。可是早晨来一看，石碑照旧矗立在那里。

这可把他们气坏了。一天晚上，日军司令部又派人去拔石碑。可是，这一回不管他们怎么用力，石碑立在那儿纹丝不动，怎么也拔不动。为首的一看气坏了，叫人搬来炸药，要把石碑炸掉。

炸药放好了，正要点火，突然，一阵喊杀声从天而降。日本人一看，天哪！只见成千上万的人举着刀枪火把，从天上、地下，从四面八方涌了过来。日军吓得哭爹叫娘，扔下炸药，屁滚尿流地逃走了。从此，他们再也不敢动这块石碑了。

一年以后，日军撤出了旅顺口。清政府派毅军大帅宋庆接管了旅顺。有一天，朝廷下了诏书，说是有一万多俄国人要来旅顺住几天，叫宋老帅给安排一下。宋老帅嘴里答应了，心里却十分烦恼。

等到俄国人来到旅顺口，人们才知道这又是一伙强盗。一个个荷枪实弹，足有三四万人，把旅顺口营房全塞满了还住不下。俄国人找到宋老帅，要把万忠墓的灵堂腾出来做军营。宋老帅气愤地说："万忠墓乃我中华英魂安息的地方，任何人也不能骚扰！"俄国人硬是不听，当晚便住了进去。

晚上，俄国人吃饱喝足了，东倒西歪地躺在万忠墓灵堂里呼呼大睡。睡到半夜，突然风声呼啸；随着风声，灵堂发出呜呜的怪叫声；紧接着，大殿左摇右晃，如同天塌地陷一般。俄国人吓坏了，一个个来不及穿衣服，连滚带爬地往外跑。跑到外面一看，殿堂稳稳当当，既不摇，也不晃，和平常没有什么两样。

俄国人气坏了，又进去睡觉。刚刚睡下，突然又传来惊天动地的呐喊声。睁眼一看，数不清的中国人拿着大刀长矛，从墙上跳进来，从天棚顶钻出来，一齐扑了过来。俄国人吓得抱着脑袋

1894 年 11 月 21 日，日军侵入旅顺口，约两万名无辜中国同胞惨遭杀戮。日军的暴行激起了我同胞英勇顽强的抵抗。苑铁匠铁锤击毙敌人，织布匠陈永发斧劈贼兵，渔民刘德江刀砍日军，均载入青史。为祭奠死难同胞，1896 年于墓地立石碑一座。1905 年日俄战争后，日本侵略者再度进入旅顺，为掩盖其野蛮罪行，将石碑盗走。1922 年，旅顺华商公议会募捐重修万忠墓，建享殿三间，再立石碑以示纪念。后日本民政署署长企图平毁万忠墓，因旅顺各界人士群起反对，方得以保存。

风物传说

就往外跑，再也不敢回去睡觉了。

第二天，俄国人的头目来找宋老师，谈起了万忠墓"闹鬼"的事。宋老师说："我早就说过，天意不可违，民心不可夺，你们不听忠告，这叫自食其果！"

从那以后，日本人也好，俄国人也好，一提起万忠墓，个个胆战心惊，再也不敢染指了。

讲述：于有珍、韩行海

搜集整理：于华凤、唐政忠

营城子汉墓 张老汉得道升天

在大连市甘井子区营城子街道沙岗村南有个东汉壁画墓，1931年日本人修建铁路时发现，曾遭到破坏。从2003年开始，大连考古工作者对这里进行了长达七年的抢救性考古发掘工作，共发掘墓葬200多座，出土文物3200多件。墓室规模宏大，建筑和壁画的风格各具特点。这个墓是怎么来的，当地流传着这样一个传说。

汉朝一个皇帝子嗣冷清，几个皇妃也都生了女儿。眼见龙脉不振，大家都很着急。有一天，皇上理完朝政之后在龙椅上昏头昏脑地睡着了，梦中只见一个白胡子老人来到他身边，说是沓津以东五十里的海边，有一个漂亮的姑娘，个高腿长皮肤好，把她选来做皇妃，会给皇脉带来二十年旺运。皇上醒来后，梦里的事记得一清二楚，不过，他对谁也没说，只是传下圣旨："皇上身体欠佳，两个月内不理朝政，诸事都由宰相处理。"皇上决定亲自下去查访。

话说住在旅顺口营城子的张老汉五十多岁了，和老伴一直无儿无女。有一天出海打鱼遇到风浪一无所获，晚上老汉在海滩上沮丧地喝着闷酒，恍惚

营城子汉墓位于大连市甘井子区营城子街道牧城驿与沙岗子村之间，是一条绵延近十公里的庞大汉墓群。这里背靠群山，前迎渤海，山地丰腴，山清水秀，是辽南已发现的唯一砖砌壁画墓，也是全世界所罕见的。据考证，这些墓葬属于西汉和东汉时期，延续时间长达三百年。墓中的壁画则多绘于墓室主室内壁和东西两权门门外墙面上。营城子汉墓反映了两汉时期大连地区崇尚"视死如归""羽化升天"等思想观念。

间看见一个白胡子老人走过来说，老张啊，别在这儿喝酒啦，你就要有个女儿啦！从明天开始，不许再喝酒，好好把女儿养大，谁来提亲也别答应，等她十六岁生日的时候，你可就是国丈啦！张老汉揉揉眼睛，一下子醒酒了。白胡子老人不见了，可他说的话还在耳边，张老汉踉踉跄跄赶回家和老伴说了这事，两人都将信将疑。不久，老伴真就有了身孕。没等到怀胎九月，在一个农历十五月圆之夜，满屋子的桂花香气，一个粉嫩的小姑娘出生了。张老汉两口子非常惊讶，给姑娘取名紫云。张老汉老两口虽然是最普通的渔家，可对紫云非常疼爱，老汉出海打鱼回来，会给紫云带些稀罕物，什么鲍鱼啊，扇贝啊，在火上烤着吃，不舍得让她做粗活。也奇怪，从紫云出生，张老汉打鱼每次都是满舱而归，再也没为吃喝愁过。因为从小吃海鲜，紫云出落得白白净净、高挑苗条，成了远近闻名的小美女。上门提亲的人络绎不绝，可都被张老汉拒绝了。眼见着月亮越来越圆，紫云十六岁生日可就快到了，张老汉回忆起白胡子老人的话，正犹疑间，一匹千里马到了眼前，来的正是皇上。

原来皇上把事情交代好之后，换上一套百姓衣裤，骑着马很快就上路了。那是一匹千里马，不到两天的工夫，就到了营城子这个地方。皇帝一见紫云，惊为天人：姑娘丹凤眼，乌黑发亮的长发，高高的个子，白白嫩嫩的皮肤，和梦里白胡子老人说的一模一样，正是意中人。皇上说明了自己的身份，张老汉一听，知道白胡子老人是个神仙，第二天，就让皇上把紫云带回京城。

紫云姑娘到了京城以后，得到皇上的宠幸，很快就为皇上生了小皇子，在宫中的地位越来越高。自从在宫里过上衣来伸手、饭来张口的日子，吃不到母亲做的烀饼子、父亲的烤鱼烤肉串，紫云非常想念父母，每天都闷闷不乐。皇上见了很着急。

宫里有一个方士会法术，他对皇上说，紫云娘娘并非凡俗之辈，可用法术加上娘娘的根基，让娘娘每个月圆之夜都能看到家人。皇上欣然应允。方士带着紫云娘娘到山顶，聚拢云气，在月亮最亮的时候，聚拢在云气上的图形渐渐清晰，紫云看到了父母家里的情景！老爹在桌旁喝酒，吃的是煮螃蟹，老娘在旁边忙活着，不知为了什么事，还在唠叨呢。紫云高兴了，从此就不怎么想家了。

这样过了将近二十年，紫云为皇上生了好几个儿子。有一天，她在云气上看到爹妈干不动活也吃不下多少饭，知道他们大限已到，而她自己也到了该离开的时候了。原来紫云是月宫里的桂花公主，受太白金星的嘱托力助汉代皇上二十年大运。为了感谢张老汉老两口对自己十六年人间生活的照顾，她要帮助他们得道升天，随后她也将回到月宫。紫云和皇上说明了一切，皇上非常不舍，但早知紫云并非凡人，也只好顺从她的意思，帮助她完成最后的心愿。

紫云带着侍从回到了营城子海边的家，她要带着父母一起升天。这天晚上，圆月高悬，天空中仙鹤在仰首而鸣，有八个小太阳坐在高大的扶桑树间，两个兽首人身的司铎骑在麒麟上待命，瑞云萦绕在海边的小院上空，紫云和张老汉两口摆了一桌宴席，桌上的鼎、壶、耳杯都是从皇宫带来的。时辰到了，只见前面有两个仆人引领，张老汉两口身着锦衣，拄着金拐杖，相扶着向天界缓缓升起。老两口脚下云雾缭绕，后面跟随着两队侍女，她们手里捧着张老汉一家喜欢的器物。紫云考虑周到，知道老爹爱吃烤鱼，还给张老汉带了一个烧烤的炉子。随后，紫云也乘云飞升到了月宫。

自紫云娘娘走后，皇上思之不禁，为了感念她，派人在紫云的出生地建造了一座豪华地宫，一切都仿照紫云在宫中的日常生活用品，甚至还建造了一个陶制的四合院，来怀念娘娘的渔村生活。

讲述：邱盛林

采录：于竹林

水师营 高协领仁义治营房

水师营是旅顺口区的一个街道。为什么叫它水师营呢？听老人们说，清初时，这个地方是旅顺口水师的营房。直到如今，许多上了年纪的老人，还常常管它叫营房。有关它的来历，当地民间流传着不少传说。

那还是清兵刚进关的时候，驻守旅顺口的兵力很单薄。沿海一带常有海盗上岸作乱，祸害百姓。等到康熙皇帝坐了天下，便从山东登州府拨来五百名水师驻防旅顺口。可是这五百名水师，当官的贪，当兵的抢，官匪一家，百姓的日子更是雪上加霜了。直到雍正年间，才从登州府新派来一个叫高勋的，做了旅顺口水师的协领。

高勋来到旅顺口，看到军队乱七八糟，军营里连个正儿八经的营房都没有，于是，他一面整顿军队，一面带着手下的佐领、防御等官员四下察看地形，想选一块风水宝地做营盘。一连几天，他们马不停蹄地走了好几个地方，也没有相中的。

这一天，他们从旅顺出发，骑马沿着一条大道往北走，走了大约半个时辰，来到了一块高地上。高协领停了马，向四下一望，禁不住连连称赞说："好地方！好地方！"他身旁的一个佐领说："高大人，您要是相中了这个地方，咱们的营房就设在这里吧。"高协领虽说是行伍出身的粗人，可却是粗中有细，便说："先不忙，咱们四处看看，再向当地有学问的人打听打听再说。"于是，他叫人请来一位教书的韩老先生一道四处察看。可是这位韩老先生跟着高协领一行人转悠了一天，却来了一个"徐庶进曹营——一言不发"。官员们急得抓耳挠腮，一个劲地催韩老先生说话，高协领却向大伙摆摆手，笑了笑，像是不着急的样子。直到日头卡山，高协领一行人要回旅顺了，韩老先生才问："高大人，这个地方，您相中了吗？"高协领笑了笑说："我耐着性子等了一天，你总算是开金口了。还请先生多多指教。"韩老先生说："不瞒大人说，这里确是一块藏龙卧虎的风水宝地呀。大人请看，它三面环山：东有二龙山，西有蟠龙山，北边是火石岭，岭脊上一左一右，顺着山势，弯弯曲曲，高高低低，有两行怪石，活像两条长龙卧在岭脊上，人们都叫它二龙戏珠。三面大山，像一道屏障，可防背后来犯之敌。大人再往南看，那条又宽又深的大河叫龙河，战船可借它的水势直抵海口。营盘设在这里，居高临下，进可攻，退可守。另外，二龙山下还有一个龙眼泉，一年

水师营，历史上为一荒僻山村。康熙五十四年（1715年），清政府在此设水师营盘，定员五百人，建营房一千二百间。高勋，山海关人，于雍正、乾隆年间任水师营协领，为官清正，勤于职守，为当地军民所拥戴。光绪六年（1880年），裁撤此处水师，由李鸿章组建的北洋水师取代，移营盘于旅顺，水师营从此便成为地名，沿用至今，当地民间又称之为"营房"。中日甲午战争、日俄战争中，此地皆为战场。水师营会见所位于西街，是日俄战争临近结束时，日军第三军司令乃木希典与俄军旅顺要塞司令斯特塞尔谈判受降和投降的场所。

水师营西街刘家大糖火烧，乃一具有地方特色之风味小吃，甜如蜜饯，香酥可口，外壳鼓胀，俗称"糖鼓火烧"。原字号为"源发祥"，至今已有百余年历史。旅顺地区有民谣谓："金州卫，驴肉包子、大麻花；水师营，大糖火烧、老干榨。""老干榨"指当地的黄酒，惜已失传，而大糖火烧，刘家后人仍操祖业，生意兴隆，外乡来客，争相品尝。

风物传说

四季长流水，水势旺，水质甜，可供弟兄们饮用，又可给战船上水。"高协领听罢，满意地说："老先生说的正合我意。可我有一事不明，先生极有学问，又熟知这里的风水地理，为什么一整天不说一句话，直到现在才……"韩老先生打了躬，说："请大人海涵，恕我直说了吧。这里的百姓不愿军队在这儿驻防。原因嘛，我不说，大人也会明白的。我一天没开口，是想看看大人的为人之德、治军之道。人道是：有什么样当官的，就有什么样当兵的。跟各位大人转悠了一天，我亲眼看到大人一行人马所到之处，马不踏百姓田地，人不扰百姓家院，确是仁义之师。大人的兵驻在这儿，是不会骚扰百姓的。"高协领点点头说："谢谢先生的指教，我当严管部下，也请先生代我向乡亲们说明。往后向先生求教的地方还多着呢。"于是，高协领便在这蟠龙山下的高地上建了一片方圆五里地的营盘，盖了一千二百间营房。营房南，蟠龙山下紧贴龙河边修了船港，营房东修了一个小教场，营房西北修了一个大教场。从此，这块没有名字的高地便成了水师营。

在建营当中，从营地勘测、材料督办到账目银两往来，都交给韩老先生掌管。营房建成后，高协领便把韩老先生请到协领衙门，让他当了幕僚。

直到晚清，李鸿章建立北洋水师，在旅顺口修了军港、船坞，才撤了这里的水师，可水师营却成了地名，一直流传至今。

讲述：刘茂甲、陈芳庭、乔氏

搜集整理：李文智

七贤岭 望海屯出了个齐神仙

七贤岭是大连凌水桥西面的一个小山村。这里依山傍水，风光秀丽，曾经出了一个姓齐的神仙。

早年间，这里树林丛杂，靠山边有一个十几户的小屯子，叫望海屯。人们在这里打鱼种地，快快活活地过日子。有个叫齐德生的老汉，一不打鱼二不种地，专靠行医过日子。他乐善好施，有求必应，谁家有了病人，不管白天黑夜，随叫随到，人们敬重他，叫他救命菩萨。

有一天，齐老汉行医回来，在半山坡上发现一只大鸟躺在地上浑身发抖。这鸟很奇特，头像龙，嘴像鹰，腿像鹤，翅膀像大雁，从来没有见过。齐老汉蹲下来一检查，发现大鸟身上没有伤口，皮肉发紫，嘴冒白沫，呼吸急促，十分痛苦的样子。齐老汉翻开大鸟眼皮一看，说声："不好！它中毒了，要是不赶紧抢救，就有性命危险。"他不敢怠慢，抱起大鸟就往家跑。

回到家中，齐老汉把大鸟放在炕上，拿出七根扁形钢针，从头到尾，按着穴位扎了进去。不大一会儿，一滴滴黑血顺着钢针流了出来。齐老汉把钢针拔出来，给它喂下七粒药丸，这才喘了一口气说："好了，总算你不该死，过几天就会好的。"

大鸟一睡就是三天三夜，齐老汉寸步不离，一直守在身边，按时给它喂药、点穴、理气、补元。

第四天正晌午时，大鸟终于醒过来了，见齐老汉为它忙上忙下，不觉流下了两行眼泪，然后抬起头来，冲着西方点了三下。齐老汉正不知道如何是好，忽然一道白光闪过，眨眼之间，大鸟不见了，一个英俊少年双膝跪在老汉面前，连磕三个响头说："老人家休怕，我乃西天如来佛祖殿前的护法大鹏，趁佛祖闭目养神之机，私自下凡巡游，路过西海的小龙山（蛇岛），被蟒仙喷出的一团雾气毒落在地。多亏恩人相救，三生有幸，大难不死，必有后报！"说完，只见金光一闪，少年不见了。

齐老汉像做了一场梦，不清楚眼前发生了什么事。他照旧东奔西走，治病救人。

这一年的三月初三，正是老汉的九十九大寿。清早起来，人们抬着美酒佳肴和寿桃去给老汉祝寿，走到半路，忽见齐老汉的茅草屋放射出万道金光。大伙都以为齐老汉家招了天火，急忙挑水来救火。没等放下水桶，忽听"嘎嘎"两声怪叫，从茅屋里飞出一只金色的大鹏，大鹏身上坐着一个须发斑白的老翁。大伙定睛一看，那老翁正是齐老汉。只见他手持拂尘，安详地朝大伙挥手告别，嘴里念念有词，可说了些什么，谁也没有听清。大鹏驮着老汉，扇起了两个大翅膀，又"嘎嘎"叫了两声，飞上了天空。

另有一说，七贤岭海边有七个小山丘，故事从这儿来的。据说在当年，大连发生了严重的干旱，是一条龙自甘堕落化为蛇妖所致。上天派八仙伏妖救难，其中吕洞宾一人飞剑斩蛇，其他七仙站在海边的七个小山丘上念法请来海中真龙降雨。吕洞宾斩蛇处以前有吕祖庙，在太阳沟附近的山中，"文革"时期被破坏。七贤岭的七个小山丘，登高可以分辨。八仙归天之后，蛇妖居然还没死透，玉帝派雷公电母补了一下，劈下一块灵石把蛇妖压在附近寺庙的灵井中，此寺庙便是鞍子山大寺庙。

原来齐老汉已经成仙了。望海屯出了个齐神仙，大伙很高兴，一高兴就给屯子改了名字，叫齐仙岭。齐仙岭叫了千百年，直到中华人民共和国成立以后，才换了个时髦的名字，叫七贤岭。

讲述：宋丛氏

搜集整理：王佑德

大黑山 老和尚戴帽救苦难

在金州的东郊，有座拔地而起的高山，这就是辽南有名的大黑山，又名大和尚山。

据说，从前这座山没有现在这样高。当年山中有两只老虎挺凶，时常下山伤人，人们都管它叫老虎山。山上的黑松林里有座古庙，因为恶虎为害，僧道早已四散出走，从此断了香火。

有一年，远方来了个云游和尚，能降龙伏虎。他来到老虎山，杀死了恶虎，在古庙里定居下来。山下的人们都很尊敬他，称他为老和尚，经常到山上看望他，求他看病，他也有求必应，手到病除。从此，这座古庙的香火又兴旺起来。

山下有个姓王的财主，因为他对长工们很刻薄，人们都管他叫蝎子王。

老和尚听说蝎子王作恶多端，非常气愤，就想找个机会调理调理他，为长工出出气。

这一年秋天，老和尚走出古庙，来到山下行医治病。他走到山根南面的一块豆地旁，看见一伙长工正在割豆子。一个穿戴阔气的家伙，坐在地头的一把太师椅上，一边品着香茶，一边吹胡子瞪眼睛地喊叫："别偷懒耍滑！快给我割！快割！"

大和尚山被誉为辽南第一山，原称大赫（大连方言，读三声）山，主峰海拔663.1米，系大连最高峰。自唐代起，历来是兵家必争之地。明弘治三年（1490年），重修胜水寺的碑志撰称大黑山。到明嘉靖六年（1527年）重修观音阁碑志时则书"大赫山"。清顾祖禹著《方舆全图总说》称"大黑尚山"。清光绪三十年（1904年）日俄战争后，大连被日本殖民统治，日本人翻译为大和尚山。当地人还称"大虎山"或"老虎山"等。大黑山是大连古文化的发祥地，集自然景观、人文景观于一身，被批准为国家AAA级景区、国家森林公园和国家地质公园，同时儒、释、道三教合一，是辽南地区著名的宗教圣地。

一名老长工直起腰来说："东家，我们又饿又累，你就让我们喘口气吧！"

"不行！谁要是歇着，就扣他一天的工钱！"

老和尚知道这家伙就是蝎子王。他走上前，替长工们讲情说："老施主，你就开开恩，让他们歇一会儿吧！"

蝎子王朝老和尚瞪了一眼说："不赶快割完，豆子爆在地里面，你赔得起吗？"

老和尚暗暗想：说你邪乎，可真名不虚传。看来，是得治治这个家伙了。想到这里，他对蝎子王说："老施主，你能赐点香茶给小僧喝吗？"

蝎子王把眼一瞪说："你想喝茶，行。得有个条件！"

"什么条件？"

"你喝我一碗茶，得给我割十垄豆子。"

老和尚说："不用喝一碗茶，我喝你两口茶，就能把你这片豆子全割完。"

"真的？"

"小僧从无戏言。不过，你也得答应我个条件。"

"什么条件？"

"让长工们歇歇。"

"好！好！大伙歇一下吧。"

长工们一边坐下歇息，一边看着老和尚。老和尚从蝎子王手中接过一碗茶水，喝了一口，向空中喷去，水珠落到地上，变成一群小和尚，手中拿着镰刀，向豆子地跑去，唰唰唰，只一阵工夫，就把地里的豆子全割光了，那一群小和尚也不见了。蝎子王喜得手舞足蹈。老和尚又喝了一口茶，向空中喷去，水珠落地，变成无数只小白兔，在豆子地里横冲直撞跳跃起来。地里的豆荚全给踩爆了，金黄黄的豆粒落了一地。老和尚朝天哈哈大笑，扬长而去。蝎子王一边高声叫道："快来打兔子！快来打兔子！"一边追赶老和尚，让老和尚想办法帮他把落在地上的豆粒收拾起来。老和尚又哈哈大笑地说："不用我帮你收拾，地里一个豆粒也没有了。不信，你回去看看。"

蝎子王跑回地里一看，果然一粒豆子也没有了，满地光剩下一些东倒西歪的豆秸。蝎子王气得跑回家病倒了，再也爬不起来了。不过，长工和他们

的老婆孩子却吃了好几天的饱饭。因为当蝎子王追赶老和尚的时候，老和尚又施了一个法术，让那片豆地里的豆粒全飞到长工们的粮囤子里去了。

老和尚还有个蘑菇样的法帽，每逢遇到旱天，山下庄稼需要雨水，他就戴上法帽，登上山顶，为山下的人求雨，一求就下雨，可灵验了。这一年，山下大旱，庄稼快要旱死了。老和尚老得已经挪不动腿脚了，可是他仍然惦记着山下的穷苦人。他戴上法帽，拄着拐杖吃力地向山上走去。好不容易挪到山顶，山顶上立刻云雾缭绕，不一会儿大雨哗哗地下了起来。山下的庄稼又返青展叶了。老和尚心中大喜，他哈哈大笑了一阵，坐在山顶上圆寂了。

据说，老和尚虽然离开了人间，还时常到这座山上显灵。每逢久旱不雨，他便腾云驾雾来到山头。人们一看老虎山山头云遮雾盖，就高兴地唱道："老虎山戴帽儿，下个三碗两小瓢儿。"不一会儿，细雨就唰唰地降到人间，十分灵验。

后来，人们为了纪念这位救苦救难的老和尚，就把老虎山改了名，叫大和尚山。叫来叫去，又叫成了大黑山。

讲述：韩传治、慕永义

搜集整理：吴继、麻桂兰

安波 小龙女义嫁金牛

在普兰店安波街道鸡冠山下，有眼温泉，叫安波汤。无论春夏秋冬，水都是热的。泉眼的水更热，能煮熟鸡蛋。患有关节炎、疮疖和各种其他皮肤病的人，常来洗汤，一洗就好，可灵验了。

相传，从前鸡冠山这里没有温泉。鸡冠山的南面，是一片汪洋大海，大海深处的龙宫里住着一位老龙王。他有个小女儿，名叫安波，长得真像一汪碧水，可好看了！老龙王非常喜欢小公主，一步也不离。

后来，老龙王不知听了谁的主意，说是小公主吃了人奶，会长得比现在更好看。他就腾云驾雾来到人间，见一个妇女正在给一个小男孩喂奶，就把这个女人抢回龙宫，硬逼着她去给小公主喂奶。

起先，那女人想念男人和孩子，常抹眼泪。后来日子长了，渐渐和小公主有了感情，就像亲娘一样，尽心尽意地疼她、爱她和喂她。小公主吃了奶娘的奶，变得更加俊俏，更加水灵了。她也把奶娘看成亲人。奶娘非常怀念人间，常把人间山清水秀、男耕女织的景象讲给小公主听。小公主越听越入迷，恨不得插上翅膀，一下子飞到人间去。有一天，奶娘又向小公主讲起了人间的美好情景。小公主听着听着，就忍不住地问：

"奶娘，人间的事，你怎么知道这么多？你去过？"

"孩子，俺就是人间的人啊！"

"那你是怎样进龙宫的？"

奶娘含着眼泪说："是被你父王抓来的！"

小公主问："家里还有亲人吗？"

奶娘说："俺家住在大海北岸的鸡冠山下，有男人，还有个儿子。儿子叫金牛，右耳垂下有个黑痣。要是他还在，也像你这样大了。"

小公主难过地说："奶娘，等我长大了，一定到你家去，给你做儿媳妇，报答你的养育之恩！"

奶娘把她拉到怀里，亲切地说："好孩子，俺要是有你这样的儿媳妇，就心满意足了。"

一晃，安波公主长大了。她决心要到奶娘家里去看看。

这一天，老龙王带她到天宫去赴王母娘娘设的蟠桃会。她见天宫和龙宫一样，冷冷清清，不如奶娘讲的人间美好，趁老龙王入席吃酒的当儿，她偷偷地离开天宫，脚踏祥云，飘飘悠悠来到大海北面的鸡冠山下。只见人间并不那样美好：日头毒辣辣的；大地干得起了一道道裂纹；树木、花草和庄稼苗都枯死了；逃荒的人南来北往，叫苦连天。她想，奶娘家的金牛和金牛的父亲会怎么样呢？她急于要找到奶娘家，就顺着鸡冠山根往前找去。找到鸡冠山的北山根下，发现有个小茅屋，门口挂着一张破渔网，这大概就是奶娘家了。她站在门外，只听屋里不断传出病人的哼呀声。进屋一看，炕上躺着一个浑身生疮的老汉，一个十八九岁的小伙子站在炕边。小伙子长得虎实、英俊，右耳垂下有颗小黑痣。安波公主心中不禁一喜，急忙问："大哥，你叫什么名字？这生病的老人是谁啊？"

小伙子说："俺叫金牛，他是俺爹。大姐，你叫什么名字？从什么地方来？来到这儿做什么？"

安波公主这才确认下来，这家父子，正是奶娘的亲人。可是她没有向金牛说实话，只是对他说："我叫安波，从很远的地方来投亲。亲没投着，正愁没个落脚的地方呢！"

老汉觉得这个姑娘挺好，就恳求着说："闺女，没有地方落脚不要紧。要是你不嫌弃俺家穷，就给俺做儿媳妇吧。"

安波公主想起小时候曾对奶娘说过，长大要给奶娘做儿媳妇，现在见到金牛，觉得挺可心的，脸一红，点头答应了。金牛当然打心眼里高兴，可是却有点为难。他想了一下，说："爹！咱这儿正闹旱灾，家又穷，你又有病，可怎么办喜事呢？"

安波公主从头上拔下一根金钗，递给金牛说："你把它拿到集上换几个钱，抓几服药给爹治病。剩下的买点米面，回来好办喜事。"

金牛照安波公主说的做了。他们当天晚上就成了亲。小夫妻俩情投意合，相处得倒也挺好。每天，双双出海打鱼，别人打不着鱼，他俩却满舱而归。吃不了，就卖钱买药给老人治病。可是怎么治，老人的疮疖也不见好。三里五村饿死的人越来越多了，这可把安波公主急坏了！一天夜里，她问丈夫："金牛哥，这里为什么旱成这样呢？"

金牛叹了一口气说："这里干旱，全是南面海里老龙王作的孽！"

"这话怎讲？"

"说起来，那还是在俺小时候，母亲被老龙王抓走了，俺长大了，知道了这件事，恨透了老龙王，一气之下，捣毁了海边的龙王庙。老龙王闻讯赶来，从空中伸下大爪子，刚要抓俺，正好爹跑来，护住俺。结果，爹的脊背被抓伤。老龙王发誓三年不下雨，要旱死这一带的生灵。打那时起，爹全身生了毒疮，这一带也就大旱起来。"金牛停了一下，又嘱咐妻子，"你可别讲，讲出去，老龙王怪罪下来，大伙就更没法活了！"

安波公主听完，红着脸说："金牛哥，实话对你说吧，我就是老龙王的女儿安波公主。真没想到，我父王这样坏！"

金牛听了这话，瞪圆双眼，气呼呼地对安波公主说："老龙王是俺的仇人！俺怎能娶他的女儿为妻？再说，别人知道了，也不能容你！你快走吧！"说着，就把安波公主拽下炕，推出门外，"咔嚓"一声插上门。无论安波公主怎样央求，金牛也不开门，安波公主只好一边哭一边向大海里走去。

天上一日，人间一年。安波公主回到龙宫，老龙王赴会还没回来。她走进奶娘的屋里喊了一声："婆母！"就一头扑进奶娘的怀里，泣不成声了。

奶娘吃惊地问："公主，你这是怎么啦？"

安波公主一边哭，一边把在人间和金牛成亲，后来又被金牛赶出家门的事，一五一十地对奶娘讲了。

奶娘听说人间遭了大旱灾，男人又病成那样，难过极了，泪水止不住地流了下来："孩子！救人间的旱灾和治你公公病的办法有是有，可是得担很大风险啊！"

"为了救人间的旱灾和治公公的病，什么风险我都不怕！"

奶娘悄声对她说："你父王的龙床上挂着冷、热两个宝水瓶，冷的能使万物起死回生，热的能消灾除病。要是能把这两个宝水瓶带到人间，人间的旱情和你公公的病，就都有救了。但要是被你父王知道，盗宝人会被打进十八层地狱，那就永世也见不到天日了！"

安波公主从头上摘下一颗避水珠，递给奶娘，让奶娘先回人间，同亲人团聚。奶娘流着泪说："孩子，你怎么办呢？"

安波公主说："婆母，你放心吧，我随后就到。"

安波公主送走奶娘后，盗出两个宝水瓶，飞到鸡冠山上空。她先打开冷水瓶向人间倾倒下来，霎时，南风阵阵，乌云满天，电闪雷鸣，下起了倾盆大雨。这当儿，天亮了，奶娘已经回到家里。她见普降喜雨，知道安波公主盗宝成功了，就把这件事告诉了金牛爹和金牛。金牛这时才知道，自己错怪了安波公主，心里悔恨极了。他急忙冒雨跑出家门，站在一块大石头上，仰望天空，高声呼唤："安波公主！安波公主！"

这时，雨水已经下足了。安波公主听到下面有人喊她，赶忙收住瓶口，云消雾散，雨过天晴。她站在彩虹上，向人间望去，只见久旱的大地得了饱

另有传说：很久以前，安波这里风调雨顺，村民安居乐业。然而不知从哪里窜来一只妖怪，它占山为王，要挟百姓，连年大旱，号令村民年年给它上供一对童男童女。为了拯救人间的苦难，玉皇大帝派小白龙去降雨。小白龙在与妖怪搏斗中，一头扎到地上，出现一个大坑，清凉凉的泉水咕嘟咕嘟直往外冒。有了泉水，人们又有了指望，久旱的大地很快恢复了生机。那妖怪一气之下，就往水里喷热气，于是，清凉凉的泉水变成了滚烫的热水。玉皇大帝急忙派太上老君下凡，把妖怪收入宝葫芦里，放到八卦炉里炼化了。从此，安波一带老百姓才过上太平日子。从那以后，这里留下了两股滚烫的热泉，分南泉和北泉，又因为是热水，人们都叫它汤，通称南北汤。叫到后来，叫成了安波汤。

风物传说

雨，山青了，草绿了，花开了！人们走出家门，扶犁赶牛耕作起来。金牛正在那儿向她招手呢！她心头一喜，急忙从天上落了下来，走到金牛身边，高兴得不知说什么好。

就在这时，老龙王赴完蟠桃会，发现安波公主盗走宝水瓶，私奔人间，气得浑身乱颤，急忙驾着乌云追来。安波公主向天上一望，忙对金牛说："金牛哥，本指望咱夫妻能白头到老，可是不行了，父王抓我来了！你快躲开，不然，他会把你和我一起打进十八层地狱的呀！"

金牛紧紧抱住安波公主不放："要活咱们一块活，要死咱们一块死！"

老龙王一看，眼珠子都气得鼓了出来。他一爪把金牛推出老远，又把尾巴一甩，只听"咔嚓"一声，鸡冠山山根前被龙尾巴打得裂开一道大口子。老龙王又一爪把安波公主推进大口子里，"咔嚓"一声，大口子又合上了。老龙王气得忘了收回宝水瓶，就一头钻进海里去了。

金牛见安波公主被压在山底下，心疼得像裂了一样。他一边哭，一边在山根下扒那个合起来的大口子。他扒呀扒呀，一连扒了三天三夜，扒出一个很大很深的坑。他腰酸了，手磨破了，也没把安波公主扒出来。

安波公主被压在山底下，心里牵挂着金牛，想冲出去。她打开热水瓶，只听"腾"的一声，一股热水冲出瓶口，正好从金牛扒的那个大坑中间钻出地面，不大工夫，就聚成一个水湾。地底下的热水源源不断地喷出，水湾满了，就流进旁边的小溪里。

金牛用热水将双手一洗，被磨破的手指头立刻长出新皮肉。他知道这是安波公主从地底下喷出的宝水，就含着眼泪走回家，和母亲一起把父亲挽来，用热水洗毒疮。只洗了几次，父亲浑身的毒疮就好利索了。从此，一传十，十传百，远近生疮疖的人都来洗汤，洗一个好一个。

后来，人们为了纪念这个心地善良的公主，就给这湾宝水起了个名字，叫安波汤。

> 讲述：王志善
>
> 搜集整理：宋一平

安波汤，位于安波镇安波屯，南北各有一汤，俗称南北汤，后以谐音改为安波汤。大连安波温泉度假区，温泉含安波、俭汤两处，泉水无色透明，微具硫化氢味，水量充沛，含二十多种对人体有益的矿物质，具有强身健体、延年益寿之奇效。

吴姑城 吴小妹烽火失信

在普兰店星台街道，有座高山叫巍霸山。山南坡的谷口四周，围着用巨石砌成的高大城墙。从城墙南面的豁口走进谷里，就会看到一座古庙，琉璃金顶，飞檐凌空，威严壮观。这就是吴姑城。

人们到这里游览，会听到吴姑城的故事。

从前，辽阳城外住着一家姓吴的兄妹俩。哥哥叫吴魁德，妹妹叫吴丽。兄妹俩从小爱习刀枪，长大后都练就一身好武艺，被朝廷封了官，人称龙虎双将。

有一年春天，为了防御外敌侵犯，朝廷令吴魁德率领一拨兵马镇守在庄河的城山，令吴丽率领一拨兵马镇守巍霸山。兄妹俩事先约定好，遇有敌情，就点起狼烟，好相互增援。

转眼间一年过去了。这一天正是清明节，风和日丽，巍霸山上开满了各种颜色的野花，城头上"吴"字大旗迎风招展，城堡里面，兵将们在点将台前跃马挺枪练武。这时吴丽走出军营，登上城墙，观看城外的风光，高兴极了。当她向东北方眺望时，不由得想念起哥哥来。她想：我今天何不试发一下狼烟？如果哥哥来了，兄妹二人也好同度佳节。于是，便下令在巍霸山上的烽火台点起狼烟来，霎时浓烟直冲云霄。

哥哥吴魁德这天也登山踏青。他见妹妹山头冒起狼烟，大叫一声："不好！"慌忙率领兵马直奔巍霸山而来。一路上扬鞭策马，尘土飞扬，不到半日，便来到了巍霸山下。吴魁德坐在马上，向四下瞭望，见山上山下并无敌兵，心里觉得奇怪。这当儿，只见妹妹满面笑容奔下山来，双手抱拳，施了一礼，笑道："哥哥来了，快进城欢宴，共度佳节。"

哥哥这才知道被妹妹骗来了，心中很是不快，说："妹妹，你既平安无事，不该点狼烟。"

吴丽急忙赔笑道："因小妹一时思兄心切，请兄长前来叙叙家常。"哥

风物传说

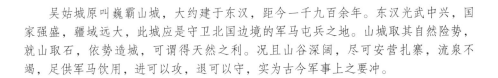
吴姑城原叫巍霸山城，大约建于东汉，距今一千九百余年。东汉光武中兴，国家强盛，疆域远大，此城应是守卫北国边境的军马屯兵之地。山城取其自然险势，就山取石，依势造城，可谓得天然之利。况且山谷深阔，尽可安营扎寨，流泉不竭，足供军马饮用，进可以攻，退可以守，实为古今军事上之要冲。

哥说："妹妹，古人说，'军中无戏言'。"说罢，转身率领兵马离开了巍霸山。

吴丽自知理亏，眼泪汪汪地望着哥哥远去的背影，一句话也说不出来。一晃又是一年过去了，朝廷越发腐败无能，北方一个小国发兵来到了辽南，要和朝廷争夺天下。

这一天，北国兵将杀到巍霸山下，把山城围得水泄不通。吴丽披挂上马，一边令人点狼烟求援，一边率兵迎敌。刚刚爬上城墙，见敌人正拽绳索往城墙上爬，她立刻兵分两路：一路在城上迎敌，一路跟着她冲杀出去。

吴丽冲出城门，手挥大刀，向敌人阵地杀去，直杀得敌人兵死将伤，败下阵去。

敌人退下山后，重整旗鼓，又纠集许多兵马，层层包围了山城。吴丽一边等候援兵，一边率领守城兵将迎敌。一直厮杀了半天，兵将们箭射光了，乱石滚木砸完了，伤亡十分惨重，可援兵还没来，吴丽心急如焚。

再说吴魁德，这天，发现巍霸山头又冒起狼烟，就派两个探子前往打探虚实。两个探子飞马跑回报信，吴魁德听了，立刻率兵连夜前往营救。

天快黑了，眼瞅敌人要攻破城池，吴丽见援兵仍然没到，明白这是自己乱点狼烟造成的后果，悔恨万分。她决心同敌人死战到底。这时，敌人在城外大声叫喊："女蛮婆，快投降吧！"

吴丽气得柳眉倒竖，她朝兵将们大喊一声："弟兄们！尽忠报国的时候到了！"说罢，一马当先向城外冲去。兵将们也跟着冲杀出去，两军混战在一起。

等到哥哥吴魁德赶来时，已是第二天清晨了。因寡不敌众，妹妹吴丽已战死在山坡上。哥哥悲痛万分，带领兵马消灭了攻进巍霸山城的敌人。

巍霸山城被夺回来了，山下的黎民百姓扶老携幼来到山前，一起跪在吴

据另一传说，唐太宗李世民曾率兵马来过这里。吴姑城庙建筑晚于山城，碑志中载有"唐王建刹、吴姑重修"之句。可见吴姑城庙建于唐太宗亲临山城的年代，距今一千三百多年。据碑文记载，吴姑为明万历年间人氏，原是林姓族人，后嫁给吴均道，夫妇笃信佛教。南游至巍霸山城时，入寺修行。后其夫死，她入庙为尼，募捐化缘，重修清泉寺。清泉寺在清乾隆年间和民国初年进行过两次大修，方有今天之规模。神像均用玻璃罩罩实，保护好，栩栩如生。清泉寺遂有"辽南第一刹"之美称。

丽的尸首旁，和吴魁德一起号啕大哭。

吴丽虽然英勇战死，但是，那巍霸山仍然高耸入云，那雄伟的山城仍然坚如磐石，那点将台、烽火台、梳妆楼、饮马湾也仍然留在那里。人们把吴丽的尸首埋葬在巍霸山上。后来，人们为了纪念这位宁死不屈的年轻女将，在巍霸山上修起一座庙宇。

每年农历四月初八庙会，人们便从四面八方来到这里祭奠吴姑。一代传一代，直到现在，人们也没把她忘记。

讲述：纪家洲

搜集整理：于同群、姜学友

貔子窝 白貔子路边迷惑人

"首先从丛林中走出来的是两只貔子，如同一支队伍前行时走在前面的两个尖兵，它们是一前一后走出丛林，像是一对雌雄貔子。体形比狐狸小，要是比起黄鼠狼，貔子的身材显然要大一些。"这是大连本土作家王树真在他的小说《貔子窝1894》里对貔子结队出动的描述。貔子学名叫鼬獾，外貌与黄鼠狼相似，不过皮毛多为花色。民间传说中的貔子，以白貔子最为传神，常在路边迷惑人，让人找不着路。貔子窝古遗址众多，文化底蕴厚重，早在大连还未开发时，这里就已声名远播、富甲一方。大连有"先有貔子窝，后有青泥洼（大连）"一说。貔子窝现在虽然已经更名为皮口，但貔子窝和貔子的一些传说，仍留在人们的记忆中。

在上百年前，这西老龙头沿岸的丛林中，常有一个女子深更半夜里来去匆匆，只是一般人不易见到，偶尔见到的，也多半是有几分酒意的过路人。一传十，十传百，大伙都想见见这个奇怪的女子。

说来也巧，甲午年秋天，领兵打仗的宋庆进驻皮口。他闻听这件事，便要亲自去察看一番。

宋老帅身着便服，晚饭后在西老龙头一带的丛林中转来转去，看看参天的大树，望望跟前那一片孤坟，断定那女子是妖精变的。就在这时，一个女子朝他走来。宋老帅借着月光，见这个女子长得苗条、秀气，脸面也挺和善，心想：这难道能是妖精？待我查问一番。便叫住那女子，说："你是良家女子，还是妖精所变？如果你是良家女子，我送你回家；你要是伤天害理

风物传说

051

的妖精，就吃我一剑；你要是仙体，就现原身。"话音刚落，那女子摇身一变，成了一只猫头猫尾狐狸身的怪物。它对宋老帅说："将军休怪，我本是大海里抓海耗子的，见有几只海耗子蹿上陆地，便紧追上岸。谁知，时间久了，迷了路回不了大海，只好化身为女子在岸边转悠。"说着，流下了伤心的泪水。

宋老帅见眼前这像猫不是猫的野兽，又听了一番述说，十分赞赏地说："你在海里捉拿海耗子，如今到陆地上仍做你原先的本行吧，你把田里的耗子捉干净，那老百姓才不会忘记你呢！"说到这里，宋老帅又想起了陆地上有猫，有黄貔子，都是捉鼠的能手，就说："你就叫貔子吧，和它们一道灭鼠。"那小兽点了点头，钻进老林子里不见了。

不久，西老龙头一带出现了不少洞穴，貔子就在那里安下了家。原来这里水深港阔，东老龙头和西老龙头拥抱着海中的牛眼坨，好似二龙戏珠，十分壮观。加上这海边有几家皮货商，便得名皮口。随着貔子的出现，皮口的地名就被"貔子窝"代替了。1965年，貔子窝恢复了原先的老地名——皮口。

一直以来，貔子被当地人视为吉物，认为家里貔子多预示家道昌盛。古时，冬天寒冷，貔子跑进厢房、杂物间猫冬，住户都开门笑迎，还特意为它们准备丰盛餐食。貔子窝开埠起商户居多，大户多特设小屋养貔子，就像今天人们养猫狗等宠物。养貔子一时成为貔子窝镇独有的习俗，一直沿至清末。

据熟悉皮口历史的另一位老人孙德芝讲，他小时候见过貔子，虽非人工饲养，见人却不怕不躲。在日军侵占皮口之前，皮口的貔子成群结队到镇里的一处水泉饮水。日军侵占皮口后，有日本商人看中了貔子喝水的泉眼，占用做汽水厂，貔子没水喝，就渐渐离开了皮口镇。与此同时，这名日商还曾

普兰店皮口建成于唐神龙元年（705年），是一座有一千三百多年历史的古镇，历史上，一直是以辽南重镇、繁华城市的面貌出现在各种古籍文献中。

据《大连通史·古代卷》记载，早在距今约七千年前，史前先民们便在皮口建了一座"红土城"，史称红水城。这处古遗址被考古专家誉为"中国北方最早的军港"。在沙俄殖民统治时期，今天的大连地区共有四座城市，分别是旅顺、金州、貔子窝以及新建的大连市。在日本殖民统治大连时期，日本人将大连划分为五个行政区，分别是旅顺、大连、金州、普兰店和貔子窝。

大量捕杀貔子，收集貔子皮毛运回日本做大衣。

而在《皮口镇志》中，还有一种更为血腥的说法。说日军在皮口建了一个"钢铁炉"，也有人说是"炼尸炉"，按日本人的规矩，开炉前先要烧一些东西以做祭祀。日本人听说貔子是中国人眼中的瑞兽，就大肆捕捉貔子想以此灭中国人的心气，把貔子尸体堆成小山，炼了三天三夜。瑞兽貔子就这样成了日本人钢炉里冒出的恐怖尸烟。

讲述：李成嘉

采录：毕文高

（亦参照《半岛晨报》相关报道）

永宁城 张知府驱魔定安宁

瓦房店永宁城是座古城。

相传，当年这座古城最不安宁，建城不久，城里城外到处出事，不是这家房子失火就是那家小孩子丢失，闹得鸡犬不宁。最糟糕的还是北城门，人畜从这里经过，不断失踪，北城门内外，阴森可怕，住户都相继搬到别处去了。说也怪，城里换了很多任知府，整天逍遥自在，不管百姓死活的赃官都能青云直上，而关心城内百姓疾苦的清官不是违反了朝纲就是稀里糊涂地坐牢杀头，谁也弄不明白是怎么回事，都不敢到这里来当官。最后，只好封住北城门，但是，各种事端还是不断发生。

有一年，朝廷派了一个很有名望的张知府到这里任职。他一到任，就带领随从到北城门一带察访民情，但对出事的原因总没查出个头绪，张知府十分纳闷。

这天深更半夜，他正坐在案前沉思，忽然远处传来一阵妇人的哭声，他觉得奇怪，领了几个随从循着哭声找去。在靠近城墙的一棵树下，一个妇人坐在那里掩面啼哭。张知府忙问："你为什么深更半夜在此啼哭？"那妇人抹了一把眼泪，哭得更凶了，半天才抽抽噎噎地说："我姓胡，住在城

风物传说

永宁镇是瓦房店市西北区域经济中心城镇。明代时，永宁镇是辽东苑马寺所在地，被称为永宁监，永宁监所在地就是今天的永宁村。永宁监曾长期作为牧养官马的要地，为朝廷提供军务和政务装备。永宁监在清代成为永宁城。

北，全家三百多口人没粮食吃，眼看大人孩子就要饿死了，求大人开恩接济点粮食。"说完她趴在地上不住地磕头。张知府叫那妇人起来，对她说："扶危济贫乃本官的天职，明天就派人给你家送粮。天不早了，你快回去吧！"可是那妇人还是不走，说："我们全家已有好几天没吃上饭了，求大人现在就给拨点粮食。"张知府一听，有点纳闷。几天的察访，并没听说过谁家有这么多的人口，还好几天都没吃上饭，他沉思了一下，马上命随从开仓，扛出十袋谷子，给那妇人送去。当随从们扛着粮食来到北城门附近，那妇人说："到了，放在这儿就行了，请大人们回去歇息。"众随从只好回去睡觉。

第二天一早，张知府又带随从到城北察访，来到昨夜放粮的地方，只见地上撒有谷粒，顺着谷粒走，一直走到北城门的城墙根下，谷粒就不见了。张知府四处观察，发现近外城墙根的草丛倒伏了一片，再一细看，草后的砖也离了缝，顺手一抽，抽下二十多块，现出一个黑黝黝的洞口，向外散发着一股难闻的臭气味。张知府明白了，那祸害百姓的一定是个妖精。他立刻喊来一队士兵守住洞口，又吩咐几名士兵取来干柴、硫黄、辣椒面堆放在洞口，点燃干柴，烧起了大火。火借风势，风助火威，烟火弥漫，一个劲地往洞里灌去，不一会儿，洞里传出一片吱哇的惨叫声。又过了一会儿，声音便没了，张知府在一旁捻着胡须不住地乐，百姓们也都围上来看张知府除妖。张知府刚要下令扒开洞口看个究竟，只听洞里传来一阵咳嗽声，紧接着，从烟火里腾的一下蹦出一只烧秃了尾巴、烧焦了皮毛的大白狐狸，一蹿蹿到城墙上。它瞪着红红的眼睛，恶狠狠地对张知府说："姓张的，你一下子害死我们全家三百多口，这个仇早晚要报，你等着吧！"张知府急忙命令士兵放箭，还没等士兵拉开弓，那白狐狸早化作一道白光向西南逃走了。

张知府下令扒开洞口四周的城墙，只见妖洞又长又深，一直通到城外，里面全是一堆吃剩下的人畜骨头、撕烂的衣裳和吃不完的粮食，还有大大小小三百多只狐狸的尸体。张知府令士兵拉来石灰、石头，将这妖精洞死死塞住。但除恶未尽，张知府心事重重，整日闷闷不乐。

也碰巧就在古城逃走了白狐狸的这几天里，京城里皇帝最宠爱的妃子突然得暴病死了。皇帝非常思念妃子，这天，他带着文武百官到城外打猎散心，在回城路上发现一个非常美貌的女子在河边洗衣服，皇帝越看她越像死去的妃子，到了跟前再看，比死去的妃子还要美上十倍，他满心欢喜，将那女子带回宫去，封为爱妃。

皇帝得到了美貌无比的妃子之后，渐渐地不理朝政，整日与妃子饮酒弹琴，寻欢作乐，忘乎所以。一天，妃子突然发病，不省人事。皇帝慌了手脚，便传旨把全国最高明的郎中都召来，但谁也治不好妃子的病。这一天，妃子突然睁开眼睛说："圣上不必着急，我的病只有一样东西能治。"皇帝高兴极了，忙问："什么东西？快说！"妃子说："需一颗活人心，只有辽东古城张知府的心才能治好我的病。乞望圣上救我一命。"说完闭上眼睛又昏睡过去。

且说张知府自从那日没抓着白狐狸精，心里很不踏实。这天，他正独坐发愁，忽听外面一声高喊："圣旨到！"他急忙起身，整好衣冠，走出门去跪在地上听旨。原来皇帝令他进京面圣，限十天之内赶到。

张知府领旨，立刻上马启程。为了一路方便，他改扮成一个治病郎中，晓行夜宿，一气儿走了八天。这天早饭后，赶了十来里路，突然下起了大雨。他催马加鞭，投奔到前面一位何姓老员外家借宿下来。何员外身边只有一个女儿，半月前突然中了邪，哭哭啼啼，说深更半夜总是有个黑脸大汉站在床前缠着她，可家里人守在她身边又什么都没看见。老员外见来了郎中，十分高兴，专设了一桌酒席款待，请郎中给女儿看病。张知府一听愣住了，白狐狸精没捉住，在这里又遇上了邪，自己本不懂医道，又怕耽误了面圣的期限。万般无奈，他只好叫人取来一条红线，一头拴在隔壁小姐的手腕上，一头扯到自己房中准备试脉。不懂医道怎么试脉？他愁了，顺手把红线拴到门闩上，在屋里踱来踱去，却想不出一个好办法。正在这时，那拴了红线的门闩咔啦一动，把他吓了一跳。只听门闩说话了："可怜的张知府，我知道你是个好人，可好人往往不得好报。我原来是南河的鲤鱼精，因三百年前见白狐狸精在这一带祸害百姓，出于不平，便发了大水灌了西山上的狐狸洞。谁知没有淹死它，倒叫它骗上岸来，受尽了折磨。头一百年罚我做掏火耙子，烧得我死去活来。下一百年罚我做菜板，整天挨刀砍斧剁。最后这一百年罚我做了门闩，拴在这里动弹不得。盼望有朝一日来个能人，救我出苦海。今日有幸，见你有除妖的雄心，因此有话相告。在何员外家北面有一个水塘，里头有一个乌龟精迷住了小姐，要娶她为妻。明天下午天晴以后，你把一袋石灰撒到水塘里，何小姐的病就会好。何员外给你什么东西你也别要，只要他两样东西，一要他屋里那张九百年的古画，画上的苍鹰能帮你大忙，遇到危险你就把它抖开。再是要我这个门闩，只要把我放到南河里就行了。"听了门闩的话，张知府更是惊疑。

第二天下午，天果然晴了，张知府叫人取来石灰撒到水塘里。水塘立刻变成了开水锅，冒着热气翻着浪。不大一会儿，水里漂上来一只死挺挺的大乌龟，何小姐的病也就好了。何员外万分高兴，拿出重金酬谢，张知府一概拒绝，只要了那张古画和屋里的门闩。何员外虽然莫名其妙，但很爽快地答应了。

张知府告别了何员外，又上路了，走到南面的大河边，从怀里取出门闩，小心地放到河里。门闩漂到河心，突然变成一条金翅金鳞的大鲤鱼，那鲤鱼一连向张知府摆了三下尾，才向深水里游去。

这一日，张知府来到京城，比皇帝限定的时间晚了三天，皇帝大怒，拍案骂道："该死的贱臣！误了朝廷的期限，该当何罪？快与我拿下斩首，挖出他的心来！"话音刚落，从旁蹿上几个刀斧手把张知府往地下一按就要往外拖。这时，从屏风后面走出个妃子，她冷笑着说："知府大人，你也有今天吗？哼哼！"张知府一看，咦？这不就是那个化作要粮女人的白狐狸精吗？他马上向皇帝奏道："陛下，她是一只逃窜出来的白狐狸精。"皇帝大怒，喝道："住口！死到临头还敢胡言乱语！快快拖下去斩首！"在这危急时刻，张知府一抖衣袖，从里面落下那张古画，还没等落到地上，画面上的苍鹰一下子飞了起来，两只鹰眼射出两道刺眼的光，直射向那妃子。只见那妃子突然缩成一团，渐渐变成一只毛茸茸的白狐狸，花花绿绿的衣裳下面露出长长的尾巴来。皇帝一见，吓得大叫一声昏倒在地。苍鹰展翅扑了下来，用爪子扒开狐狸的胸膛，撕吃着它的五脏六腑和肢体，一会儿就全吃光了，只剩下一堆白骨。

张知府除了妖精回到古城，百姓们杀猪宰羊夹道迎接。从此以后，人们过上了永远安宁太平的好日子，再也不用担惊受怕了。大家一高兴，就把这古城改了名字，叫永宁城，一直叫到今天。

讲述：董云程

搜集整理：董太华

海洋岛 五龙斗一鲨

海洋岛战略位置非常重要，有"黄海前哨"之称。海洋岛蜿蜒起伏，像一条青龙盘踞在长山群岛东南端。海洋岛上有许多地名带"龙"字，像青龙山、龙头山、龙口屯、老龙头、老龙尾，等等，为什么都和龙有关系呢？

据说早年间，大海里没有这个岛，那时候，这里的海水平静得像镜子。海里的鱼呀，虾呀，简直比天上的星星还要多。

谁承想，有这么一年，大洋深处有一个鲨鱼精带着一群恶鲨闯到这里，霸占了这片海域。他们无恶不作，把安宁的大海搅得昏天黑地，海里的鱼虾，海上的飞鸟，过往的渔船，都成了他们的口中食物，谁也治不了。鲨鱼精口里有两把飞刀，连龙王的兵将都不是他的对手。龙王多次与他交战，都败下阵来，幸亏有镇海之宝红宝石，鲨鱼精才没打进龙宫。龙王为了求和，给他送去许多奇珍异宝。谁知他得寸进尺，越来越狂，一年到头胡作非为，成了黄海的霸王。

龙王有五个女儿，最小的青龙公主从小就跟大姐黄龙公主习文练武，是个文武双全的好姑娘。她看鲨鱼精如此猖狂，就对四个姐姐说："俺要向父王请战，除掉这个畜生！"四个姐姐都说："小妹说得对，鲨鱼精不除掉，大海没个太平。走，咱们一块见父王。"

龙王听了女儿的请求，吓得直摇头："使不得呀，使不得，连骁勇无敌的龟元帅都吃了败仗，你们几个毛丫头怎么行呢？咱惹不起就躲着吧。"说啥也不准，还让把守龙宫的鲤鱼将军看管好，不许女儿们离开龙宫。

龙王手下有个鲐鲅精，这家伙能说会道，当着龙王的面尽挑好听的说。龙王信任他，让他掌管龙宫的宝库。鲐鲅精见鲨鱼精所向无敌，就起了奸心，偷偷带上镇海之宝红宝石，溜出龙宫，去投奔鲨鱼精。半路上，恰好遇

海洋岛是我国北方距陆地最远的大岛，战略位置十分重要。中日甲午海战时，日本海军曾据海洋岛为临时基地。1903年，沙俄曾据海洋岛在高丽庄修筑海军码头。海洋岛深广海洋之中，离岛三公里海深即在五十三米以上，地理学上名副其实。

当地有"山有多高，水有多深"之说，在山上的某一洼处开凿，就会有清泉涌出，水质滑腻甘甜，含有多种矿物质。群山环抱一马蹄形海湾，名太平湾，是国内罕见的天然良港，风暴来临之前，大量渔船浩浩荡荡聚集港内，颇为壮观。海洋岛周围海域出产的五垄刺海参，因比普通海参多一道肉刺且营养价值更高而享誉海内外。

风物传说

上了黄龙公主和青龙公主，原来姐妹俩是趁鲤鱼将军打瞌睡跑出来的。见鲌鲅精慌慌张张，急忙把他截住，鲌鲅精眨巴着眼睛说："俺奉龙王之命前去巡海。"公主一听，心里合计：不对劲呀，巡海是夜叉的事，怎么派出个管珍宝的官呢？仔细一看鲌鲅精怀里闪着熠熠红光，便厉声喝道："你巡海带着镇海之宝干什么？快说实话！"鲌鲅精见露了马脚，吓得浑身发抖，改口说："奉龙王旨意，向鲨鱼精献宝求和，快放俺过去吧！"黄龙公主说："鲨鱼精打不进龙宫，是因为有这红宝石镇着，你把它盗给仇人，还求的什么和？"说完，举剑就砍。那家伙晓得公主的厉害，急忙逃跑，见公主紧追不舍，扔掉红宝石就蹽了。

姐妹俩拿着镇海之宝去见龙王，龙王听了气得咬牙切齿地说："把这畜生抓回来，给我乱刀剁了！"

正在这时，巡海夜叉慌忙进来禀报说："大事不好了，鲌鲅精带着鲨鱼精前来叫阵，鲨鱼精指名要娶黄龙公主为王后，还要红宝石做嫁妆，如若不然，就踏平龙宫，剥龙皮，抽龙筋，还要拿龙胆泡酒喝。"龙王一听，大惊失色，知道是鲌鲅精引狼入室，出的鬼点子。

原来，鲌鲅精逃走以后，直接投奔了鲨鱼精，没有带来见面礼，就施了美人计，夸耀起龙王的五个女儿说："大王有所不知，龙王的五个女儿个个像天仙。大女儿黄龙公主最漂亮，国色天香，文武双全。二女儿赤龙公主、三女儿白龙公主、四女儿黑龙公主也不错，聪明伶俐还数小女儿青龙公主。大王要娶哪个做王后都成！"鲨鱼精一听，心里直痒痒，他哈哈大笑道："既是黄龙公主最漂亮，我就要她做王后，剩下那四个，统统抓来当妃子！"说着，由鲌鲅精带路，一直打到了龙宫。龙王急得团团转，紧闭龙宫不敢迎战。

五个女儿沉不住气了，急忙披挂停当，佩刀提枪来见龙王。进了大殿，一齐跪下说："父王，大敌当前，孩儿们愿与鲨鱼精决一死战，为民除害，乞望恩准！"

龙王说："孩子们啊，俺不是不准，俺是怕白白丢掉你们的性命呀！"

龙王正愁着，只见鲤鱼将军浑身是血，闯进宫来，身后有两把飞刀呜呜叫着追了上来。五姐妹见势不妙，举起刀剑拨开飞刀，腾空而起，和鲨鱼精拼上了。五龙斗一鲨，从海底打到天上，又从天上打到海底，直杀得天昏地暗，日月无光。鲨鱼精见黄龙公主杀得凶追得紧，就口吐飞刀，唰唰刺中了黄龙公主。黄龙公主中刀倒下，口吐鲜血而死。白龙公主见势不妙，急忙口吐云雾，罩住了海面；黑龙公主也放出黑云，布满了天空。霎时间，天上地下一片黑暗，伸手不见五指。鲨鱼精急忙收回飞刀，正要逃走，青龙公主手执宝剑杀奔而来。双方又战了九九八十一个回合，青龙公主只有招架之功，没有还手之力，眼看支持不住了，就回身从锦袋里掏出镇海之宝红宝石，托在手中，口中念念有词，说声："着！"一道红光划破了天空，朝鲨鱼精扑去。只听"轰隆"一声巨响，那鲨鱼精"嗷"的一声惨叫，一头扎到海里，脑袋深深地扎进了烂泥里，挣扎了半天，也没有拔出来。原来青龙公主现了本相，紧紧盘着鲨鱼精，压得他动弹不得。剩下的残兵败将见势不妙，东奔西逃，溃不成军。赤龙公主、白龙公主和黑龙公主哪肯罢休，姐妹三人东拼西杀，转眼之间，杀了个敌人片甲无存。

姐妹们收拾完战场，一同来看小妹青龙公主。只见她死死压住鲨鱼精，那鲨鱼精不住地甩着尾巴。白龙公主拔出宝剑，狠狠地刺了一剑，只见火花一闪，"当啷"一声，宝剑落了地。原来这鲨鱼精修炼了千年，已成了气候，刀枪不入，只要心不死，休想杀他。

正在犯愁的时候，龙王扶着哭哭啼啼的王后来到阵前，见鲨鱼精如此刁顽，长长地叹了口气说："好孩子，回宫去吧，别在这儿死缠了。"

青龙公主说："回宫去？鲨鱼精咋办啊？"

龙王说："孩子，你不知道，你这样缠着不放，九九八十一天头上，鲨鱼精会变成硬石头，你也回不去了，俺和你母后怎么舍得呀！"

公主慢慢抬起头，流着眼泪说："父王啊，母后！女儿回龙宫，恶鲨还要作乱的。为了给大姐报仇，为了一方的生灵，俺宁愿和仇敌同归于尽，死也瞑目。父王啊，母后！回去吧，别劝啦，女儿铁了心，不会更改了……"

青龙公主一番话，把大家感动得直流泪。龙王长长地叹了一口气说："好孩子，依了你，爹妈会经常来看你的。你有什么话就对爹妈说吧。"

公主说："俺求父王把那镇海的红宝石留在俺身边，好为受苦受难的渔家人引路导航。再求父王把那吃里爬外的鲐鲅精剐了，留给女儿好充饥。"
龙王一一点头答应，立刻撒开人马捉拿鲐鲅精。不到一个时辰，鲐鲅精被押到龙王面前。龙王下令，把他的鳞片全部锉掉，然后大卸十八块，扔在青龙公主身边。不久，鲐鲅精的尸骨变成了一大片乱礁石，这就是如今海洋岛南海坡与马蹄沟当中的错鱼石。

龙王两口子想念女儿，天天跑来看望青龙公主。他们每次都搬来一些垫脚石，站在上面看女儿。石头越垫越高，最后堆成了一座高山，站在山顶，望一阵青龙公主，哭一阵黄龙公主，哭得老天都低头，海鸟放悲声。青龙公主卧在那里，不住地抬头向南望，她不忍父母太伤心，就亮开嗓门劝双亲："父王啊，母后啊，你们若疼爱自己的女儿，就别哭了，您二老一哭，女儿的心就碎了。俺要用自己的身子，给这里造个太平湾，挡住风浪泊渔船。"

龙王说："好孩子，你的心太善了，只是这刮风的事俺却管不了。你有啥法子呢？"

公主说："俺向您要红宝石，正是为这太平湾，等俺变成石头的前一天，您来看看就知道了。"

就在第九九八十一天的头半晌，龙王和王后带着三个女儿都来了。只见青龙公主摆动着已经发硬的身子，盘成一个马蹄形的圆圈，果然围成了一个避风避浪的太平湾。她用力把口中的红宝石吐在港湾口，龙尾向红宝石挪了挪，昂起头，翘起尾，瞪大了双眼，渐渐化成了一条石龙。

从此，这大洋深处多了一座小岛，它的形状像一条青龙盘在那里，日夜守在长山群岛的最前方。因为地处大洋深处，人们给它取个名字叫海洋岛，并依照港湾山峰的形状，依次叫作青龙山、龙头山、龙口屯、老龙头、老龙尾。把龙王两口子哭姑娘的那座高山叫作哭姑娘顶，后来叫成了哭娘顶。把青龙公主抬头向哭姑娘顶仰望的山峰叫成南望山，把青龙公主伸出一只手向亲人告别变成的五个坨子叫成南坨子，说那五个坨子是青龙公主的五个指头。至于青龙公主围成的太平湾，出口处那闪闪发光的红宝石，至今还矗立在那里，人们管它叫红石。那红石每天夜晚放红光，夜航的渔船见到它，就像见了导航灯。

化成石头的青龙公主并不寂寞，三姐白龙公主用白雾给她披上了一层轻纱，四姐黑龙公主从身上剥下一把龙鳞撒在她身上，长出一片黑油油的松林。每当日出日落，二姐赤龙公主就给她披上红艳艳的彩霞。栖息在她身上的千万只海鸟，叼来的花草树种在她的鳞缝里生根开花。龙王及时行云播雨，使花草树木越长越旺，一片繁荣景象。渔家人从四面八方投到她的怀抱里，过上了无忧无虑的好日子。那大姐黄龙公主也英灵不灭，为了造福于大海，变成了一条条大黄鱼，长年在太平湾和小妹做伴。

龙王为了纪念以身殉职的大女儿黄龙公主，给这片大海取了个名字叫黄海。对小女儿青龙公主，龙王更是念念不忘，逢人就夸。岛上的渔民自豪地说："我们是龙的岛、龙的家乡，有青龙公主保护咱，日子天天往上长。"

讲述：曲月枝、魏传庆

采录：徐延顺

广鹿岛 铁拐李北海镇妖

在大连长海县，有许多大大小小的海岛像珍珠一般散落在大海中，其中就有一个非常美丽的小岛——广鹿岛。站在广鹿岛高山之巅，翘首北望，便一眼可见一葫芦样的小岛横卧碧波荡漾之中。就从这葫芦说起吧。

相传，身居蓬莱仙阁的八仙，一日酒至酣时，铁拐李便提出乘着酒兴北上一游，众仙自然应和。于是，八仙过海，各显其能。何仙姑率先将荷花往海中一抛，瞬间红光万道，仙姑婷婷立于荷花之上，乘风而去。汉钟离见状，不甘示弱，顺手把手中那芭蕉宝扇往海里一扔，袒胸露腹，哈哈大笑，稳稳地仰躺于芭蕉扇上。随后，吕洞宾、张果老、曹国舅、韩湘子、蓝采和、铁拐李也纷纷将自己的宝物抛入海中，紧跟而去。一路上，时而海雾迷蒙，拂面而过，时而阳光明媚，八仙好不陶醉。乘着酒兴，八仙时而争强好胜，你追我赶，时而谈古论今，谈笑风生，好不逍遥自在。

猛然间，一处陡崖峭壁挡住去路。众仙驻足仰望，只见云雾缭绕，金石突兀，鲜花盛开，草木繁茂，蔚然壮观，时而传来几声金鹿啼鸣。环视左右，西有群山叠抱，东面雾气升腾，好一幅美景！八仙忍不住啧啧称赞，以为到了另一人间仙境。

韩湘子取笛吹醒山神，问此为何处仙境，竟可与蓬莱仙阁相媲美。山神告知八仙，此乃金鹿群生之地，岛上土质肥沃，万物繁盛，尤以金色梅花鹿

风物传说

广鹿岛位于黄海北部外长山岛的西部，是国家级海岛森林公园，辽宁省风景名胜区之一，素有"大连门户"之称。

东晋十六国时，聚居于鸭绿江流域的高句丽人屡次进犯辽东，悉得辽东之地，并陆续向广鹿岛移民。以前，高句丽移民与岛上汉民杂居极少，自聚成屯居多。隋唐时期，隋炀帝和唐太宗及唐高宗为收复辽东，征战高句丽，均首先占领广鹿岛并在此筑城储备粮械，从而使之成为著名的"仓城之岛"。

居多，至今未有仙人到此命名。张果老听说至今无人命名，便腾云驾雾，居高临下，环视全岛，众仙自不相让，纷纷驾云而起。果见此地层峦叠嶂，草木青翠繁茂，岛屿星罗棋布，胜似世外桃源。几声金鹿呦呦啼鸣，更使仙人生出无尽遐想。张果老见此美景，哈哈大笑说："此地以金鹿为多，何不称其为'广鹿岛'，众仙人以为如何？"众仙听后纷纷称道，从此"广鹿岛"便有其名。

话说众仙人正兴致勃勃欣赏美景，忽然间，只见广鹿岛西北海域狂浪涌起，八仙为之一惊：难道又是北海龙王借机报以前腰斩两个龙子之仇？山神见此情景，连忙上前解释，原来广鹿岛七面皆有镇海之宝坨，唯有西北角欠缺，因而经常有章鱼妖张牙舞爪，兴风作浪，骚扰生灵。八仙听后，顿生怒气，此人间美景之境，岂容妖精作怪，争相要前去教训那章鱼妖。吕洞宾唰地拔出宝剑，铁拐李哈哈大笑将其拦住："各位仙人，小小妖精，何劳各位仙人兴师动众，此妖精喜泥土洞穴中躲藏生存，众人且在此观看，本人稍施妙法便可将其镇住。"话刚说完，铁拐李便从葫芦中取出一物，就在章鱼妖探头之时，抛了过去。刹那间，只见一个宛如葫芦的巨大礁石将那章鱼妖牢牢压住，章鱼妖长长的触腕瞬间不见了踪影，海面顿时风平浪静。众仙人纷纷夸赞铁拐李此招绝妙，既镇住了北海妖魔，又为广鹿岛增添一奇特景观。

从此，广鹿岛的西北角再也没有妖精兴风作怪，广鹿岛与葫芦岛的美名也一直流传至今。

獐子岛 金灯娘娘护佑石秀

素有"黄海明珠"之美誉的獐子岛镇位于黄海北部长山群岛的南端，由獐子岛、大耗岛、小耗岛和褡裢岛四个岛屿组成，这串起来可是一个长长的

獐子岛镇遍布奇观异景，流传着美丽动人的传说，水产资源极其丰富，以生产皱纹盘鲍、刺参、虾夷扇贝、海螺、海胆等名贵海珍品而扬名海内外。

獐子即原麝，又名香獐子。前肢短而后肢长，脐与生殖孔之间有麝香腺，在发情季节特别发达。原麝雄兽精神抖擞，威风凛凛，雌兽则较温和腼腆，洒脱可爱。原麝很少发出叫声，即使出现敌害或发生异常情况，也只是从鼻孔里发出短促的喷气声，以表示自己的不满和抗议。当然，在它们不幸被捕获时，也会拼命地大叫。有趣的是，原麝在逃脱追捕之后的几天之内，往往还会回到原地，人们称它们这种固执的怀恋故土的情感为"舍命不舍山"。

故事呢。

早年间，在山东一个靠海的村庄里，住着父子俩，父亲叫石福，儿子叫石秀，爷儿俩以打鱼为生，整天摇着小船漂泊在海上，一年到头不歇脚，日子却过得很寒酸，吃了上顿没下顿，脱了棉的没单的。

有一天，父子俩出海打鱼，忽然变了天，狂风把小船刮得直打旋。石福急得大喊："秀儿，快把帆降下来！"话音刚落，就听"咔嚓"一声，一阵怪风折断了桅杆，连帆一起刮到海里去了。大风刮了七天七夜，小船越漂越远。橹颠丢了，渔网刮跑了，粮食吃完了，淡水喝光了，无边无岸，愁杀了父子俩。他们饿急了，就撕衣服里的棉花吃，喝自己的尿。

一天夜里，石秀往四周望了望，见离小船不太远的前方有一个小岛，岛上离岸边不远处有一栋茅草房，里面亮着灯。石秀挣扎着从小船上爬下来，艰难地向小房子爬去。刚刚触到门，就昏倒不省人事了。当他醒来时，发现自己躺在炕上，身边坐着一位慈眉善目的老婆婆，正拿着小勺，把香喷喷的米汤一勺一勺地喂到他嘴里。他感激地一把拉住老婆婆的手问："您是谁？我爹呢？"老婆婆摇了摇头，长长地叹了口气说："好生养着吧，孩子，你爹已经咽气啦。"石秀一听，"哇"地大叫一声，昏死过去。

三天后，石秀发送了父亲，从此就跟着老婆婆过日子。他管老婆婆叫娘，老婆婆也待他像亲儿子。

石秀喜欢这个小岛，因为小岛上不光有花有草，有山有树，有虫有鸟，有甘甜的泉水，还有成群结队、温驯可爱的獐子。更有趣的是，海边的游鱼也不怕人，密密麻麻。要吃鱼，用瓢一舀就是半鱼篓。美中不足的是，岛上除了他们娘儿俩，再找不到第二户人家。这老婆婆也古怪，经常不着家，也不知她出去干什么。

有一天，石秀看见老婆婆正在侍弄一只大老鹰，他就问："娘，这只鹰是哪儿来的？样子真凶，您老别让它啄伤了手。"

老婆婆拍拍双手，笑着说："不会的，孩子。它是只神鹰，你看它的羽毛！"顺着老婆婆的手指，石秀发现，大鹰的身上发亮光，成群的小鸟向它飞来，成群的鱼儿向它游来，成群的獐子向它跑来。啊，原来它是一只招财进宝的神鹰啊！石秀高兴地跳起来。打那以后，他早出晚归，无忧无虑，日子越过越快活。

一天，老婆婆把石秀叫到跟前说："儿呀，古语说得好，'坐吃山

风物传说

空，立吃地陷'。你来岛上半年了，咱家的粮食眼看吃完了，你去陆上买点吧。"

石秀说："咱没有钱啊！"

老婆婆拍了拍他的肩膀说："傻孩子，山上有獐子，海里有鱼！"

石秀一听就开了窍。他找来大棒，打死百十只獐子，把皮絮好，把肉晒成干，装了满满一舱。又拿瓢到海边舀啊舀，舀了很多鱼，晒成干，又装了满满一舱。一切准备就绪，可他又犯了愁："我要是迷了路回不来怎么办？"

老婆婆一听，打开套间的门，从里面拿出一盏金灯说："儿啊，别怕，只要你一起航，这盏灯就会为你引路的。"

石秀听了喜笑颜开，立刻起锚扬帆起航了。一路上，风平浪静，不几日，来到一个寒冷的地方靠了岸。

这地方过于寒冷，毛皮特别值钱，鱼干和肉干也很好卖。因此，他很快就卖完了鱼干和肉干，只剩了几张毛皮子。一点数，得了三千多两银子。他买了一舱粮食一舱布匹，花了不到一半银子。一切准备就绪，就要起锚升帆。正忙着，忽听哗啦啦地树叶响，他感到奇怪，眼前没有树林子，哪儿来的树叶响？抬头朝岸上一看，只见一个十分秀气的姑娘，穿一身用树叶编成的衣裳站在那里，冻得直打哆嗦。他想：这个姑娘为什么没有衣裳？太可怜了。他重新抛下锚，来到姑娘面前说："妹子啊，你干吗不穿衣裳啊？"姑娘没等开口，眼泪就扑簌簌地落了下来，哽咽着说："外乡的哥哥，我说给你听，你能帮我吗？"

"能，你只管说吧！"

"好吧！"姑娘叹了一口气说，"我叫玉贞，从小死了亲娘，后娘和她的女儿，硬逼我穿着这样的衣裳去给她们弄皮子做皮袄，她们不给我一个钱，让我到哪儿去弄啊！要是弄不到，她们就不让我回家。"说着，又捂着脸哭起来。

石秀听了很难过，默默地转身回到船上，拿出剩下的几张皮子交给姑娘："拿去，给你后娘吧！"姑娘接在手里，向石秀深深地鞠了一躬，转身就走。刚走了几步，又转回身来，脸上布满了愁云说："外乡的哥哥啊，我后娘得到皮子，还会想别的法子害我，怎么办哪？"

这可是个难题，石秀感到棘手。低头想了一会儿，他果断地说："你愿意跟我走吗？"

姑娘低下头说："愿意。"

"那就上船吧！"

姑娘又犹豫起来。因为她还有一个年老的父亲，一旦她走了，父亲就会忧闷而死。

"我想我走后，我的老父亲会被她们折腾死的，怎么办哪？"

"这没关系，我会给他老人家足够的银子。"

姑娘转忧为喜，领着石秀进了自己的家。当姑娘把前后经过和自己的心愿一说，老爹高兴地拍掌大笑，后娘却气歪了嘴巴。她想把自己的女儿嫁给石秀，可石秀死活不要。后娘没有法子，给了姑娘十两银子，要她缝制一套被褥作为嫁妆，自己暗中把两只施了魔法的绿头蝇和一缕头发絮在里头。姑娘跟石秀一走，她就对丈夫说："老鬼，不用高兴得太早了，过不上几天，你女儿就会被人家当妖精扔到海里喂王八！"原来后娘是个女巫。

石秀把姑娘带回岛上，第二天，老婆婆就为他们办了喜事。

晚上，新郎新娘入洞房以后，当他们吹灭了油灯，双双躺下时，施在被褥上的魔法使新娘起了变化。只见她绿头红眼，浑身毛蓬蓬的像一个妖精。石秀吓得大叫一声，纵身从窗口跳出去，一边跑一边喊："娘呀，快逃啊，咱家来了妖精啦！"

老婆婆问："妖精在哪儿？"

石秀把老婆婆推到洞房门前指着炕上的玉贞说："您看看！"

"那是你媳妇啊！"老婆婆明白了其中的缘故，但她不动声色。一连好多天，石秀见了新娘就躲，暗中和老婆婆商量，要想法把玉贞扔到海里去。新娘知道后，又气又怕。一天，她瞅石秀不在家，突然跪到老婆婆脚下，声泪俱下地哭诉道："娘呀，你们不要把我扔到海里，我是人，不是妖精啊！"

老婆婆赶忙拉起她说："孩子，我知道你不是妖精，都是你后娘作的法。听婆婆的话，起来把你带来的被褥拆了，取出里面藏的东西烧掉，然后，再去门前的河沟里洗净，你丈夫就会和你合房了。"

玉贞赶忙拆了被褥，从里面取出绿头蝇和头发用火烧掉，把里子拿到门前的河沟旁，边搓洗边哭，眼泪像珍珠一样，一颗一颗地掉到河水里。转眼间，魔法从她的身上解除了，她比以前更秀美啦。正在这时，石秀打河边走

风物传说

过，看见了玉贞，立刻如醉如痴，呆愣愣地跑回家对老婆婆说："娘呀，门前是谁家的媳妇在洗衣裳啊？"

"儿啊，那是你媳妇啊，这个岛上除了咱家，哪有第二家呀！"

"她不是妖精吗？"

"不是，那是她后娘在她身上施的魔法，如今解除了！"

石秀如梦初醒，赶忙跑到玉贞面前向她赔不是，玉贞不怪他，夫妻从此言归于好，互敬互爱。他们一起动手，开了大片土地，栽上了瓜果李桃，种上了小麦玉米，日子越过越红火。

半年时间过去了，后娘满以为玉贞被丈夫扔到海里淹死了，便带上亲生女儿，驾一只小船来岛上投亲。

上岛以后，女儿见满山满坡的瓜果李桃和绿油油的庄稼，就呜呜地哭起来。后娘问她哭什么，她往山上一指说："你看那山上长的，地里种的，都是姐姐的手艺，她没有死，我怎么办哪？"她跺足捶胸，抓散了自己的头发。

后娘一看也明白了。她一不做，二不休，把牙根一咬说："不要哭，老娘给她个厉害的尝尝！"她舀来一碗水，哼哼呀呀地念了一段咒语，然后把水往山坡上一洒，刹那间，瓜蔓变成了葛藤，庄稼变成了野草，成群结队的獐子跑到地里，转眼把地里吃了个精光。

女儿一看也不哭了。

娘儿俩来到了山南坡，看见了老婆婆养的神鹰。那神鹰的羽毛放着光，招引海里的鱼儿游上来，神鹰却不肯吃一条。女儿一看，停下不走了，呜呜地哭起来。

"又哭什么？"

"你瞧那该死的神鹰，它不该把鱼儿都引到它的跟前，真让人讨厌死啦！"她跺足捶胸，抓散了自己的头发。

后娘说："那算不得什么本事，你看着吧，我要让它把鱼儿吃个精光！"说着，抓了一把沙子，向神鹰撒去，嘴里哼哼呀呀地念着咒语。说来也怪，神鹰真的就接连不断地吃起鱼来。

女儿一看不哭了，跟着娘翻山来到石秀家里。

老婆婆见亲家母来了，心里就犯了合计，她吩咐玉贞去摘果拔菜招待客人。玉贞走了一会儿，又提着空篮子回来了，泪流满面地对婆婆说："娘呀，满山的瓜菜和庄稼，全让獐子给糟蹋了。"

老婆婆沉吟了一会儿说："吃就吃了吧，别难过。"她又吩咐石秀说："拿瓢去舀些鱼儿来，我要让亲家母尝尝海鲜味！"

石秀走了不一会儿，气急败坏地跑回来说："娘呀，您快去看看吧，神鹰把游到海边的鱼全吃光啦！"

老婆婆一听全明白了，她站起身来对亲家母说："亲家母稍等一会儿，我去去就来。"老婆婆来到海边，照着神鹰的头轻轻一拍，神鹰马上抬起头，不吃鱼了。她舀来一碗水，一边念动咒语，一边洒向神鹰说："为了岛上过好日子，你化作石头吧！"话音刚落，神鹰立刻昂首挺胸，僵在那里不动了。它头朝南尾朝北，成年累月站在海边，保护着这个小岛。

老婆婆用瓢舀来鱼，后娘一看吃了一惊，知道魔法破了，打那以后她加了小心。

后娘赖在岛上不走了，她不把玉贞害死，不把石秀夺到手是不会死心的。玉贞牵挂着老父亲一个人在家里没人照顾，就把心事对石秀说了。石秀说："你别急，我再到陆上去跑趟买卖，顺路把老人家接过来。"

石秀把打算对老婆婆说了，老婆婆思谋了一阵说："儿啊，去吧，要带上玉贞一起去，路上也好有个照应。"

第二天，一对恩爱夫妻告别了老婆婆，告别了后娘和她的女儿，趁着风平浪静起锚上路了。

▶ 大耗岛和小耗岛

石秀和玉贞一走，后娘和她的女儿没法下毒手了。她们深知老婆婆的厉害，不敢朝她下手。

一天，老婆婆不在家，母女俩偷偷打开套间的门，想看看里面有什么秘密。进门一看，墙上挂着一盏金灯。女儿见了金灯，就呜呜地哭起来。后娘愣住了，忙问："我的宝贝疙瘩，又哭什么？"女儿说："娘呀，你看那盏金灯，我一看就心慌，烦死人了。"说着，又跺足又捶胸，抓散了自己的头发，越哭越凶。

后娘见了金灯，高兴地笑着说："好孩子，你别哭，这是一件宝器，是盏导航的神灯。我掐算了一下，今夜玉贞和石秀带着那个死老头子就要回来了。等到半夜子时，咱把金灯偷出来砸了，让他们在海里迷了方向，统统落

水喂王八去，从今往后，咱就是这宝岛的主人了。"

这天夜里，海上起了风，满天乌云遮住了星月，伸手不见五指。母女俩见老婆婆睡沉了，就悄悄起来，开了套间的门，要偷金灯。刚要伸手，只见金光一闪，老婆婆出现在她们眼前。只见她冷冷一笑，娘儿俩立刻呆住了，直挺挺地僵在那里。老婆婆说："黑心人，你们作到头了，今天该叫你们知道我的厉害了。我本是这里的金灯娘娘，救苦救难是我的本分。你们毁了我的瓜菜和庄稼，我宽恕了你们；毁了我的神鹰，我又宽恕了你们。如今你们又要盗取金灯害死你们的亲人。为了救苦救难，我只能除掉你们这两个祸害。"

老婆婆越说越有气，她取来一碗水，喝到嘴里朝这娘儿俩身上一喷，只听母女俩"哇"的一声大叫，变成了一大一小两只耗子，大的像毛驴，小的像肥猪。它们流着泪，跪在金灯娘娘脚下，等候发落。老婆婆看它们那可怜相，心又软了。她自言自语地说："可免你们一死，但必须发配你们！"说着，朝它们吹了一口气，把两只耗子吹上了天，说声："去！"两只耗子被一阵狂风卷着朝东北方向飞去，落到了两个无名小岛上。从此，这两个小岛有了名字，大耗子落下的岛叫大耗岛，小耗子落下的岛叫小耗岛。

▶ 獐子岛的由来

金灯娘娘发配了两只耗子，急忙提灯来到海上，把迷航的石秀夫妻和他们的老父亲引上了岛，然后收起金灯，飘然而去。

石秀和玉贞带着父亲上了岛，回家一看，老婆婆不见了。夫妻俩一边哭一边找，找遍了岛上的沟沟岔岔，也没见到她的影子。夫妻俩断定老婆婆是被后娘给谋害了，两个人站在山顶放声大哭。正在这时，忽听山下一声喊："孩子们，别哭了，我在这里……"往下一看，从南海边上来一个人，仔细一看，正是老婆婆。只见她手提金灯，飘飘忽忽来到了眼前，拍拍石秀和

还有一种说法。有一年杨二郎赶山路过这里，鞋窠篓里灌进了泥沙。他弯腰脱下鞋，把两只鞋里的泥沙全给倒出来了。如今这两个小岛，就是那些泥沙筑成的。就在杨二郎弯腰脱鞋的工夫，他肩上那个装钱的褡裢落在地上。他急于赶路，把它忘在了这里，褡裢也变成了两头高中间洼的一座小岛，这就是如今的褡裢岛。

老婆婆本想把两只母耗子发配到褡裢岛上，又一想，这两个家伙见钱眼红，不能叫它们沾着这个宝地，就送到两个无名岛上安了家。

玉贞的肩膀说："孩子们，别哭了，我没死。实话告诉你们，我本是金灯娘娘，为搭救你们才来到这个岛上。如今，坏人除了，你们在这里安了家，我该做的全做了，也该走了。你们俩要好生过日子，过些年还会有人搬到岛上安家的，你们要欢迎他们，帮助他们，我会保佑你们的。"

金灯娘娘安抚了石秀夫妻，伸手摘下一片树叶，用嘴一吹，那树叶飘飘摇摇飞到南海里，变成了一只小船。金光一闪，金灯娘娘稳稳当当地坐在小船上，手举金灯，朝石秀夫妻摇了三摇，小船迎风破浪往南去了，转眼就不见了。夫妻俩放声呼喊："金灯娘娘——"睁眼一看，原来是个梦。这回他们全明白了，再也不去寻找了。

又过了几年，从山东陆陆续续来了一些受苦人，在岛上安了家，美丽富饶的小岛从此有了生机。人们不忘金灯娘娘的大恩大德，大伙凑钱修起一座娘娘庙，给娘娘塑了金身，一年到头香火不断。

日子过好了，小岛出了名，可是岛还是个无名岛。石秀说："我上这个岛的时候，生活在这里的是满山遍野的獐子，它们是这里最早的主人，就叫这里獐子岛吧！"

大伙都赞成。打那以后，獐子岛的名字就叫开了。有关獐子岛的传说，也一代一代地流传下来。

讲述：石永枝、刘玉发、王美臣、吴丽华等

搜集整理：沈淑芬

黑岛 彩凤、老人参赶跑老妖道

传说当初杨二郎赶山填海，从远处赶起一座山飞落在黄海北岸一处海湾的西南边。这座山虽然不算很高，却连绵起伏，三面环水，只有西南狭窄处通陆，景色奇峻稀有。这就是黑岛。满族大学者多隆阿游览黑岛时曾留下"一水永联獐鹿岛，群峰环绕凤凰山"的佳句。

最早住在这个岛上的是一只彩凤和一棵老人参，它俩相处得很好，经过千百年的修炼，都有一些道行，还能变成人。

有一天早晨，百鸟随着彩凤迎来了日出，便围绕彩凤在高山顶上跳起舞唱起歌。老人参变成一个穿红肚兜的小胖孩，在一旁吹笛伴奏。正热闹非常的时候，南极仙翁驾着仙鹤来到这里。老仙翁说："你们过得很快乐，不要

风物传说

忘记人无远虑，必有近忧！"说完，驾着仙鹤腾空而去。大家都觉得老仙翁话中有话，可是谁也预料不到将会发生什么。

过了若干年，不知从什么地方来了一个老虎精，到这里海滩"打碱"（即吃点盐水），看中了这个岛。它先占据了岛上西南一座高山（现称老虎山），想在这里称王称霸，每天除了捕食山上动物以外，还经常到彩凤和老人参所在的山上搅闹，强迫彩凤和老人参搬走。彩凤对老虎精说："你住你的老虎山，我住我的凤凰山，互不相扰好不好？"老虎精不答应，蛮横地说："你们不走，别怪我不客气！"彩凤料想斗不过它，便说："我可以把这个地方让给你，但料想你也住不清闲……"彩凤还没说完，老虎精就问："为什么？"彩凤说："这个岛北面海湾里藏有一条黑蛟龙，它神通广大，能不与你相争吗？"老虎精以为彩凤在欺骗它，并不理睬，硬逼彩凤和老人参马上离开这里。就这样，老人参变作穿红肚兜的小胖孩驾着彩凤飞向远方，其他鸟兽也相继离开这里。

有一天，晴空丽日，黑蛟龙从海湾里探出头来，向周围张望，觉得周围景色再没有比这个岛更美的了。它纵身跳到岛上，张牙舞爪翻腾了一会儿。这一下惹恼了老虎精，不由分说便同黑蛟龙打斗起来。从此，一龙一虎结下了冤仇，经常在山上打斗。老虎精向海湾里刮黄风，黑蛟龙就向岛上喷黑雾，下黑雨。斗来斗去，把这个美丽的岛糟蹋得乌烟瘴气，变成黑色的岛了。后来，黑蛟龙暗设计谋，把老虎精引到海边悬崖上搏斗，乘其不备，一甩龙尾将老虎精打进海里淹死了。这样，黑蛟龙不仅占了海湾，也占了这个岛，从此，谁也不敢再靠近这个岛。黑蛟龙作恶多端，后来被杨二郎用一条铁链子锁住，在北面泉龙山一眼枯井里受罚。

彩凤探知龙、虎都被制服后，又驮着老人参回到岛上来。上岛一看，到处破败不堪，一片凄凉景象。彩凤和老人参含着眼泪种树栽花，几年工夫，这个荒凉的岛又恢复了生机。为了不忘过去的遭遇，彩凤和老人参商量，就把岛起名叫黑岛。

又过了几年，不知从哪儿来了一个妖道，身上带着两件宝物：一是宝镜，一是敲山棍。妖道看上了凤凰山上的老人参，朝思暮想，要弄到手。老人参无论躲藏在哪里，用宝镜一照就照出来了。山石不管怎样坚硬，用敲山棍一敲，就裂开了。老人参吓得东躲西藏，不得安宁。彩凤帮老人参想出了一个躲避妖道的办法，它把自己身上的长羽毛拔下一根交给老人参说："你拿着这根羽毛，妖道就抓不着你了。"果然，妖道在山上用宝镜照，老人参就随着羽毛飞到海里；妖道到海里去照，老人参又飞到山上来。就这样周旋了一些日子，妖道仍不罢休。彩凤又想出个新的办法来，悄声告诉老人参，老人参依计行事。

这一天，妖道用宝镜向山上海里到处照，也没照着老人参。他又生气又上火，白天夜间不停地照，终于从黑岛东北海里一个坨子上把老人参照着了。老人参隐藏在一簇簇山花丛里，一动不动。妖道高兴极了，趁落潮时弯腰脱鞋要往坨子上去。彩凤变成一个仙女乘机从后面把敲山棍抢到手，朝妖道脑袋狠狠敲去，妖道大叫一声，脑浆迸出，便死去了。彩凤和老人参收起宝镜和敲山棍，回到凤凰山，过上了平安幸福的日子。

后来，一些善良的人们先后到岛上安家落户。彩凤和老人参商量，将黑岛让给大家。在一个月明星稀的夜晚，老人参驾着彩凤，向南飞去。

歇马山 薛礼剑劈巨石怪

"月月结婚正是一个风暖河开，地头青草返绿的初春时节，这时节，爬行在辽南歇马山庄旷野上的日子，经历一个古老节日'年'的引渡，由忙腊月、耍正月、闹二月的热闹，再次走向平常的空落、孤寂，出民工的男人们纷纷收起与家人相聚的欢颜，打点行装等待那个心底谋定的时辰的到来。"这是小说《歇马山庄》的开头。这部庄河籍作家孙惠芬描写歇马山庄的作品获得了鲁迅文学奖，让歇马山庄这个地方为世人所熟知。

据传唐朝李世民平定天下已久，盘踞在辽东一带的高句丽人占山为王，袭扰周边县郡。朝廷派遣小将薛礼收复关东。

话说薛礼离开观驾山，带领先头部队披荆斩棘，走了五六十里，被一座

唐朝征辽东，唐太宗李世民亲自出征只有一次。话说唐太宗亲自督师，分陆、水两路进军，一路捷报频传，唐太宗非常高兴，决定到辽南巡查一下。那时到处是荒山野路，唐太宗一行错过了水路张亮、陆路张俭所在的部队营地，直接来到沿海。两位将军听说皇上走错了路，赶紧带领随从骑马追去，最终在一座山前相遇。君臣登山远望，观赏大海，唐太宗说："朕与众卿来此不易。常言道，人过留迹，雁过留声，我们留点什么遗传后世？"众人寻思一阵，张亮说："我和张俭拜谒皇上的这座山就叫观驾山吧。"张俭说："这里就叫观海台吧。"众人听后都表示赞同，主张刻石传世。这就是观驾山的由来。

东西横起的无名大山挡住了去路。这时候日头已偏西，人也困了马也乏了，薛礼下令歇马造饭，次日再赶路。

他刚刚下马，山林里突然锣鸣鼓响，窜出两股兵马来。为首两员猛将，从东山窝口里冲出来的旗上绣着"东王"，从西山窝口里冲出来的旗上绣着"西王"，不等近前就大呼小叫："快把李世民小儿交出来，免得你变成刀下鬼！"

薛礼也不搭话，跃马挺枪，对准一个就刺。这两个草寇哪是他的对手，只两个回合便招架不住了。薛礼眼看要取胜，山上突然漫起一团云雾。那云雾飞快地扩散，弥漫到山下，从中显出三个莽汉。他们既没披盔甲，也不跨坐骑，连武器也是十八般之外，叫不出名字，下得山来齐朝薛礼动手。好虎架不住一群狼，薛礼单人匹马力战五将，败不了，可也胜不了。

一连这么几天，马也歇不了，路也过不去，薛礼很焦急。最后一次交锋，他一见山坡上云雾腾起，便朝云雾的正中处射了一箭。只听里面"咔嚓"一声响，随着闪起一片火花，那三个莽汉喊声不好，扭头就跑。他们是干什么的？住在什么地方？薛礼寻思了片刻，便催动坐骑追了上去。

山上没有一个人影，最高峰上有一座石头城，城前的一个阴坡上，立着三个死板板的石头人，身长七尺开外，腰围两抱有余，满面湿漉漉的。薛礼寻思：我一身汗水是打仗累的，你们这汗水是怎么来的？再仔细一看，每个石人身后都横着一根碗口来粗的树杠子，刚才那三个莽汉使的武器就是这个样。当中的一个石人肋骨上还崩掉崭新的一片石碴子，这不是箭伤是什么。"狗东西，是你们作的妖！"他拔出宝剑，手起剑落，连砍了三下，三个石人的脑袋登时落地。

薛礼舒了口气，四下一打量，东南角的密林中隐着个东王旗，西南角的密林中隐着个西王旗，都透出腾腾的杀气来。他提了提精神，一溜烟闯进了东王营寨，挑了东王，又冲进西王营寨，杀了西王。树倒猢狲散，两个王一死，小喽啰跑的跑，颠的颠，薛礼这才消消停停地歇了马。

薛礼在起程前，碰见个打柴的樵夫。细唠起来，才知道这山上原来是九位神，因为这三位助纣为虐，另六位说也不听，劝也不理，无奈何，只好散了伙。那六位神分作两伙下了山，凭着本事去消灾灭害，保佑百姓。薛礼听了很激动，不由得自言自语："善有善报，恶有恶报，让那些为非作歹的东西风吹雨打日头晒去吧！"

他一句话出口，真就"金口玉言"，那掉了头的三位神一直被风吹雨打日头晒着，至今还横倒竖仰在那露天地里。不肯跟他们同流合污的六位神都住上了庙宇，山脚下的三位住的叫石庙，远一些的三位住的叫张德寺。

薛礼歇过马的这座山，此后就有了名，叫作歇马山。山顶的一块石头，还留下当年他踏过的一只大脚印，足有二尺长。

歇马山的古兵城遗迹、古城墙、古石碑等为歇马山增添了许多神秘色彩，吸引了无数游人。

讲述：白富顺
采录：白清桂

步云山　神仙聚会雾遮山

步云山号称辽南第一峰，山势险峻，层峦叠嶂，怪石嶙峋，气势磅礴。在三面环海的辽东半岛，步云山云雾缭绕，灵气十足，可是个神仙出没的地方呢。

很久以前，有个挖棒棰的老人来到这座大山上，忽听古林中有人朗声念道：

> 泰然亘古正，辽南第一峰。
> 群龙拥天塔，大鹏欲腾空。
> 金牛腹中藏，海眼紧牢封。
> 奇云绕山变，灵气凝宝成。
> 四季景殊异，洞府隐高层。
> 盛名驰遐迩，引来仙客登。

挖棒棰老人闻声寻找，见一位鹤发童颜的老人手拄拐杖，坐在林间一块大石上，遂走到老人跟前拜见，问其诗意。那老人就讲了一段故事，讲完眨眼间无影无踪。

相传很久很久以前，太上老君在一个冬尽春来的时节，骑着青牛驾着祥云在天空遨游。忽然见到海北陆地上金光闪闪，便按落云头落到地面高处。

风物传说

歇马山是长白山余脉千山的最南端。现在，歇马山景区已经被命名为大连银石滩国家森林公园。

老君下了青牛，仔细观察，看见这里平地上有一个很大的海眼，热水翻滚沸涌。老君想：这处海眼若不封住，不久这一带就会变成海洋，不仅陆地生灵无法生存，就是海里生灵也会给烫死。我要施展法力封住海眼。这时，突然从海眼里跳出一头金牛，金光四射，冲向老君骑的青牛，与青牛顶起架来。老君心中一动，要降服金牛，作为镇海眼的宝物。老君的青牛是一头神牛，很有灵性，它善于领会主人的心意。老君向它递个眼神，青牛会意，冷不防将金牛撞到海眼里，老君立即施用法力，将一块巨大的石板盖在海眼上面，要把海眼封死。可是，金牛在海眼里将身子变大，一使劲将盖在海眼上面的大石板掀翻，跳出来仍与青牛顶架。老君一看，用一般法力镇不住金牛和海眼，只好另想办法。老君向青牛暗示了一句："你俩在这儿斗着玩吧，我有点小事去去就来。"说完，驾祥云而去。

老君去找杨二郎，请他施展赶山填海的法力，用一座大山将金牛压在海眼里。杨二郎跟随老君，驾祥云来到海眼上空，看到青牛和金牛在斗法相，两头牛都变成小山那样大，有时在地上斗，有时在空中斗，不分胜负。老君对杨二郎说："你看，一头神牛，一头宝牛，斗得多起劲。看来，要降服这头金牛，不是一件容易的事。要堵住海眼，必须移一座和泰山差不多大的山才行。"杨二郎说："这两头牛正斗在一起，我用赶山填海神鞭将大山赶来，怎能只将金牛压在海眼里？"老君说："这好办。我让青牛与金牛在海眼上空斗，我一念咒青牛就知道我的意思。你赶来大山，尽管将金牛压进海眼里，青牛会化成一股清气逃出来的。"计议妥当，杨二郎腾云驾雾就走了。不到一个时辰，老君就听狂风呼啸，响声如雷，一座大山从空中飞来。青牛闻声逃走，金牛一愣神，就让大山给压进海眼里了。这座山既高又大，像圆形宝塔。老君和杨二郎绕山查看了一番，金牛已经将海眼封住

清末民初的《清史稿》中，称步云山为"布雾山"。而将"布雾山"改为步云山的人是中华民国九年至十年（1920—1921）在庄河当县长的李绍阳。当时庄河有一位名流叫刘滋楷，是清光绪十一年（1885年）举人。李绍阳登门拜访，在闲谈中，刘滋楷讲到庄河风景名胜不少，其中提到黑峪和布雾山。他说："赵尔巽主编《清史稿》，把庄河最高山称为布雾山，是不合适的。山高必然拦云，能叫布云山也不能叫布雾山啊！"李绍阳就挑选几个武功好的保镖，找了一名向导，去黑峪住了几天，观察实际情景，见高山之上多是云雾流动。他仔细审度，将举人刘滋楷说的"布云山"改了一个字，叫"步云山"。后来，李绍阳主持编写《庄河县志》时，就用"步云山"，一直叫到现在。

不漏水了。

三年后一个春天，老君驾云经过这里，发现金牛钻出山来，在山东坡吃野草，喝山泉水。老君没去惊动它就走了。回去后老君打成一条铁链子，又带上金刚圈，来到这里。从空中向下看，金牛仍在山东坡。老君先将金刚圈祭出，一道金光将金牛套住。然后，用铁链拴住金牛两个角，施用法力从东面将山打开一个口子，把金牛牵进山里，锁在一根大石柱上。老君出山后，施用法力，将山封上。老君寻思，这头金牛已经不是一般宝物，灵性和法力都很大，这次能不能锁住还不一定，以后还得来看看。

又过了五年。老君在天上兜率宫打坐，忽然心头一动，掐指一算，知道金牛将铁链挣断，又钻出山来。老君打造一条钢链，带上金刚圈，又来到这里。这时正值夏天，水草丰盛，仔细观察，发现金牛在山前坡吃草。老君祭出金刚圈，又将金牛套住，用钢链将金牛两个角拴住，施展法力从山南面将金牛牵进山里，锁在大石柱上。老君对金牛说："你是这里的镇山之宝，不准出山现相，泄漏地气。"金牛说："要想使我不出山，必须有法力能制服我，那我情愿永做镇山之宝，散发灵气。不然，我还是要出山的。"老君将山封住，回天宫去了。老君五年后来看，金牛没出山。

十年后一个秋天，老君又来看，金牛将钢链也挣断了，出现在大山西面。这次老君来到金牛跟前，对它说："这次我还要来锁你，你让不让锁？"金牛说："你是天上神仙，我哪能不让锁。就是不让锁，你有金刚圈，我也逃不掉。不过，我已将这座大山破了三面，即东方甲乙木，南方丙丁火，西方庚辛金。这要再锁不住我，若破了北方壬癸水，海眼就开了……"老君边听边施展法力，将金刚圈变成一条锁链，拴住金牛角，从山西面开山将金牛锁进山里大石柱上。老君出来，将山封好。老君在回天的路上想，这座大山还应该牢封加固，经久无害为好。

老君又求杨二郎帮忙，对杨二郎详细说了加固镇海眼的想法，大体意思是：这座大山要坐北向南，位置要正，从远处看泰然而不峭。登到顶峰环顾，如群龙簇拥天塔，又如大鹏展翅。山前山后，峻岭重叠，形成重重封闭之势。老君对杨二郎交代清楚之后，杨二郎便开始动手补筑山势。经老君审度再三，觉得非常满意，才回天宫去。

经过若干年，老君多次来，金牛锁住了，海眼封住了，山势稳定无变化了。老君打算在这座大山顶上，搞一次群仙聚会，一是庆贺封海眼成

功，二是求群仙为这座山点化灵气。选了一个春天，老君邀请群仙到封海眼这座大山顶峰聚会。老君向群仙简单说了一下封海眼和锁金牛的经过，接着要求群仙游山观光后，根据各自特长为这座山赐赠灵气。有的神仙说："海眼虽然封住了，山南较远的地方，渗出两处温泉，是否该整治一下？"众仙观察，认为并不碍事，留作海眼印证。有的神仙提议，给这座大山命名为"金牛山"。老君思虑再三，向众仙说："暂时还是不命名为好，待后来这座大山灵气大发，依据人间实际感受再命名为宜。"众仙无言，回天宫去了。

后来，经过漫长岁月，人们觉得这座大山云雾变化奇妙无穷，就起名叫步云山，一直叫到现在。

英那河 英那降龙献身

2001年大连经历了一场大旱，英那河充当了"救火队员"的角色，提前一年上马的引英入连工程解除了大连的水荒警报。如今，英那河已成为大连人的母亲河，号称大连人的"水碗"，以她清纯的水质滋养着几百万人口。

据说，当英那河两岸开始有人居住的时候，在河流中部，也就是双塔岭前英那河水库拦河坝的东边，有一户姓刘的人家，老头儿叫刘崇，有一身好武艺，专靠捕鱼打猎过日子。老婆子虽然没有武艺，却是上炕剪子下炕刀、碾子磨不用教的人。老两口有个儿子叫刘英那，膀大腰圆，从小就跟他爹学了一身好武艺。后来，他爹去世了，他也靠捕鱼打猎养活他妈。这个人又勇敢，又善良，使一柄五股钢叉，哪里有狼虫虎豹出来害人，他就到哪里除害。河两岸的人们都很感激他。

英那家的岭后，住着一户姓庄的，家里有老两口和一个姑娘。姑娘名叫

英那河发源于岫岩龙潭乡的支流，源头有一石潭，深丈余，宽几丈余。五十多年前水源充足时期，潭水深不可测，翻滚泻出，据老人们讲，常有探险者溺水而死，故而取名"龙潭"。因此就有人说，英那河是一条玉龙，全身银鳞银甲，因此水才清白见底。英那河自庄河黑岛入黄海，入海口处有甲午海战民族英雄林永升的塑像护卫入海，因此英那河有首尾俱名之说。英那河另一条支流发源于"北方小桂林"冰峪沟。英那河水一直以来都是大连最好喝的水。英那河全长九十五公里，是大连境内风景最秀美的河流之一。

庄秀，心灵手巧，跟她爹学了一套放蚕的手艺。英那打猎经常见到她，叫她蚕姑。时间长了，两个人就有了感情，有时，英那不在家，蚕姑就主动去照料英那的母亲。英那的母亲也非常喜欢蚕姑。

有一年秋天，蚕姑在山上往筐里抓蚕，忽然一只金钱豹从背后扑来。英那打猎正好走到这儿，一见这情景，急忙喊着冲上去。但蚕姑还是被豹子抓伤了腿，英那一叉刺死了豹子，把蚕姑送回了家。蚕姑的爹妈很感激，就商量把蚕姑许配给他。两家一商量就定了亲。

几天以后，海里的一条黑蛟龙沿着河流向上游。这条黑蛟龙经常兴妖作怪，老百姓被害苦了，却又没有办法，只得求英那。

英那知道黑蛟龙厉害，担心自己不是对手，但为了乡亲，豁出去了。他拿起五股钢叉跳到河里，与黑蛟龙斗起来。最后，从河里斗到岸上，黑蛟龙张着血盆大口扑上来，英那趁势一叉刺进去，正中黑蛟龙的咽喉，黑蛟龙疼得大叫一声，扑上去，一爪子把英那的心脏抓了出来。英那倒下了，黑蛟龙带着钢叉钻到水里，游出不到几丈远，也浮出水面咽了气。

英那死后，人们非常难过，都来安慰英那和蚕姑两家。从那以后，两家老人就由蚕姑一个人照顾。后来老人们相继去世，蚕姑也积劳成疾，离开了人间。人们为了纪念英那和蚕姑，在山上修了两座石塔，把此山叫作双塔岭，并把河取名为英那河，以表示对刘英那的怀念。

讲述：赵振厚

采录：张天贵

海的传说

　　把海的传说单独列出来，是因为大连的海岸线特别长，有关海洋生物的传说特别多。从龙王到鱼鳖虾蟹，从海带到海盐，这些海里的精怪和陆地上的渔民生活交融，发生了很多美好的故事。大连的海的传说，弘扬正义必定战胜邪恶、善良勤劳的人一定会有好报、有情人终成眷属等朴素的文化精神。

龙王私访

有关东海龙王敖广的故事很多，可要说最有人情味的，恐怕要算这一个。

从前长山岛上有一位张员外，他有个独生女儿，名叫梨花，不但生得十分美貌，还擅长弹唱和诗画，在长山一十八岛，谁家的姑娘也比不上她。梨花长到十六七岁了，远近的媒婆踏破了门槛，老员外都以"孩儿年幼"为由谢绝人家，一拖拖到小姐二十多岁，员外才同意给女儿找个婆家，谁知女儿却摇起头来。员外又东挑西选地替女儿相了几家，女儿还是一个劲地摇头。张员外猜想女儿大概有了意中人，就让老伴去问女儿。女儿听了脸红不语，老两口心中明白八九，也就由着女儿，把提亲的事搁了下来。

梨花小姐不答应父亲给选的女婿，她确实已经有了意中人。还是在这年春上，桃花开得粉红，岛上这时节雾也特别多，小姐在雾天独自到海边散心，遇见一位英俊少年，刚想回避，少年却向她施一礼说："梨花小姐诗画弹唱远近有名，学生久仰了！"小姐看少年一表人才，望望四下雾海茫茫，也就大胆和少年攀谈起来。得知少年姓元名鼋，又问他城府何地，少年用手往雾海里一指，含糊地说："不远。"两人越说话越多，小姐也不拘束了，又对诗答句，不知不觉太阳露出红脸，雾也消了，二人才恋恋不舍地分手。

一晃半个月过去了，其间小姐常到海边散步，但一直没见到少年元鼋。天长日久，小姐得了相思病，常常三更难眠，以吟诗作画消磨时间。

这一天夜晚，梨花小姐心不在焉地画起画来，突然身后一声喊："画得妙！"小姐大吃一惊，暗思深更半夜谁能上绣楼。慌忙回头一看，是元鼋站在身后。小姐先惊后喜，二人寒暄之后，吟诗答对，不知不觉玩到鸡叫，元鼋才起身告辞。打这以后，元鼋常常在深更半夜来到绣楼和小姐作画题词。小姐和元鼋在一起，精神愉快，面色红润鲜艳，更加好看了。

转眼六月荷花开，龙王私访来到岛上，日头磕山的时候，抬头发现张家庄一户绣楼顶上紫光闪闪。他知道这是一股妖气，就以讨杯茶喝为借口来到张员外家。张员外看到讨茶的老头儿童颜鹤发，虽丑陋但面容和善，也就请进屋内。龙王得知后花园绣楼上住着员外的女儿，便问起小姐婚事。员外长叹一声说："女儿二十有三，整天无忧无愁，给她找的婆家，她都相不中，问她看中了谁，她也不说。唉——"龙王说自己会算命占卦，员外求之不得，十分高兴，连忙打发家人请小姐来。梨花小姐来了，施了礼，龙王一看小姐的面相，心中暗吃一惊。她是让老鳖精戏着了，已经怀有身孕。龙王打发小姐走后，就对员外直言："你家小姐被水妖戏着了。"员外一听毛了神，结结巴巴问："老先生，有法子治吗？"龙王说："办法倒有，也很简单。你先领我到小姐绣楼下走一圈。"张员外领着龙王围着绣楼转了一圈，龙王便指着后花园对着海开的便门说："你就在这儿埋伏些家人，等水妖来到门口一变成人，就用乱棒把它打死。打死后，大伙赶快把它下锅，吃肉、喝汤，骨头装进坛子放到海里，小姐往后就有救了。"

龙王走后，张员外吩咐家人夜晚埋伏在门旁的假山乱石后，等了两天晚上，不见动静。第三天夜里三更刚过，从海边爬上来一个老鳖，来到后花园门下变成了英俊少年。刚跨进门，家丁们一顿乱棒，把老鳖精砸成一团肉酱。大伙美美地吃了一顿鳖肉，喝了一锅鳖汤，把剩下的骨头装进一个泥坛，扔到了大海里。

梨花小姐得知自己被鳖精戏着了，十分羞愧，又一想，书生明明告诉自己，他姓元，名鼋，"元""黾"两字合起来读鼋，鼋就是鳖。她是个有文墨的人，当时没在意，现在又能怨谁？既然他有情，我有意，又有了孩子，我谁也不怨。梨花小姐决定从此终身不嫁。

转眼桂花吐香，梨花小姐在楼上感到闷热，趁晌午人静，独自到海边散

还有个龙王私访的故事。相传宋朝年间，有一个牛倌进山找牲口，冷不丁看见一个书童打扮的小伙子从大水湾里探出身子，望一下四处没有人，拿起扫帚弹扫水面的落叶，扫完了又钻进水里。不大一会儿，他顶出一张八仙桌，桌上摆的是瓜果梨枣，还有些叫不出名的好吃的和茶壶茶碗。没看见吹鼓手，却从水湾里传来一片细吹细打的鼓乐声音，紧接着四个仙女扶着一位头长两个角的白胡子老头儿从水里浮上来。老头儿穿着绿色带鳞的袍子，阳光照在身上金翅金鳞的。四个仙女把白胡子老头儿扶在莲花椅子上坐下，就围着八仙桌，边歌边舞起来。白胡子老头儿一面品着茶，一面听着悦耳的音乐，手捻银须满面喜色。

小牛倌见这个场面，心里头有些害怕，他为了给自己壮壮胆，"嘎——"索性甩开膀子狠劲抽了一个响鞭。哪知道，他这一响鞭，竟震得山鸣谷应，把水湾上的神奇景象一下子震没了。牛倌定睛一看，湾里翻起了浪花，像开锅似的，一摊血水随着浪花漂上水面，还有一条没有脑袋的大鲤鱼身子和一个大鲤鱼头血淋淋地也漂上来了。原来这是鲤鱼精，是给龙王爷打小旗的。那个长角的白胡子老头儿是龙王爷。龙王爷在水湾里待闷了要出来散散心，派鲤鱼书童出来撒目撒目，看看有没有凡人，鲤鱼书童粗心大意没有看见山坡上有凡人。龙王爷上了他的当，受了惊，回去一气之下斩了他。

心。她在海潮边站着，望见海面漂来一个泥坛子，不一会儿就漂到她脚下。小姐好奇怪，捞上来一看，是自己家的泥坛子，这才想起父亲说过"吃鳖肉装鳖坛"的事，急忙打开封口一看，确实装有鳖骨。小姐伤心流泪了，她想既然自己和少年夫妻一场，今天又有缘捡到他的骨头，也该给他收拾起来。梨花小姐就这样把鳖骨头抱回家中藏了起来。

转过年迎春花开的时候，梨花小姐生下一个男孩，让他跟母姓，取名叫张元。母子俩后来离开员外家，自己开个小旅店度日。小张元聪明伶俐，水性惊人，刚会爬就会游泳，五六岁和邻居家的孩子们玩水，一猛子扎进海里，老半天才上来。他长到八九岁就能替母亲当个帮手，在店里招待来岛上买海货的老客。冬天是小店的淡季，小张元时常背着母亲下海碰些海参鲍鱼，母亲问他从哪儿弄来的，他说是大潮赶的。母亲知道他是撒谎安慰自己，他像他爹一样水性好，只要是自己下海赶的，不是偷的，也就放心了。小张元拿着海鲜到集上换回灯油火柴，晚上跟母亲读书学字。

有一年，当牡丹花开得正艳的时候，南地来了两个姓刘的人，打听张元家住在哪里。原来南地刘姓的人家晓得天文地理，观星相测出北海一个岛上有位叫张元的少年不同凡人，生来会避水。如果让他把自家祖上的骨灰送到龙王的口里，刘姓后代必出真龙天子。他们找到张元的家，拿出十个金灿灿的元宝，请张元在立秋那天下海，把他们带来的小红包袄丢进一条大鱼的嘴里。张元这年十三岁，觉得南地老客这个要求没有什么了不起的，既好奇又好胜，当即就答应了。

转眼到了菱花打苞的时候，眼看就立秋了，张元下海的日期越来越近。龙王在龙宫里却感到心神不宁，坐立不安，一捋龙须，预感不妙，就离开龙宫出去私访。这一天傍晚，张元正站在村口的柳树下招揽客人，打扮成老者模样的龙王来了。张元见这老者不是本地人，忙请老者到他家店上住宿。龙王见张元气宇不凡，就答应了。张元高兴地把龙王扶上独轮车，推起来快得像一溜风。路上，龙王和张元拉起呱来，张元告诉龙王，他从小就没有父亲，母子开店，勉强糊口。说话间来到家门口，梨花小姐见儿子又揽回一个客人，急忙出门迎接。龙王一看店主，马上认出这是当年张员外家梨花小姐，再看看她身边伶俐的儿子，也就全明白了。梨花小姐也认出丑老头儿就是十多年前相面算卦之人，暗吃一惊，赶忙让儿子把老客安置下，背地里又嘱咐儿子："这个老客我认识，要好好伺候他，看他能说些什么。"张元一一点头，恭敬地去问龙王想吃点什么。龙王说："给我一壶茶、一盏灯就行了。"张元一听不高兴了，埋怨老客真抠，妈还说好好伺候他，可他不要炒菜不喝酒，开店还挣什么钱？下厨端回一壶茶、一盏灯，放在老客面前转身就走。龙王留他坐一会儿，他没好气地说："我要去睡觉！"龙王说："少年是读书好时光，万不可贪睡。"张元脸红了，只好对老客解释："我应南地老客一桩事，明天得一早下海。"龙王一听这话里有话，眼前这位少年是鳖精的后人，水性当然不同一般，就故意问："碰鲍鱼还是碰海参？"张元生来爽快，为人老实，心里有什么就说什么。他告诉老客："他们让我下海送个包袱。"龙王又问："往哪儿送？"张元说："我也不知道，他们只说当我遇见一条大鱼张嘴，把包袱往它嘴里一扔就完事了。"龙王听到这儿就明白了，这是南地一户出才子的人家想讨龙封，让后代出真龙天子，这还得了！再看看眼前这位鳖精的后人，有那么好的水性，将来他自己不闯祸，别人也会利用他闯祸，不如趁早把他的水性给收回去。但又一想，孤儿寡母开店，若不是鳖精戏着梨花小姐，人家哪能到这般地步！龙王又暗自责骂那鳖精不该不守水族的规矩，竟敢趁自己赴宴的工夫跑到人间祸害百姓……想到这里，老龙王有心成全他们母子俩，就对少年说："你明天给老客送包袱，不好自己也带上一个吗？"张元为难地说："不行啊，除了他们的包袱，人家再不许我带任何东西。"龙王说："我让你带，你就带。扔完包袱别往回走，闭上眼睛，潜到大鱼的尾巴后，用它扬起的水雾，洗净全身，你感到浑身很轻快了，再往回走，往后你家就好了。"张元高兴地谢过老客，一蹦三个高地去告诉母亲。其实梨花小姐早在隔壁听见了，又让儿子去问问老客，包袱里要装什么。张元再进客房，老客不见了。母子俩四下找，到处喊，后来在灯下发现一张纸，纸上写着四句："红包在后，绿包为先，鼋馅饼子，世代为官。"梨花小姐明白，"鼋馅饼子"就是把鳖精的骨灰掺和在饼子里。她原先收藏元鼋的骨灰，打算自己死后和他并骨，如今此事被"相面老者"点破，又知道他的骨灰能使后人世代为官，就再没吱声，连夜为儿子贴好一个大饼子。

　　第二天是立秋，南地人来到海边送红包袱，见少年腰上还系了一个绿包袱，大为不满。张元说："我下海一时半日找不着大鱼，不带个大饼子拿什么充饥？"南地人一听他说得有理，就让他带着绿包袱下海了。

　　大海里，张元不知游了多远，终于遇见一条大鱼张着大嘴，喝着南流水。张元游近一看，不是一条大鱼，而是一条老龙闭着双眼，张着大嘴，尾巴顺流摇摆着。原来每年立秋之日，龙王出宫戏潮，喝着南流水，向北地喷洒甘露。这时候张元解下腰上绿包袱，朝着老龙口里使劲一扔，绿包袱直奔龙口飞去，龙王突然睁开眼，嘴巴一闭，顺势往前一拱，绿包袱稳当当地套在脖子上。龙王又张开嘴，刚想喝水，眼前又闪来一团红物。龙王没料到少年会把红包袱扔得这么急，自己的嘴长，闭嘴是来不及了，急忙侧脸，红包袱一下子挂在龙

角上。张元见到老龙把红、绿包袱都接住了，又遵照昨天老头儿的指点，紧忙闭上眼，从老龙身下走到老龙身后，睁开眼睛一看，老龙翘着尾巴，向天上扬着水雾。他不知道这是甘露，就钻进水雾里洗个痛快，越洗身上的灰越多，又用手搓，连灰卷带表皮搓下一层。这层表皮是他鳖精爹给他披的，他搓去这层皮，等离开水雾想避水往家走时，海水不听他的了。他在水底挣扎一阵子，因憋得慌，只好钻出水面，在海上游了一会儿，遇上大船给搭救上来了。

后来，张元长大成人，考上了状元。他祖上的骨灰包因为挂在龙王胸前，很受当朝皇上的重用，在御前供职。南地刘姓后人也考上武状元。武状元满腹韬略，武艺高强，朝廷每次出征，都派他带兵挂帅，因为他祖上骨灰包挂在龙王角上，又称"挂角将军"。虽说两家世代在京城做官，但从来不和，这是因为当年张元没有把刘姓的骨灰包扔进龙王嘴里，使刘家的后人失去出真龙天子的机缘，由此两家结下世代冤仇。

讲述：赵日田

采录：梁廷成

海的传说

083

龙分水

雨前，乌云布满天空，向大海望去，人们经常会看到一股巨龙似的黑云从云端伸向大海，卷起冲天的水柱，这就是海上奇观"龙分水"。每当此时，人们都会奔走相告："看啊，龙分水！龙分水喽！"

传说四海龙王都有兴云布雨的本领，能支配天地间刮风下雨。哪里天旱了，下不下雨，下多少雨，都得由龙王爷摆布。雨水是从啥地方取来的呢？是龙王从海里吸来的。海水是咸的，怎么会变成不咸的雨水呢？原来是龙王把吸取的海水分成咸水和淡水，把咸水吐回海里了，只用淡水降雨、降雪。为把海水咸淡分开，四海龙王曾经花费了很多心血。

龙王刚上任那年月，天地间旱涝灾患不断，旱地旱个死，涝处涝个死，四海龙王含辛茹苦，把涝洼地的水喝了，再喷到干旱处化为甘霖，大地被雨水浇灌得花香鸟语，草木旺盛。四海龙王见到这情景，十分高兴。

过了若干年之后，涝洼地的水喝干了，涝灾解除了，旱灾却接连不断。百川之水流进大海，陆上无水可取，四海龙王降雨不成，眼见得旱情越来越重，急得东海龙王敖广喝了一肚子海水，化作倾盆大雨降到旱地里。谁知好心没办成好事，不降这场雨，草木还蔫巴巴活着，下这一场海水雨，浇死了花，浇枯了草，连树林子也成片干巴了。敖广慌忙找来三个弟弟商量：这咸的海水不能当雨水降，陆上的淡水都流入四海，堵不住也存不住，到哪里找淡水源？眼见得十年九旱无雨降，慌得龙王四处奔走求神仙。天上人间都访遍，神仙洞府问个全，很遗憾，无计可施徒往返。四海龙王累得皮包骨，八个眼窝都塌陷，四双大眼瞪得圆，你看看我，我看看你，无水降雨真难堪，赤地千里更可怜。四海龙王为降雨的事一筹莫展，惊动了天地间一位神仙，他乘着五彩祥云迎面飘来，叫一声："四海龙王，何事愁眉苦脸，不见笑颜？"龙王哥儿四个抬头一看，云端里坐着一位仙翁，满头银发，胡须花白，身穿白袍，手持白扇，慈眉善目，相貌不凡。四海龙王麻溜地起身

龙是中国古代神话的四灵之一。龙王是神话传说中在水里统领水族的王，掌管兴云降雨。但四海龙王的名字却有不同的说法。在中国，东方为尊位，按周易来说，东为阳，所以东海龙王排第一也就理所应当了。在《西游记》中，龙王分别是：东海敖广、南海敖钦、西海敖闰、北海敖顺，称为四海龙王。唐玄宗时，诏祠龙池，设坛官致祭，以祭雨师之仪祭龙王。宋太祖沿用唐代祭五龙之制。

施礼，口称："小龙敖广、敖钦、敖顺、敖闰拜见仙翁，请问仙翁尊姓大名？"

云端里的老翁起身还礼说："老汉姓云名师，今日幸会四海龙王，十分高兴。不知四位在此为啥事连声叹气？"

四海龙王就把欲除旱灾，无水降雨，登天入地，无处问计的苦处叨咕了一遍。云师仙翁手捋着花白的胡须，边听边点头，夸赞说："四海龙王能以解除天下旱涝灾害为己任，不辞辛苦，四处奔波，真是难能可贵，老汉深为佩服！但百川之水流入大海，容水之多，莫过于海洋，诸位贵为龙王，富有四海，何必为水而另求他人？这好比家有满仓粮米，偏偏外出要饭吃，难怪别人帮不了你们的忙。"四海龙王把敖广吸海水降雨的事又详细说了一遍，愁眉苦脸地说："咸海水不能当雨降，虽有四海之水，又有啥法子呢？仙翁能把海水变成淡水吗？"

云师仙翁笑道："这有什么难办的，把海水分成咸水和淡水，只用淡水降雨就行了嘛！"

四海龙王一听，八只眼睛瞪得溜圆，又惊又喜地拜伏于地，一齐叫道："仙翁如能把咸水、淡水分开，化为雨雪救天下生灵，小龙愿俯首听命，敬奉仙翁永居四海之上。"

云师仙翁忙把四海龙王扶起，从怀里掏出四颗珍珠，爽快地说："你们认识这四颗珍珠吗？这不是普通的珍珠，是名为'分水珍珠'的无价之宝，原为海内宝珠，海妖兴飓风把它掀上海岸，海妖不识此宝，丢在岸上扬长而去，被我携带收藏至

今。现在物归原主，请四位各收一颗宝珠，含在口内，再吸海水，吐出为咸水，喷出为淡水。有这分水珍珠，还愁没淡水降雨吗？"

四海龙王把宝珠捧在手中，翻来覆去看了一遍又一遍。哥儿四个商量一下，对云师仙翁说："仙翁大恩大德，小龙永世不忘。这宝珠仙翁得之不易，又是无价之宝，请您留下两颗，我们只用两颗，能分水降雨雪就感谢不尽啦！"

云师仙翁连连摆手说："我是个闲散仙人，在天地间任意去留，无拘无束，无须留此宝珠。今日能把分水珍珠物归原主，造福于天下，我心愿已足。你们是四海龙王，降雨岂可无分水之术？分水岂可无分水珍珠？老汉年岁已高，但身子骨健壮，今后愿随你们兴云布雨，助一臂之力。快收好宝珠，莫误了降雨抗旱的大事。"

四海龙王听了，感激不尽，立即起身与云师仙翁赶到东海。龙王口衔分水珍珠，从云端里把龙头伸进大海，喝足了海水，嘴里的分水珍珠果然顶用，不一会儿龙王已将咸水分出吐回海内，携带满肚子淡水，飞到旱区，把水喷洒出去，顿时浓云密布，甘霖纷纷。这一场好雨浇灌到大地上，花草发芽，枯木逢春。四海龙王与云师仙翁看雨后的人间生机盎然，一片欢腾景象，内心非常激动，决心多做些这样的好事。

东海龙王见云师仙翁步履迟缓，行动不便，就把已经降服、正在驾前戴罪立功的海妖唤来，让它化为轻风，驮云师仙翁周游天下。从此，云乘风，风载云，随四海龙王吸水、分水、降雨、降雪。雷公、电母也跑来助威。每当大旱的时候，人们就敲着铜锣，唱着民谣，向龙王求雨，那真嗑是这样说的：

> 天皇皇，地皇皇，俺为天旱求龙王。
> 广钦顺闰真厉害，旱涝丰歉全执掌。
> 求您降恩洒甘霖，保佑青苗快点长。
> 当当当，当当当，俺先敬您一炷香。
> ……

不出三天，保准下一场透雨。

讲述：曲月枝、王盛良

采录：徐延顺

金井锁蛟

在旅顺口，很多人听过金井的故事。有人说井里有蛟龙，有人说井里有宝贝，故事传了一代又一代。那口金井就在黄金山下。井旁有块石碑，碑上刻着十个大字："要想金井开，必得缘人来。"石碑上还拴着拇指粗的大铁链子，碗口大的环，一环套着一环，一直拖到井底下。传说，井下锁着一条蛟龙，谁也不知锁了多少年多少代。蛟龙怎么会被锁在井里呢？

相传从前有个花花公子，一年到头为非作歹，不干好事，后来在家乡闯下了大祸，为了逃避官府的捉拿，连夜逃出家门，跑进了大兴安岭。一路之上又饥又渴，进了深山，在一个草窝窝里捡到一个蛋。这蛋大得出奇，足有西瓜大。他正觉得肚子饿得慌，就把这蛋生吃了。谁知吃了这个蛋，就口渴得要命。他走到一条河边，拼命地喝起小河水来，没喝几口，那小河就露了底。可是他还觉得嗓子眼干得冒烟，又到处去找水。

这时候，从山上下来了个小和尚，他就向小和尚打听哪里有水。小和尚告诉他，翻过大山，有一条大河，叫黑龙江。这个花花公子来到江边，蹲下身来，把头扎进水里又没命地喝起来。不一会儿的工夫，江水被喝下去了一半。

小和尚站在山顶上，看得清清楚楚，吓得他慌忙跑回庙里，边跑边喊："师傅，不好啦！有人把江水喝干了！"老和尚听后，暗中思量一会儿，急忙叫小和尚快擀面条，他自己跑到江边把那花花公子连拖带拉地请到庙堂里吃饭。花花公子推辞不过，只好吃了一碗。谁知老和尚早在碗边上贴了一道符，面条一下肚就变成了铁链子，把那花花公子的心拴住了，使他动弹不得。老和尚这才道破实情，对他说："这山里原来有条母蛟龙，经常呼风唤雨，残害百姓，我已经把它除掉了。可是它下过一个蛋，我四处找也没找着，你刚才一定是吃了蛟龙蛋才口渴的。"

花花公子听了老和尚的话，吓得脸色煞白，连忙跪下求老和尚救命。老和尚说："因你过去为非作歹，现在吃了恶龙蛋，胎气已成，三五日内定成祸害。要想得救，须经一番磨难，痛改前非，日后才有出头之日。你跟我走吧。"花花公子害怕地问："上哪儿去呢？"老和尚说："去你应该去的地方。"花花公子跟着老和尚来到江边。只见老和尚拿起一片树叶扔到江里，念动真言，树叶立即变成了一条小船。二人上船，顺江入海朝南而去。

转眼间，小船来到旅顺口黄金山下。二人下了船，但见老和尚把念珠一扔，山坡上火光一闪，立刻出现了一口深井。老和尚对花花公子说："这就是你的去处，盼你在这口井下好生修炼，多做善事，勿助恶人，万年以后，定有仙人搭救。切记，切记！"说话间，那花花公子摇头晃脑已不会人言。一转眼他变成一条黄澄澄的金龙，投身井下。老和尚一把抓住龙嘴里的铁链子，用脚踢起一块小石板，说声"长"，这石板就长高数尺，直竖在井边。老和尚把铁链子拴到石板上，在上面刻下了十个大字："要想金井开，必得缘人来。"然后扬长而去。

这个故事一直流传到了今天。还有人说，井下藏着无数的珍宝，当年日军侵占旅顺口，相信了这个传说，一心想把井下奇珍异宝据为己有。说来奇怪，当时日军派了很多人去拉那条铁链子，但是铁链子纹丝不动。消息传到日本，日本天皇派出了很多军舰来到旅顺口盗宝，他们把铁链子套在军舰上拉，井盖开了，结果井口往外喷火喷水，一时间，狂风大作，山下飞沙走石，海面上卷起巨浪，淹没了很多日军军舰。日军吓得魂不附体，之后便把刻着文字的石碑运到日本，那石碑至今还深藏在日本的皇宫中。现在人们看到金井边的那块石碑，是后人仿制原石碑所立。

讲述：胡传伏

搜集整理：戴玉圣

夜叉上山

大长山岛东部的北海边有座山叫耳台山，山顶上有一处古建筑遗址，看样子，像是三间房，石基露出地面，周围堆放着许多海蛎子和海螺壳，据说这是当年一对老夫妻住过的地方。那么他们为什么后来又搬走了呢？这得从头说起。

唐鸿胪井碑是唐朝时期的文物，系一块重逾九吨，单体十多立方米的驼形天然顽石。唐开元元年（713年），唐玄宗使鸿胪卿崔忻前往辽东，册封靺鞨首领大祚荣为渤海郡王。使命完成后，崔忻原路返回长安，路经都里镇（今旅顺口），为纪念这次册封盛事，于黄金山下凿井两口、刻石一块，永为证验。1895年，清军将领刘含芳修建四柱方亭，护卫刻石。1908年，日本军队将刻石、护卫亭作为日俄战争战利品掠走，藏于日本皇宫至今。中国民间已发起对唐鸿胪井碑的追讨。

相传早年间，大长山岛三官庙村后沙山屯有个叫张吉善的老渔民，六十多岁无儿无女，和老伴相依为命，靠一条小船打鱼摸虾过日子。

小船拴在耳台山下的海湾里，遇上刮风下雨，他得不要命地往海边跑。小船是他的命根子，万一有个闪失，老两口就断了生路。可是从家里往海上奔，少说也有七八里路。来回折腾了三四年，老张头就叫苦了。他和老伴一合计，就把三间瓦房拆了，搬到耳台山上安了家。在这里有点孤单，可是靠着海，守着船，心里踏实。

搬家的第三天晚上，老两口刚躺下，就听门外传来杂乱的脚步声。声音在门前停住了，一个粗声大嗓的人开了腔："老张头，开门哪！"

老张头一下子坐起来，被老伴一把拽住说："别应声，黑灯瞎火的，说不定是鬼叫门呢！"

过了一会儿，外面又叫开了："老张头，快开门哪，俺借你的锅用一用！"

老张头一听纳闷了，在这荒郊野外，连个人影都没有，借的什么锅，莫非来了强盗？他用舌舔窗纸向外一看，朦胧的月光下，门口站着两个人不像人鬼不像鬼的黑影，手里提着一包黑乎乎的东西，紧催着叫门：

"老张头，开门吧，不要怕，我们是这一方的巡海夜叉，天天见到你哩，今天来这儿借锅煮点海货吃。"

听说是夜叉，老张头犯了合计：都说夜叉不害人，和咱渔民一条心。如果不给开门，今后的日子就难说了。想到这儿，他挣脱了老伴的手，悄悄下地拨开了门闩，然后悄悄退回屋，插上房门说："进来吧。"

话音刚落，只听外面门"吱呀"一声推开了。又听"扑通"一声，一大包东西扔在锅台旁。夜叉放开粗大的嗓门问："老张头，有火吗？"

老张头躲在炕上说："风匣边上有火石、火镰和草绒，对着一打就有火了。"

不大一会儿，就听"哗啦啦"往锅里倒东西声，"啪啪"的打火声，"呼嗒呼嗒"的风匣声。

海的传说

夜叉又称赶鱼郎，生来就孔武有力，鬼力滔天。夜叉又叫疾行鬼，速度极快，好吃苦，传说白日为海龙王巡视海域，夜里又为阎罗王巡视阴地，所以被诸多地方拜为半神半鬼的鬼物。这种鬼物勇健仇恶，碰到恶人一般都不会放过。

不大一会儿，锅里海物烀熟了。两个夜叉你争我抢地吃起来。一个说："二哥，煮熟了真好吃，又鲜又香！"另一个说："多亏了人间的烟火，要不然，龙王爷的女儿怎肯跑上岸来嫁凡人呢！"

老张头的心渐渐平静下来，悄悄下了炕，从门缝往外一看，差点把他吓昏了。原来，这夜叉的头形很古怪，上窄下宽，嘴特别大，碗口大的海螺肉，一下子就扔进去了。

吃了一会儿，一个说："别都吃了，留一些给老两口吧。"

另一个说："真好吃，明天把大哥和四弟也叫来，多带点海货来，咱们好好吃一顿。"说着，朝着房门叫了一声说："老张头，明天晚上你就别插门了，我们还要来。"说着，开门出了屋，踏着月色下山去了。

这一宿，老两口吓得没合眼，天刚扑亮，老张婆到灶间一看，锅里剩了大半锅海货。那葫芦大的海螺，盆口大的蟹子，又鲜又肥，老两口美美地吃了一顿，剩下的晒成了蟹米螺干，足足装了半麻袋。

第二天晚上，老两口刷了锅，抱来柴火，早早上炕躲起来。等到二更天，又传来"咚咚"的脚步声。老张头趴到窗上一看，四个夜叉抬着两大包东西，推门进了屋，忙活了一阵，就生火拉起了风匣。只听一个夜叉说："咱们来食人间烟火是犯规矩的，叫龙王爷知道了，就要怪罪下来。"另一个说："不要紧，巡海的差事咱没丢，知道了也不害怕。"又一个说："说话小点声，别惊吓了老两口。"

说话间，海物已经烀熟了，四个夜叉狼吞虎咽地吃起来，吃了一会儿，一个高个的说："听说人间的酒又香又醇，不知老张头家里有没有？"说着，对着房门大声问："老张头，家里有酒吗？"老张头壮壮胆子说："我白天给你们买了两瓶好酒，放在碗柜里，自己拿吧。"

碗柜一开，两瓶酒拿出来了，一下子倒了四大碗，四个夜叉边吃边喝，不断地咂巴嘴说："好酒，好酒，可惜就这么两瓶，不够喝的。"那个高个的喊叫起来说："老张头，明天多给买几瓶吧，从今往后你不必出海打鱼了，我们给你捎点就有了。"

第三天晚上，刚过一更天，四个夜叉就来了。这回不光抬来了大蟹子、大海螺，还有几百条大花鲆鱼和牙片鱼。那鱼放在地上，还活蹦乱跳呢！只听那个高个的夜叉说："老张头，不要怕，你出来吧，出来给俺做几个下酒菜，叫俺品品人间饭菜的滋味。"

老伴一听，忙扯住老头儿的衣襟悄声说："怪吓人的，别出去！"老张头白了她一眼说："怕什么，他们是通人性的。"说着，开门出来了。说是不怕，一出来心里就发毛，头也不敢抬。他哈腰把网包打开一看，那花鲆鱼，足有锅盖大，他打了一辈子鱼，还没见过这样大的，那些海参、鲍鱼、扇贝也都大得出奇。

老张头是个有心人，白天不光买来四瓶酒，还备下了小佐料。闯海人都会做饭，不大工夫，八个菜上桌了，当中有两个菜是他特为夜叉准备的，一个是木耳炒肉，一个是蘑菇炖鸡。这样一来，山珍海味、飞禽走兽都有了。老张头要回屋睡觉，夜叉把他拽住，硬要他陪着一块吃。一杯酒下肚，老张头的胆子也大了，不再躲躲闪闪，有时还主动找话说，简直就像一家人。

从那以后，夜叉几乎天天来，哪天不来，老两口还想得慌呢！每次来，都格外给老两口带来一大包海货。老两口吃不了，就把它们晒成干，拿到集上卖。有吃有喝有钱花，小日子很快就发了。有人问他怎么发的，老张头不会撒谎，就一五一十地全说了。这一说不要紧，一传十，十传百，消息像长了翅膀，不过十天半月，大长山岛的大村小屯都传遍了。

三官庙村有个外号叫二混子的人，本来是个大户子弟，因为从小娇生惯养，好吃懒做，爹妈一死，不到三年光景，好好的一个家全被他败光了。他三十多岁了，还没有娶上媳妇，一天到晚溜房檐钻门洞，专干那偷鸡摸狗的勾当，听说老张头在耳台山上发了大财，立刻起了邪念。天一黄昏，带根木棒就猫悄地上了山。上山一看，恰好老张头一个人在屋后提着个条筐收鱼干。他悄悄摸到老张头身后，手起棒落，"嘭"的一声，把老张头打断了气。他看看四周没人，把尸体拖到悬崖边上，抛到海里去了。

他喘了口气，定了定神，提起木棒转身进了屋。一进门，正碰上老张婆坐在灶间烧火做饭。老张婆还没等认出来人是谁，当头挨了一棒，当场就毙了命。二混子一不做，二不休，把尸体拖出去往山下一扔，就成了这家的主人。他先是掀开锅大吃大喝一顿，然后坐到炕头等夜叉。

星月出齐了，夜叉又来了。一进门，就听一个夜叉说："哎呀，屋里怎么有股子生人味啊？"一听这话，二混子吓散了架。他硬着头皮开了门，哆哆嗦嗦地说："老张大爷两口子今天到女儿家去住几天，叫我来替他们看门招待你们，吃的喝的都预备好了，你们请吃……"

夜叉们一听，都觉得奇怪，老两口无儿无女，怎么又出来个女儿呢？正犯疑，一个夜叉大叫一声说："大哥，这里有血，你看，还有一根木棒，老人家准是被这小子给害了。"

被叫作大哥的夜叉一听，伸手抓住了二混子的袄领，像提小鸡似的将他提到半空，恶狠狠地问道："你说，是不是你害的？"二混子蹬跶着两条罗圈腿，支支吾吾地说："不，不是，那血是，是鱼血……"一个夜叉拿起带血的木棒凑到鼻子下闻了闻说："不对，分明是人血，你小子还犟嘴！"那个高个的夜叉说："大哥，别叫这小子跑了，我和四弟出去看看。"说着，两个夜叉出去了。不大一会儿，背回了老两口的尸体，进门往地上一放，二混子一看，立刻吓得浑身像散了架，瘫在地上一边磕头一边哀求说："海神爷，饶命啊，我该死，我有罪……"那个被叫作大哥的夜叉说："先不忙处置他，救人要紧。"说着，从耳朵里抠出两颗珠子递给两个夜叉说："这是两粒还魂丹，给老人家放到嘴里，用水送下去。"

老两口服下还魂丹，不大工夫就都苏醒过来了，睁眼一看，原来是二混子下的毒手。老张头动手要打，为首的那个夜叉说："老人家，不用你动手，让我来处置他。"说着，把二混子按在地上，剥光了衣服，右手抓起那根带血的木棒，当场就让二混子伸了腿送了命。两个夜叉扯着二混子的腿，把尸首拖出去，扔到后海里喂了王八。回头夜叉们对老两口说："我们哥儿四个给你们添麻烦了。我们今天来，是向您二老告别的，龙王调我们去把守南海，从今往后，见面的日子就不多了。这地方太荒僻，我们走后，你们老两口还是搬回村里去吧，万一有个好歹，我们也于心不忍。"

说完，四个夜叉出了门，来到悬崖边，回头向老两口深深地鞠了一躬，然后把脚一跺，只见金光一闪，飘飘悠悠落到海里，转眼消失在水光月色之中。老两口站在山头呆呆地望着，直到夜深人静才缓过神来。

第二天，老两口找来人，把房子拆了，又搬回三官庙村安了家。耳台山上，只留下三间房的房基石和一大堆贝壳。现今，人们登上耳台山，仍然可以看见这些遗迹。

讲述：于长清

采录：于明家

虾姑大战九头鲨

长海县的广鹿岛早些时候遍地奔跑着梅花鹿。小岛物产丰富，百姓生活安乐。男的出海打鱼，女的在家操持家务，家家小日子过得可舒坦了。

可是有一年，九月九日这天，广鹿岛上突然变天了：满天布满了乌云，海面上刮起了大风，掀起的大浪遮天盖地。这时，从海里钻出一个长着九个头的怪物，跳上岸来，专门吃岛上的梅花鹿。从此以后，每年九月九日，这个怪物都从海里出来吃鹿，一连吃了九年，把广鹿岛上的梅花鹿全吃光了，接着又吃岛上的小男孩，弄得岛上人心惶惶。

再说，离广鹿岛不远的一个小岛上，有个名叫达海的单身汉。他力气大，胆子壮，心眼也好使，靠赶海、叉鱼过活。这天，他驾着小船来到广鹿岛姐姐家，只见姐姐和姐夫正在屋里哭。一问才知道，今天正好是九月九日，一大早那怪物就蹿上岸来，把他的小外甥给吃了。他姐姐和姐夫正准备到别的岛上逃难呢。达海一听，火冒三丈地说："你们到我那儿住吧！我倒要看看这个怪物长了几个脑袋！"

姐姐和姐夫走后，达海就住在他们家里。每天，他都站在广鹿岛西南海边的崖头上，一边叉鱼，一边向海里探望，一心要杀死这个怪物。秋去冬来，春归夏至，转眼间，第二年的九月九日来到了。这一天一大早，达海拿着鱼叉，刚来到海边，突然有一股冰凉的海风迎面扑来。他抬头一看，只见天空乌云滚滚，海里波浪翻腾。达海不由得精神一振，高声叫道："好啊！怪物，你总算来了！"

话音刚落，只听"哗"的一声，怪物在天空翻了个筋斗，回身向达海扑

海的传说

来。达海挺起鱼叉向怪物刺去，却被怪物撞倒在礁石上，昏了过去。

当达海苏醒过来时，抬头一看，海面浪涛翻滚，海水被鲜血染得通红，好像有谁在海里同怪物搏斗。过了一会儿，只见怪物蹿了个高，尖叫一声，向西南方逃走了。这时天也晴了，海面渐渐静了下来。他再一细看，海面上一个红东西越漂越近。他急忙跳进水中，抱起来一看，原来是一只受了伤的大虾。这只大虾浑身长着红一道黄一道的花纹，好看极了。他敬佩大虾的勇敢，就小心翼翼地抱回家去，养进水缸里。

这天夜里，达海刚睡下，忽听水缸里"哗啦"一响，他跑出去一看，只见一个俊俏的姑娘站在地上，羞答答地朝他笑。达海说："大姐，你是从哪儿来的？快离开这个岛吧！"

姑娘腼腆地说："你为什么撵我走？"

达海说："这里经常有怪物出来吃人。先前，我把那怪物刺伤了，它还会来找麻烦，你快躲开吧。"

姑娘不慌不忙地说："实不相瞒，我是巡守东海的虾姑，我知道它的底细。它是个鲨鱼精，因长了九个头，名叫九头鲨。它在这个岛上吃了八十一只梅花鹿，又吃了九十九个小男孩，再吃一个小男孩，它的本事就大了，能把海里的鱼鳖虾蟹全吃光，连龙王也管不了它。白天，就是我在海里同它厮杀。多亏你刺伤了它，我才能把它打败。它跑了，我也累昏过去了。幸亏你救了我的命，我愿意终生与你相伴。你要是有意，得先答应我个条件。"

"什么条件？"

另有传说：很早以前，碧流河有只千年鳖精，使一对各有八百余斤重的大铁锤，搅得百姓不得安宁。在碧流河入海口的谢屯，有一只生活在河里的虾精一直要除掉它。

鳖精敌不过虾精，收起双锤就跑，虾精不肯放过，那鳖精脱不开身，抡起铁锤猛打虾精。虾精身上被打断了三节骨，昏了过去。鳖精趁机逃走了。虾精醒来后，听前面茅草房里有"叮当叮当"打铁声，就爬了进去。虾精愣住了：嗯，我的金枪怎么完好无缺地放在桌子上呢？这时，老铁匠笑眯眯地走上前来，把金枪给了虾精，又在它受伤的身上打了三道金箍。现在虾身上的三道印，就是当年老铁匠打的。虾精顿时明白了：原来是神仙在帮助我呀！虾精朝天跪拜之后，提着金枪，一枪扎穿了鳖头。鳖精化为一座山，坐落在小花山的西面。

虾精要彻底根除害人精，提枪就去杀鳖儿鳖孙们。可它追来追去，看不见鳖儿鳖孙们。原来它们早就躲藏起来。虾精正急得团团转，突然间，河面、河底大亮，鳖儿鳖孙们一个个都露了出来，被虾精都扎死了。原来，是天神娘娘前来点灯助战。如今你要到碧流河乡，仍可看到一块像灯笼似的大石头，人们都叫它灯笼石。

"今后你千万不要到岛北面的龙王庙去。"

达海心里奇怪，但也只好点头答应了。当晚，两个人就成了亲。

达海来到广鹿岛，还没拜过龙王庙。听媳妇这么一说，倒起了好奇心，非要去看看不可。第二天，他背着媳妇来到龙王庙，在庙前碰上个老头儿。这老头儿上下打量他一番，大惊失色地说："哎呀，小伙子，你脸上的气色很不正啊！你家是不是去了个好看的姑娘？"

达海是个直心眼的人，就照实对老头儿说了："对，她是我媳妇。"

"哎呀！她不是什么媳妇，是个虾精。用不着多久，她会把你吃掉。"

达海信以为真，惊叫道："这可怎么办？"

老头儿说："我告诉你个办法。你回家后，别说来过龙王庙，就躺到炕上装肚子痛，装得越厉害越好。她必给你一粒红药丸，你把红药丸吞下，她就没招了。这样，她才能和你过一辈子。"

达海听了老头儿的话，急忙回家，一头倒在炕上，一边滚一边没命地喊肚子疼。虾姑急忙跑过来，见他疼得可怜，就从嘴里吐出一粒红药丸，递给他说："你把这粒药丸含在嘴里，病一会儿就好了，可千万不要把药丸吞进肚里去。"

达海没听媳妇的话，一口就把红药丸吞进肚里去了，顿时，祸事来了。只见虾姑"哎哟"一声昏倒在地。达海慌了神，费了好大的劲才把媳妇叫醒过来。她难过地问达海："今天你到哪儿去了？"

达海把到龙王庙遇见老头儿的事，如实对媳妇说了。虾姑一边流泪一边埋怨他说："我告诉你不要到龙王庙去，你怎么不听话？那老头儿，就是九头鲨变的。那粒红药丸，是我千年修行的护身宝丸。你把它吞进肚里，我就斗不过九头鲨了！咱俩夫妻也到头了！"

达海一听，知道上了九头鲨的当，又悔又恨，大哭起来。正在这时，只听门外传来一阵狂笑声。九头鲨进来了。没等达海拿起家伙，它拖着虾姑腾空而起钻进海里不见了。

虾姑被拖走了，达海跑到海边，大声呼喊。一直呼喊了三天三夜，也不见虾姑的影子。

转眼间，一年又过去了。这一天，正赶上退大潮。达海拿着鱼叉无精打采地来到海边，踩着一块块礁石往海里走。

突然，他听到从一块大礁石下边传来一阵呼救声，很像虾姑的声音。

他把岛上的乡亲们喊来帮忙，掀开石板一看，石板底下有个黑乎乎的大洞，深不见底，直往外冒冷气。达海让乡亲们把一条又粗又长的绳子捆在他的腰上，把他放进洞里。洞很深，绳子全进到洞里，也没够着洞底。他吞了虾姑的护身宝丸，身板格外硬朗，因此他跳到洞底也没跌坏。他站起身仔细一看，洞里四周锃明瓦亮，都是红的、黄的、绿的珊瑚礁，礁石下边长着各种各样的花草，各种鱼儿在花草丛里游动。他看得眼花缭乱，就是没有看到虾姑的影子。他走啊走啊，不知走了多长时间，突然发现前面有个小岛，岛上有个洞，洞里有锅灶，有炕，炕前有根白玉柱子，他发现虾姑被绑在白玉柱子上。达海又悲又喜，急忙扑上前给她松了绑。一回头又发现白玉柱子上挂着乌黑锃亮的小盒子。他问虾姑里边装的什么。虾姑说："不知装的什么。九头鲨每逢外出，都先钻进小盒子里，才能飞出洞。"

达海爬上白玉柱子，打开小盒一看，里边装着一条小九头鲨。虾姑说："我这回明白了。那小九头鲨是大九头鲨的命根子。等九头鲨回来，你用鱼叉叉掉它中间的那个头，然后再把小九头鲨除掉，它就不能再害人了。"

夫妻俩正说着，忽听外边呼呼乱响。虾姑说："不好，九头鲨回来了！你赶快把我绑好，你快藏到灶坑里吧！"

达海照虾姑说的做了。九头鲨一进洞，就说："姑娘，你到我这里已经一年了，还没想好吗？快和我成亲吧！"

虾姑装着高兴的样子说："我想好了，你快给我松绑吧！"

九头鲨一听哈哈大笑，一边给她松绑，一边说："我的心肝，你今儿个怎么答应得这样痛快啊？"

虾姑不慌不忙地说："明天是九月九日，你再吃一个小男孩，就成了五湖四海的霸王了。你有这么大的能耐，我怎么能不喜欢你呢？来，我陪你喝几杯酒。"

九头鲨乐得捧起酒坛子，咕咚咕咚地喝了起来，一连喝了九坛子酒，醉得不省人事，躺到炕上就打起呼噜。这时，达海钻出灶坑，举起鱼叉狠狠地向九头鲨刺去，因为心太慌，没刺准，刺到九头鲨的肩膀上了。九头鲨疼醒了，向小盒扑去。这时虾姑早把小盒摘下来，她揭开盖，达海一叉把小九头鲨刺死了。九头鲨突然浑身无力了，"嘭"的一声撞在白玉柱子上。达海上前刺中了它中间的头，九头鲨大叫一声，倒下死了。

这时，洞上面的大海涨潮了，海水和洞里的海水连在一起。虾姑水性好，背着达海游出洞来，夫妻双双上了岸。岛上的乡亲们听说除掉了九头鲨，都围着他们蹦啊跳啊欢唱起来。

从此以后，广鹿岛的人们过上了安稳日子，再也不担惊受怕了。

讲述：徐春宝

搜集整理：姚万宝

黑癞瓜子变宝记

每年从冬至那一天起，老大连人就开始每天吃一只海参，一直要九九八十一天，吃八十一只海参。据说这样，一年都不会感冒呢。大连的海参全国有名，和燕窝、鲍鱼、鱼翅齐名，五垄刺参还是国宴的一道压轴名菜呢。可是很久以前，海参还被叫作黑癞瓜子，没这么高的地位。

几百年前，岛里的海参虽说是又多又大，渔家却没有人吃它。看那肉乎乎的样子怪吓人的，怕它有毒不敢吃，怕它咬人不敢抓。下海摸鲍鱼、扇贝的人见到它，都躲得远远的，钓海螺时谁的海螺圈里爬进一只海参，都会说："真霉气，怎么弄上个黑癞瓜子！"赶紧把它扔回海里。那么，海参又怎么变成宝贝疙瘩了呢？这还得从海洋岛魏家沟的老魏家说起。

老魏家祖祖辈辈打鱼，传到魏常这一辈，家有一条小舢板，三间海草房。老伴去世后，他又当爹又当娘，好不容易才把两个儿子拉扯大。不料魏常却身患重病，眼看不行了，就对两个儿子说："咱家只有这一条舢板，不能锯成两半给你哥儿俩分，往后你俩都娶了媳妇，就在一起过吧。实在要分家，也要等到日子宽裕了，置个舢板再分家。"

两个儿子边哭边答应。老人去世后，哥儿俩好得像一个人。后来老大魏敬娶了个心灵手巧的胖媳妇。胖媳妇不仅把破破烂烂的海草房拾掇得明光瓦亮，对小叔子魏石也照顾得好，三里五村都夸奖。

谁承想，有一夜刚下过雨，魏石披着蓑衣起完网，扛着满满一篓子鱼往家走，不小心从山腰小路滚到海边，摔得浑身像个血葫芦。兄嫂把他抬

海的传说

《大连通史·古代卷》记载：大连铜石并用时代，先民对现代人类称为海珍品的海参极为推崇，在郭家村上层出土许多造型酷似海参的小陶罐，当地居民称之为"海参罐"。"海参罐"的颈部和腹部布满了行数不等的乳钉，当属"刺参"。现今刺参主要产于黄渤二海沿岸，以长海县的最为著名。

回家，用盐水擦洗了伤口。那时岛上没有看病的先生，陆上的游方郎中也难得来一趟，有病有灾只能硬挺着。魏石这病越拖越重，后来好不容易请来个郎中给切脉，说是劳损内伤，气血太虚，需服人参养荣汤、参茸大补丸。人参、鹿茸多贵重，一般渔家谁吃得起？！魏敬两口子一合计，为给弟弟治好病，再贵的药材也得买。几服药就把准备给老二娶媳妇的五十吊铜钱花光了，病没治好，还欠下了外债。魏石整天咯血，瘦得皮包骨头，连炕都下不来了。

嫂子尽心尽意地伺候了两年，烦了，就向丈夫吹枕边风，要分家。魏敬一听就火了，差点抡起了巴掌。见丈夫不买她的账，她就巴不得小叔子快点死。

丈夫一出海，伺候小叔子的事就落在了嫂子身上。嫂子就想除掉这个累赘。她悄悄到海边捞了个好大的黑癞瓜子，拿回家剁成碎末熬成汤，端给小叔子当药喝。

魏石是个实诚人，嫂子叫他喝汤药，捧起碗来一仰脖喝光了，喝完了就躺下睡，睡得又香又甜。嫂子见小叔子睡了，满以为黑癞瓜子毒性发作了，吓得心里咚咚跳，捂着脸跑到自己屋里躲起来。

魏敬打鱼回家，见媳妇慌里慌张，就问她怎么了。她推说身子不舒服。魏敬说："那你就在里屋待着吧，俺今天给弟弟捡了好多扇贝，煮熟了你俩吃吧！"媳妇满以为小叔子已死，就哼哼呀呀装病，让丈夫做饭。等丈夫把煮熟的扇贝端到弟弟屋里，媳妇侧起耳朵听动静。不一会儿，丈夫过来告诉她："弟弟今天气色很好，看样子有好转。"媳妇嘴里答应着，心里却想：好转个屁，明天等着发丧吧！

第二天，魏石仍然好好的，老大魏敬照常出海了。嫂子心里琢磨：怕是药量少了毒性不足吧！就又去捞回两个黑癞瓜子，剁碎炖好，给小叔子端去。

老二精神头挺足，端起碗，连汤带肉喝了一多半。嫂子急忙问道："这汤药好喝吗？"老二说："好喝，就是有点土腥味。"嫂子说："这是刚抓的药，有点土腥味怕啥，良药苦口嘛！"老二感动地说："嫂子说得对，你和大哥待俺这么好，俺今生报不了大恩，来生当牛做马也要报。"一句话把嫂子的心都说软了。嫂子夺下那少半碗黑癞瓜子汤要端走，弟弟忙说："嫂子，你别生气，俺不怕土腥味，喝得挺顺溜。"说着夺回碗来咕嘟咕嘟又喝了两口。嫂子心一酸，一把夺过碗说："俺不让你喝，不让你喝！"说着，流着眼泪要倒掉。魏石一看愣住了，忙说："嫂子，买这药不易呀，倒了多可惜，又没有毒，俺都给包圆了吧！"嫂子再也忍不住了，哇的一声哭着跑出门去。魏石在屋里很后悔，心想不该惹嫂子生气，有点土腥味怕什么。他要给嫂子赔个不是，一心等嫂子回来。

没想到第三天清早，魏石能下地走动了。他扶着墙到处找那半碗药。听说毁药的人药王爷会怪罪，他一心想找回来全喝掉。

嫂子呢，一宿没睡好，翻来覆去做噩梦，鸡叫三遍丈夫出海了，她趴在被窝里哭起来。哭着哭着，听到地下有脚步声，爬起来一看，天光大亮了，见小叔子正在外边扶墙走，不觉吃了一惊，心想：他病得两年起不了炕，莫非是阴魂下了地，向俺讨命来了？吓得她哆哆嗦嗦地说："好兄弟，别怪罪，你要干什么？"

魏石说："俺昨天不该惹嫂子生气，这药真灵，吃了不到两服，就能下地了，俺想把昨天那半碗找来吃了，病就好利索了。嫂子，你放哪儿了？"

嫂子一听，又惊又喜，难道黑癞瓜子能治病？她上前扶着小叔子说："你先在炕上躺着，做好了俺给你送来。"

从此，她天天捞回两个黑癞瓜子，给小叔子炖汤喝。老二的脸色由青到黄，由黄到白，白脸上渐渐出了红晕，休养了半个月，身体强壮得像头牛，过了一个月，就能跟哥哥下海打鱼了。

哥儿俩出海了，嫂子心里合计，听说吃了人参能成仙，这顶人参用的黑

海参还能预测天气，风暴来临前，它会提前躲到石缝里。渔民利用这种现象来预测海上风暴的情况。当遇到凶恶的天敌（如鲨鱼）偷袭过来时，警觉的海参会迅速地把自己体内的五脏六腑一股脑儿喷射出来，让对方吃掉，而自身借助排脏的反冲力，逃得无影无踪。这叫排脏功能。当然，没有内脏的海参不会死掉，五十天左右，它又会长出一副新内脏。

将海参切成两段投进海里，经过3～8个月，每段又会生成一个完整的海参。有的海参还有自切本领，当条件适宜时，能将自身切开，以后每段又会长成一个海参。海参的这种再生修复功能一直是医学家、生物工程学家深入研究探讨的课题。

癞瓜子吃下去能不能成仙呢？她心里一活动，就到海边捞了八个大家伙，浑身五道刺，剁巴剁巴炖熟了，尝了两口，像木耳似的，嘎吱嘎吱真好吃。嫂子享了口福，端起小盆全喝了。不大工夫，就觉得胃口发烧，直吐酸水，鼻孔一紧，哗哗淌出了鲜血，浑身那难受劲就别提了。补过了头，物极必反，她却以为是伤天害理得到了报应，就边哭边向海神娘娘磕头求饶，把她用黑癞瓜子要毒死小叔子的事一股脑儿地讲出来了。正好哥儿俩打鱼回来，站在窗外全听见了。老大一听气坏了，说这是报应，罪有应得。魏石想起嫂子许多好处，不忍心让她再自责，一边劝慰哥嫂，一边到处讨偏方救嫂子。正赶上贩鱼老客来海岛，魏石托他找来先生，给嫂子把病治好了。嫂子感动得直流泪，一个劲地向小叔子赔不是。魏石说："别去翻那陈年老账了，咱还是说黑癞瓜子吧。它能顶人参治病，原来是海里的人参，是宝贝啊！"

从那以后，渔家人渐渐发现，黑癞瓜子不仅可以治病，而且是名贵菜肴。不过美味不可多用，吃多了像胖嫂子那样，多遭罪呀！打那时起，人们便称黑癞瓜子为海参，可就当宝贝啦！

讲述：魏传庆

搜集整理：徐延顺

扇贝姑娘

很多在内陆地区长大的孩子听过田螺姑娘的故事，贤惠漂亮的田螺姑娘能做饭，又能洗衣，家务料理得井井有条，还能当媳妇，小伙伴们个个都梦想遇到田螺姑娘。一方水土养一方人，海边的孩子遇到了扇贝姑娘，她的本

从前，有个孤苦伶仃的青年农民在田里捡到一只特别大的田螺，把它带回家，放在水缸里精心养着。青年照例早上去地里劳动，回家却见到灶上有香喷喷的米饭，厨房里有美味可口的鱼肉蔬菜，茶壶里有烧开的热水，天天如此。青年决定要把事情弄清楚。他起了个大早出门，不久就往家里赶。家里的炊烟还未升起，他躲在暗处，不一会儿，看到一个年轻美丽的姑娘从水缸里缓缓走出，身上的衣裳也没湿。姑娘开始烧火做菜煮饭。青年看得真切，飞快地跑进门，姑娘没想到他会在这个时候出现，大吃一惊，又听他盘问自己的来历，只得把实情告诉了他，她就是田螺姑娘。青年非常喜欢田螺姑娘，后来他们就结了婚。田螺姑娘和青年过着幸福的日子，一年后生了一个胖小子。孩子转眼五六岁了，一天他在河边玩水嬉戏，被同伴骂是田螺精的孩子。他听了人家的话，把母亲的壳藏起来了，田螺姑娘就再也变不回田螺了。

事更大呢。

　　很早以前，小渔村里住着祖孙两人。爷爷名叫方奇，七十多岁了，孙子名叫方蛋，才十岁。爷儿俩靠出海捕鱼过活，日子过得倒也舒舒坦坦。

　　这年七月初三，方家爷儿俩刚把小船摇出湾口，海面突然起了大风。大浪一排排地涌来，小船就像个蛎子壳，一会儿就被浪头卷到岸边，摔散了架。爷儿俩见潮头不对，急忙爬上海滩。这时，一个大浪劈头盖脸地向他们压过来，浪头上卷着一个黑乎乎的东西，一下子抛到沙滩上。爷儿俩凑近一看，原来是一只受伤的老龟，脖子根还流着血。方蛋心疼它，急忙捡了几块乌鱼骨磨碎涂在老龟的脖子上。血止住了，老龟朝这爷儿俩点点头，慢慢地睡了。到了后半夜，下起了暴雨，天黑得伸手不见五指，潮水也哗哗地涨了上来，吓得方家爷儿俩趴在老龟背上一动也不敢动。暴雨停了，爷儿俩睁开眼一看，来到了一个孤岛上，老龟向爷儿俩点了点头，退到海里去了。

　　从这以后，方家爷儿俩就住在这个孤岛上。

　　一天，方蛋拿着鱼叉，顺着潮水向深海游去。游着游着，前面出现一个红红的光圈。他缓了口气，朝着发光的地方潜下去。只听传来"咔嚓、咔嚓"的响声，方蛋仔细一看，好家伙，一只大螃蟹正张牙舞爪地夹住一个扇子似的大贝壳，眼看要把壳夹碎了。方蛋亮出鱼叉，猛地向大螃蟹的眼睛刺去。大螃蟹被刺得转身逃走了。

　　方蛋把贝壳抱上岸，仔细看了起来。只见贝壳足足有盆口那么大，上面长着一圈一圈鲜红色的花纹，像玉石一样光滑。贝壳的一角被螃蟹夹碎了，露出又红又嫩的肉。方蛋心疼地捧着贝壳，急忙跑回家送给爷爷看。老人接过贝壳一看，高兴地说："方蛋，你得宝啦！这么大的扇贝，万年才露一次面哪！"方蛋乐得凑到爷爷身边，和爷爷商量要把扇贝养起来。爷爷是个好心眼的人，他对方蛋说："养扇贝那可不容易，它离了水就不行，五冬六夏要吃蛎子蚬子、小鱼小虾，再说贝壳又碎了……唉，你要是不嫌累，那就把它养起来吧。"方蛋听爷爷答应了，就把扇贝贴到自己的脸上，稀罕得没法提了。这扇贝也怪，它像知道方蛋的心思，将壳一张一闭，好像在说话。

　　打这往后，方蛋把扇贝养在水缸里，每天给扇贝换四次水，洗三次澡。鱼虾蛎子，四季不断。扇贝呢，也好像和方蛋有了感情。每当方蛋给它换水时，它就一张一闭，喷出一股鲜美的甜水到方蛋的脸上。不知不觉，方蛋感到自己的力气大了，心里也总是甜滋滋的。

海的传说

一转眼，五年过去了。方奇老人的头发全白了，眉毛胡子也白了，再也不能和方蛋出海了。

一天，老人在炕上睡觉，迷迷糊糊地听到地下有"唰唰"的响声，探身一看，一只锅盖大的螃蟹向水缸爬过来，正要伸出大夹子去捞扇贝。老人慌了神，一个箭步扑上去，不提防被蟹子钳住了脖子，老人嗷的一声昏倒了。这时，正赶上方蛋赶海回来，他一见螃蟹，甩手就是一鱼叉，打掉了螃蟹一只螯足和一只步足，螃蟹吓得连滚带爬地跑掉了。方蛋把爷爷抱到炕上，边哭边喊。老人缓了口气，嘱咐说："方蛋，你都十五了，过两年要成个家，爷爷在地下也能闭上眼睛啊……"话没说完就咽气了。

发送了爷爷，方蛋坐在缸边，看着扇贝，自言自语地说："扇贝啊，扇贝，爷爷死了，我天天下海，家里连个做饭的人也没有了！"说完又伤心地哭了。

第二天傍晚，方蛋回家掀起锅盖一看，菜呀，饭哪，全都做好了。他屋里屋外找了个遍，连个人影也没找着。他感到很奇怪。之后，只要方蛋一回到家，就能吃上香喷喷的热饭热菜。

一晃，又五年过去了，方蛋已长大成人。那只好看的扇贝伤口全长好了，贝壳也由鲜红色变成紫红色，显得更招人喜爱。

俗话说："男大当婚，女大当嫁。"晚上，方蛋躺在炕上，想起爷爷临咽气时的嘱咐，心中好生烦闷。他想，要是扇贝真能变成个姑娘给自己当媳妇那有多好啊！想着想着睡着了。恍惚中，他看见一座紫红色的小瓦房出现了。门一点一点地开了，屋里一片白光，有一个姑娘走了出来，只见她细高挑的身材，瓜子形的脸，月牙般的眉毛，体貌端庄，长相十分动人。姑娘向方蛋走来，拉着他的手，害臊似的抿着嘴笑，小嘴一张，甜甜地叫道：

"方哥，我是扇贝姑娘，你不嫌弃，我就给你做媳妇吧。"方蛋醒了，一看，双手还拉着扇贝姑娘呢！方蛋愣住了，连声叫着："好梦！真是好梦！"扇贝姑娘说："方哥，这是真的呀！"方蛋急忙坐起来，吹亮了点火的木炭棒，把姑娘拉到眼前，再一细看，如梦中一样，乐得他傻乎乎地问："你真是扇妹？是你给我做了五年饭？"扇贝姑娘点点头。他又着急地问："你愿给我做媳妇吗？"扇贝姑娘甜甜地一笑。她坐在方蛋身边，从嘴里吐出一颗大珠子递给方蛋，方蛋一看这颗珠子，白亮白亮的，又大又圆。扇贝姑娘告诉他说："这颗珠子是我的命啊！你伺候了我十年，这颗珠子才能长得这么大。这颗珠子能避水，含在嘴里，喷出的口水能喷瞎眼睛——"不等姑娘讲完，方蛋急忙对她说："扇妹，这是颗宝珠，快藏起来！"姑娘又伤心地说："方哥，你不知道啊，这北湾里的螃蟹精早就想霸占我，幸亏龟爷爷和你救了我。"

原来老龟和螃蟹都已成精多年，十年前，螃蟹精要霸占扇贝姑娘，老龟看不惯，出来和螃蟹精大战了一场，结果受伤败阵，被风浪卷到山东登州府北山外的海湾里，被方家爷儿俩所救。螃蟹精贼心不死，又追来寻事，正好遇上方蛋，被鱼叉叉掉了一只螯足和一只步足，这才逃到深海里养伤去了。

扇贝姑娘还对方蛋说："我再过两个月道行就满了，再也不用每天换四次水，洗三次澡了，到那时咱俩就拜堂成亲。喜日子咱就选在九月初九。"

方蛋要和扇贝姑娘成亲的事，很快就传开了，从南湾传到北湾。螃蟹精听了可急坏了。这家伙心生一计，忙把好友狼牙鳝找来，拍着他的胸脯说："老弟，大哥没本事，扇贝姑娘一直没弄到手，这回你就助大哥一臂之力吧！"

这个狼牙鳝也是成了气候的妖精，脾气挺暴躁。听了螃蟹精的一番话，狼牙鳝刚要发火，忽又眼珠子一转，就不冷不热地说："给你出力？谁帮俺成全好事！"老奸巨猾的螃蟹精嘻嘻一笑说："老弟，你要是能帮大哥抢回扇贝姑娘，我就把海螺公主送给你做镇海夫人！"

提起这海螺公主，也称得上北湾的一个美女，平日里就与狼牙鳝眉来眼去，只因螃蟹精霸道，把海螺姑娘抢到宫里，对外称公主，狼牙鳝才不敢靠前。如今听说要把海螺公主给他做镇海夫人，狼牙鳝就像喝了迷魂汤，美滋滋地将尾巴甩得更欢了。他狗颠屁股似的许愿说："大哥，小美人给你抢回来！"说完，和螃蟹分头而去。

方蛋和扇贝姑娘自从订了终身，他俩就高高兴兴，欢欢喜喜，只盼大喜日子早到来。

哪知，到了八月，气候突然变了，天热得透不过气来。扇贝姑娘每天要洗十次澡，这可累坏了方蛋，他每天得挑水，从北湾挑到南湾，水越挑越少。最后，南湾、北湾都成了一片白茫茫的碱滩，干裂成四缕八瓣，扇贝姑娘有七天没有洗澡了，干得嘴唇都裂了。天黑以后，方蛋又拎起罐子去挑水。扇贝姑娘看到这半个月里把方蛋累得够呛，就再也不忍心让他出去了，可方蛋说什么也要去。扇贝姑娘急了，拉着方蛋说："方哥，这天热得怪呀，我看十有八九又是那个螃蟹精在作怪。你别出去，咱得防着点呀！"扇贝姑娘的话刚说完，只听"呼呼啦啦"的响声，方蛋推门一看，天空乌黑乌黑，豆粒大的雨点子落在地上，潮水铺天盖地地涌了上来。果真不出扇贝姑娘所料，这是螃蟹精和狼牙鳝定的奸计。他俩先作起妖法，让海水下落，逼着扇贝姑娘下水。哪知，扇贝姑娘始终没走出家门。眼看九月初九就要到了，再不下手就晚了，两个妖怪红了眼，就兴风作浪来抢扇贝姑娘。再说方蛋见下雨，乐得挑起罐子就走。刚跨出门，被绊了一跤。扇贝姑娘急忙出去拉方蛋，低头一看，一条又长又滑的狼牙鳝躺在门外。这家伙一见扇贝姑娘，脑袋就挺立起来，两眼放出蓝光。扇贝姑娘不等狼牙鳝挪动，用中指蘸着口水朝狼牙鳝两眼点去。顿时，狼牙鳝的双眼就什么也看不见了。

这时，潮水上来了。狼牙鳝一见到水便有了精神，用尾巴一抽，就把方蛋卷进水里。螃蟹精横着爬出来，拦住了扇贝姑娘的去路。扇贝姑娘急了，一把抓住螃蟹精的前摆腿，吐出两股口水，把螃蟹精的眼睛也点瞎了，然后一头扎进水里救出方蛋。方蛋提起鱼叉，用力向狼牙鳝刺去，扇贝姑娘也转过身来同螃蟹精展开了搏斗。这一场厮杀只搅得天昏地暗。

正在难分难解的当儿，忽听南湾哗的一声响，一口大锅似的东西冒了出来。扇贝姑娘一看，惊喜地叫道："龟爷爷，快来救命啊！"老龟一边点头，一边向螃蟹精和狼牙鳝扑来。只见他喷出一口鲜血，说声："长！"一座大坨子落下来，把螃蟹精和狼牙鳝严严实实地扣在底下。从此，黄海北部留下了一个小岛，当地人叫它救命坨。

风住了，雨停了，时辰正好是九月初九的早晨。方蛋和扇贝姑娘在坨子上摆起香案，拜了天地。从此，方蛋和扇贝姑娘在这里过上了舒心日子。

讲述：张德让

搜集整理：傅清君

海鳖为啥也叫王八

海鳖原来的名声都挺好的，甚至还是灵兽，怎么就被叫成了王八呢？

很早以前，有个渔村叫王家坨子，村前有条五丈宽、十丈深的大河。村里有个王老汉，他有八个儿子，个个一身好水性，人们管他哥儿八个叫"水中八蛟"。一母生八子，脾气秉性各异。从王大到王七，都很忠厚善良，单单这老疙瘩王八，一肚子熊道道。

这一年夏天，发了场大水，浑浆浆的河水打着旋儿，发出吓人的吼声打村前滚过。村里人都跑出来看光景。河上游漂来很多家具牲畜，还有拼命挣扎的人。王家弟兄二话没说，一个个嗖嗖跳进河里，一趟又一趟地把淹得半死的老人孩子妇女拖到岸上。可是王八呢？两眼直愣愣地盯着河里漂着的木器家具，快淹死的人打他跟前挣扎着漂过，他瞅也不瞅。村里人都骂他没有人性，可王八还满肚子歪理，说"黑头鬼"（指人）都是些忘恩负义的东西。这时又从上游漂下一个黑乎乎的东西，看样子像条大原

乌龟并非一开始就被用来"指桑骂槐"，它曾有过很长一段为人们喜闻乐见的辉煌岁月。秦汉以前，乌龟一直被视为灵物或吉祥之物，人们将龟与龙、凤、麟并列，合称为"四灵"。殷商时期，人们灼龟甲以卜吉凶，龟甲因灼而坼裂之纹理名为"龟兆"。从秦汉至唐代中叶，人们不再视乌龟为灵物，而视为贵重之物。唐代时，人们对龟的崇拜发展到了极致，其间好多人名也都带有"龟"字，如宫廷音乐家李龟年，诗人王龟、陆龟蒙等。天授二年（691年），武则天规定五品以上的官员都佩戴一种龟形的小袋，名为"龟袋"，龟袋上分别饰有金、银、铜三种金属，以区分官员品级的高低。到了唐代后期，乌龟才逐渐被用来骂人。

木。王八大喊一声："又来买卖啦！"就一头扎进水里，抓到原木一偏腿骑上了。王八骑上原木就觉得胯下像有千万把刀子扎着似的，疼痛难忍，下又下不来，后悔也晚了，只好听天由命，顺水漂流。

原来这不是原木，是条龙。海龙咋到河里来了呢？

原来，这一年海龙王老了，就把兴云布雨的差事交给了大儿子大龙。大龙年轻好胜，觉得下雨挺好玩，就多吸了几口海水，结果淹死不少生灵。老龙王很难过，便派小儿子小龙下界察看水情、民情。小龙来到河里遇上见死不救的王八，便把他带进龙宫。

回到龙宫，小龙把身子一抖，王八摔到地上。龙王问明情况就叫王八站起来近前回话，可王八怎么也站不起来，只好爬过去。老龙王一见就说："你这不成了老鳖了吗？"说罢就丢过去一只鳖盖给他扣在身上。从此王八就变成老鳖了。

人们常用"王八蛋""鳖犊子"骂那些不仁不义的人，就为的这个。王八一旦被人们捉住就赶忙藏头缩脖，因为它羞于见人，只好把脸藏到鳖盖下。如果你边敲鳖盖边喊"王八王八"，它会冷不丁伸出头咬你一口，可见这家伙本性没改。

据说老鳖原来的名声并不坏，可自打王八变成老鳖，名声就不如从前了。

讲述：阎清传

采录：肖奇

"蟹将军"护宝

有这么一句话："蟹子横行自觉正。"那么，蟹子为什么横着走？这是有说道的。不但这个有说道，就连蟹子为什么老是生活在海底下，它的盖上为什么有两道月牙形的棱，都有说道。

据说蟹子原来不是横着走，也不光在海底待着，盖上也没有那两道棱，自从白蛇和法海在金山寺斗法以后，蟹子才有了这些特点。

法海为了镇住白蛇，就请了天兵天将帮忙；白蛇为了对付天兵天将，就请海里的虾兵蟹将支援。天兵天将和虾兵蟹将打仗的时候，正好是哪吒和蟹将对打。他俩不知打了多长时间，哪吒一看蟹将挺不好对付，就把他的宝

贝乾坤圈拿出来，瞅着蟹将冷不防的当口，往蟹盖上狠狠地打了两下。这乾坤圈可是个宝贝，平时不管什么东西碰到它，都会被砸得稀碎。可这蟹将并非一般凡体，它乃精类，哪吒的乾坤圈没把它打死，只在它的盖上留下了两道月牙形的棱。蟹将虽然没被打死，却被打得昏了过去，也不知把什么内脏打坏了，等蟹将苏醒过来，就不会走正道了，只能横着走。由于被哪吒打怕了，再不敢到水面上来，只好趴在海底下躲着。后来，螃蟹被龙王招为护宝将军，守护龙王的财宝。有人在"三辆车子"那里看到过它呢。

从瓦房店西南长兴岛的何屯村西渤海悬崖上，极目北望，就会看到有一条深绿色的水带。这就是远近闻名的"三辆车子"。

这个地方水深礁多，是海参生殖繁衍的好地方。技术较高的海碰子多愿在这个地方捕捞海参。此处沉船多，珍贵的物品也多。唐代大书法家颜真卿的《祭侄文稿》碑志真迹，就是在这里打捞出世的。

有一次，一个海碰子在这里碰参，有不少收获，可他还想发点外财，就在那些沉船的地方搜索。忽然发现一株很大的珊瑚，他大喜过望，伸手就拿，可是怎么也拿不动。仔细一看，不禁吓了一跳，只见一只大螃蟹，蟹盖有一间房那么大；就一只螯足，足有檩木那么粗；嘴里吐出的泡沫也有拳头大；一对眼睛，简直就是一对玻璃灯。它遍身长毛，狠狠夹着那株珊瑚树。

吓得神魂出窍的海碰子连捕获的海参都扔了，慌张地磕了一个头，就浮出水面，急忙上了船逃走。

从这以后，当地流传一个说法："三辆车子"是龙王爷的百宝库，是由蟹将军把守的，那里的宝贝可动不得呀！

海的传说

讲述：陈秉发、王吉德

搜集整理：曲良喜、李继钊

罗星偷墨变乌贼

你听说过会飞的乌贼吗？它的本事可大了，日本有学者证明乌贼有着惊人的飞行能力，会在空中捕食海鸟。在海洋生物中，乌贼的游泳速度最快，靠肚皮上的漏斗管喷水的反作用力飞速前进，时速可达一百五十公里。而号称鱼类中游泳速度冠军的旗鱼，时速只有一百一十公里，和乌贼一比，也只好甘拜下风了。当然，乌贼最特别的本事是它的那个大墨囊，有一套施放"烟幕"的绝技。一旦有什么凶猛的敌害向它扑来，乌贼就立刻从墨囊里喷出一股墨汁，把周围的海水染成一片黑色，使敌害顿时看不见它，在这黑色"烟幕"的掩护下，它便逃之夭夭了。而且它喷出的这种墨汁还含有毒素，可以用来麻痹敌害，使敌害无法再去追赶它。要知道这墨汁的来历，还得从罗星说起。

传说早年间，罗星是管辖天河的官。别看他官不大，但倚仗其姨母是王母娘娘，整天吃喝玩乐，今天逛蟠桃园，明天游南天门，是个游手好闲、不务正业的浪荡子。

话说这年人间大旱，井水枯了，河水干了，就连大海里的水也涨不上来了。树木杂草枯死了，庄稼干得耙子搂，老百姓烧香磕头求雨，老天就是滴雨不下。

山神土地慌了神，一起来到天宫，请求玉帝开恩降雨。玉帝得知此事，急急传旨："天河放水一瞬。"

罗星接到圣旨略看一眼，就命手下打开天河闸门。紧接着，狂风暴雨，雷电交加，遮天盖地，泼向了人间。转眼间井满了，河涨了，庄稼有救了。

雨越下越急，越下越大，一直下了三七二十一天还不停。泛滥的洪水遇房房倒，遇桥桥塌，人间陆海不分，一片汪洋，只有一些树尖露出水面。百姓哭天号地，死伤不计其数。

山神土地又慌了神，连夜赶到天宫禀报玉帝。玉帝打开天窗一看，气得脸色铁青，命二郎神提罗星问罪。

乌贼，皮肤中有色素小囊，会随"情绪"的变化而改变颜色和大小。受到乌贼的启发，在陆战中，作战双方常常利用发烟罐、发烟手榴弹放出浓烟来掩护步兵和坦克前进。有时候，也在敌人进攻的方向上施放烟幕，使己方在烟幕的掩护下顺利转移。在海战中，甚至可以利用烟幕把一艘上万吨级的战舰掩蔽起来。

原来，天上的一天就是地上的一年，天上的一瞬就是地上的一天。玉帝下旨"放水一瞬"，就是人间降雨一天。谁知罗星接到圣旨，无心细看，把一瞬看成一天，直到玉帝派人提他，天河还在放水。

不一会儿，罗星被带到大殿，"扑通"一声跪下，恳求玉帝饶命。玉帝喝道："畜生，我叫你'放水一瞬'，你却放水不止，如此胆大妄为，该当何罪？"

王母娘娘听说外甥犯了罪，急忙赶到大殿哭闹不止，哭了三天三夜，玉帝就是不理。这事惊动了各路大仙，大仙们一起来到殿前求情。玉帝不但不理，反而发了脾气。转眼到了第二年玉帝的寿诞日，各路神仙都来祝寿，席间提到罗星，还争论不休。

东海龙王奏道："罗星触犯天条，理应问罪，念他年幼无知，求玉帝开恩，免他一死，把他交给我带到东海，让他立功赎罪，你看如何？"众大仙也都随声附和，送了个人情。玉帝正在酒兴上，就顺水推舟，一口答应了。罗星被带到东海龙宫，把赎罪的事忘了个一干二净。他每天东遛遛，西逛逛，谁也管不了他。

这一天，他闯进龟丞相的书房，见书桌上有个玉瓶十分好看，揭开盖一闻，清香扑鼻。他高兴极了，满以为里面装的是玉液琼浆，喝下去会延年益寿。他看看左右没人，捧起来一仰脖喝了个底朝天，只觉得天旋地转，头昏脑涨，大口大口地往外吐黑水，又浑身发麻，缩成一团，越缩越小，不一会儿，缩成又硬又脆的盖壳。等龟丞相回来，他还在大口大口地往外吐黑水。龟丞相生气地说：

海的传说

109

"罗星，你戴罪来到龙宫还不老实，偷喝了我的墨水，该是一种报应。墨水下肚，元气全化了，从今往后，再也成不了气候了，全是你自作自受，活该！"

龟丞相把这件事告诉了东海龙王。东海龙王来了一看，罗星昏倒在地，嘴里不住地吐着乌黑乌黑的水，就大骂一声："畜生，你不配叫罗星，是贼，乌贼！"回头吩咐虾兵蟹将，把罗星逐出了龙宫。

从那以后，罗星不但上不了天，也回不了龙宫了，只能钻在水下乱石丛中混日子。鱼鳖虾蟹见了他，都大喊一声："乌贼，抓住他！"他没有骨头，打不过人家，听到风声就得跑，实在逃不及了，就吐出肚子里的乌水，把水搅浑再逃。

讲述：尹景元

搜集整理：尹正茂

蚆蛸精还愿

大连人管章鱼叫蚆蛸，自从那个章鱼帝出名，蚆蛸也是名声大噪。这家伙据说长三个心脏，心眼可多了，能耐可大了。

从前，山东登州府有一个叫张善堂的老汉，领着两个儿子漂洋过海来到大连，靠一条小船装杂货跑运输过日子。大儿子张海，心肠狠，品行恶，谁家的闺女也不肯嫁给他，都三十出头了还没讨上个媳妇。小儿子张河却和老爹一样，忠厚老实，心眼好使，从小和哥哥不对付。老大霸道，爷儿仨经营一条船，老爹和弟弟倒成了他的伙计了。

一天，小船在鹿岛避风，老爹和弟弟被逼着下地上粮。晌午了，太阳暖洋洋的，老大躺在甲板上晒太阳，刚迷迷糊糊想睡觉，就听船身嘎巴响，抬头一看，从船帮下面爬上一条大蚆蛸腿，足有桅杆粗。从小听爷爷讲"蚆蛸伸腿，必定发水"。管它伸腿不伸腿的，先尝尝鲜再说。老大拿起斧头，对准蚆蛸腿"吭哧"一声，把一条蚆蛸腿砍下了一丈多长。这一砍不要紧，不到一袋烟工夫，天也昏了，地也暗了，风也起了，浪也大了，潮水一个劲地猛涨，简直要把鹿岛淹没了。老大吓坏了，赶紧拖着蚆蛸腿钻到后舱里去了。

这时，下地上粮的爹爹和弟弟正在酒楼里喝酒。正喝着，忽然来了风雨，乌云遮天，墨黑墨黑的，伸手不见五指。老爹醉倚在墙上，不知不觉就打起了呼噜。梦中，一只大蚆蛸精拖着一条血淋淋的腿向他爬来，爬呀爬，爬到他跟前站起来说："老头儿啊，你大儿子好狠的心哪，我千辛万苦修行了一千九百九十九年，只剩今天最后伸一次腿就成仙了，哪知你那个逆子把我的腿砍去了一截，真真疼煞我也！"老头儿一听，

"扑通"一声跪下说："神爷饶命，小子大逆不道，老汉定要严加管教，膝下幼子尚小，请神爷给老汉留条性命……"蚆蛸精睁大圆眼说："留你一条性命？我这条腿怎么办？！"老汉磕了一个响头说："神爷息怒，老汉有祖传秘方，几十年不曾用过，让我试试，把神爷腿接起来。"蚆蛸精说："老汉如能把我腿接上，等我成仙之后，必送一条百担大船与你，以报恩德！"蚆蛸精打了一个哈欠，把张善堂老汉吓了一跳，睁眼一看，张河正在叫他，再看看天，还是阴乎啦的，雨一个劲地下。他二话没说，拉着小儿子，扛着粮，冒雨跑回码头。

上船一看，大儿子把一截蚆蛸腿拖在后舱里，正要切了下锅。老汉一看急眼了，又是磕头又是作揖，好话说了三千六，好歹把蚆蛸腿要了出来。

老汉拿着斧头，在小舵把上砍下了筷子粗细一根柳木，让小儿子去和了半盆荞麦面拿来。他跪在甲板上，边磕头边祷告："蚆蛸爷，快把断腿伸上来！"话音刚落，只听"咕噜"一声，一截血淋淋的蚆蛸腿伸到了甲板上。老汉按爷爷教的法子，用柳条棍把两截腿穿起来，四周用荞麦面糊上，然后脱下裤子把蚆蛸腿包了个结结实实，祷告了一番，蚆蛸腿才慢慢地缩进了水里。

老大没吃上蚆蛸腿，就把爹爹和弟弟记恨在心上，从那以后，抬手就打，张嘴就骂，一天到晚不干活，当起了甩手掌柜的。船一收港，他就下了地，走街串巷到处转。

有一次，在赌场上交了运气，捞了大把的钱，老大美得不知怎么好了，在大河口码头买了一座四合院，娶上了媳妇，又买了条八十多担的大船，起名"泰上顺"。这"泰上顺"可不一般，那个威风劲就不用提了。开船那天，船上披红挂绿，鞭炮齐鸣。大红的条幅贴满了船。大桅上贴着"大将军八面威风"，二桅上是"二将军百灵相助"，前燕翅上贴的是"船头无浪行千里，舵后生风送万程"，后燕翅上是"九曲三湾随舵转，五湖四海任舟行"，横批是"顺风相送"。老大坐在猫篷（指舵楼子）里喝着香茶，摇着彩扇，好不快活。

老大有了资本，就更不拿爹爹和弟弟当人了。一次，弟弟顶撞了他一句，他一杠子砸过来把弟弟的腿打瘸了。爹爹骂了他一句，他二话没说，两拳就把爹爹的眼睛打瞎了。打那以后，老爹和弟弟成了残废，更拿他没办法，只好忍气吞声当伙计。

转过年，老大又娶了个小老婆。这个小老婆是南方人，从小在"家家船"上生，在"家家船"上长，长大了也总喜欢船啊水的。她跟了老大以后，在四合大院住够了，成天跟老大磨牙，想要当海神娘娘。正好赶上"泰上顺"去高丽，就把她给捎上了。在北方，打老辈起就认为妇道人家上船是不吉利的。老头儿眼瞎看不见，听说儿媳妇要上船，说又不敢说，就跪在船头磕头求神仙保佑。老二叫哥嫂也跪下，老大一听火冒三丈，一脚把弟弟踢到海里，回头吩咐船老大开船。多亏伙计们说情，大家放下舢板才把老二捞了上来。

"泰上顺"顺风顺流跑了一天一宿，第二天下半夜，一点风也没有了。

大连人说的蚆蛸其实就是章鱼。章鱼是个聪明动物，专家说章鱼具有"概念思维"，能够独自解决复杂的问题，正是此种能力使其具有用两足行走的本领。章鱼是地球上曾经出现的与人类差异最大的生物之一。章鱼有很发达的眼睛，这是它与人类唯一的相似之处。它在其他方面与人很不相同：章鱼有三个心脏、两个记忆系统（一个是大脑记忆系统，另一个记忆系统则直接与吸盘相连），章鱼大脑中有五亿个神经元，身上还有一些非常敏感的味觉和触觉的感受器。这种独特的神经构造使其具有超过一般动物的思维能力。

"泰上顺"只好"耍潭"。老大叫伙计们去睡觉，让瞎眼老爹和弟弟放风，他自己钻到猫篷里搂着小老婆抽大烟。

天傍晚，南天起了龙卷风，还没等把大铁锚搭上来，风就不让劲了，大雨像瓢泼的，海浪齐天高，八十多担的大船就像个小水瓢，在浪尖上打转转。满船人哭爹喊娘乱成一锅粥。下捞子吧，二百斤大锚一下去就滑了，一百八十斤的二锚放下去也不顶用。伙计们慌了神，都在准备后事，找绳子的找绳子，穿棉衣的穿棉衣，然后捆绑在一起等死了。

老大和小老婆吓得屁滚尿流，赶紧烧香磕头，祷告娘娘送灯来。你别说，还真灵验，不大工夫，在黑洞洞的海面上果然出现了一盏灯，灯越来越近，转眼来到了船头。他们定睛一看，原来是个放光的大圆顶礁石。老大乐得哭了起来，一边哭，一边吩咐伙计们快放舢板。

舢板放下了，老大搀着小老婆上去了，把值钱的东西也搬上舢板。伙计们要上去他不让，有个伙计扳着舢板要上去，老大举起斧头，"咔嚓"一声，把他的手给剁掉了。老大划着小舢板，朝着大圆顶礁石去了。哪知，舢板刚离开大船，一个开花大浪劈头盖脸地泼下来，老大和小老婆成了落汤鸡，舢板差点翻了。大船上的东西被水冲了个溜光，幸亏伙计们捆绑在桅杆上，一个也没落水，可是瞎眼老爹和瘸腿弟弟却被颠到海里，连尸首也不见了。

俗语说："天亮的风，一时凶。"日出东海，风停雨住，海面像镜子一样平静。老大和小老婆在海里漂了大半宿，已经筋疲力尽了，见大船稳稳当当停在远处，就不要命地摇着橹往上靠。眼看快靠上去了，忽见水面"哗啦"一声响，从海里伸出个大蚆蛸头，两只眼睛放蓝光，足有盆口那么大。老大一看吓傻了，掉过头往回摇，哪知已经来不及了。只听"唰啦"一声，从水下伸出了八条大蚆蛸腿，八条腿像桅杆，小舢板被紧紧地围起来，再也摇不动了。老大和小老婆慌了神，跪在船上磕头如捣蒜，求海神爷保佑。可是喊破了嗓子也没有用，不大一会儿，就见八条大蚆蛸腿一合拢，小舢板被紧紧地箍起来，一点点地往下沉。老大撕破了嗓子喊救命，喊了两三声，就沉到水里不见了。

伙计们一看，一个个吓得脸色蜡黄，连话都不会说了，一个劲地磕头求神。过了好一会儿，海面上突然蹿起一根大水柱子，浪花开处，一条大船钻出水面。船上站着两个泥人，正朝这边招手。有个伙计眼尖，指着两个泥人大喊一声："哎呀，你们看，那不是老爷子张善堂和他的小儿子张河嘛！"大伙一看，都惊呆了，急忙掉转船头迎上去。靠上去一看，两条船一模一样，老头儿和小儿子浑身烂泥。问他们，他俩也不知道是怎么回事，好像做了一场噩梦，迷迷糊糊回来了。

人们跳过船，用清水把他们父子冲洗了一遍。这一冲不要紧，身上的烂泥冲掉了，老头儿的眼睛也冲好了、复明了，小儿子也不瘸了，像头牛似的站在那儿，心里有说不出的高兴。正在这时，一个十搂多粗的蚆蛸脑袋从水里钻出来，一对盆口大的蓝眼睛朝人们眨动了两下，好像是在告别，然后，慢慢沉到海水中不见了。见到这情景，人们齐刷刷地跪下去，感谢蚆蛸精的大恩大德。

太阳出来了，海面风平浪静。老张头和小儿子张河领着两条大船，朝鹿岛进发了。打那以后，爷儿俩和伙计亲亲热热，买卖越做越兴隆，日子越过越甜美。

讲述：张德让

采录：傅清君

蚬子姑娘

"南风起，落蚬子，生于雾，成于水，北风瘦，南风肥，厚至丈，取不稀。" 清代李调元《南越笔记·白蚬》对蚬子的描述，真是令人垂涎。蚬子是大连人餐桌上最常见的食材，很多土生土长的大连人是吃着辣炒花蚬子、蚬子面条长大的。说起蚬子，还有一段美丽的传说。

从前，在一个小岛上住着一家爷儿仨，老爹六十岁，领着大儿子海虎和小儿子海牛，靠打鱼摸虾过日子。有一天下海钓鱼，海牛钓上一只大蚬子。爷儿仨一看，好大的个，像个小饭盆，从来没见过。撬开一看，里面有九颗珍珠，八颗像药丸，一颗像鸡蛋。爷儿仨乐坏了，把珍珠拿回家，装进罐子里，撒上官粉，封好罐口，放在水缸边上养起来。打那以后，海牛照着老爹的嘱咐，天天半夜起来，捧着罐子摇晃一阵，每隔三天把罐子打开，让珠子透透气，每隔半月换一次新官粉，风雨不误。家里再穷，也要买官粉给珠子用。

一晃十二年过去了，那颗大珠子长成拳头大，开始放出蓝莹莹的光；那些小珠子，也有鸡蛋大了。眼看日子有盼头了，老爹一高兴，给老大娶了个媳妇。

这一天，老爹得了急病，临死前，把儿子媳妇叫到身边，千叮咛万嘱咐，叫他们团结一心，过好日子，养好珠子，等珠子成了宝器，给海牛娶上媳妇，弟兄俩有福同享，有难同当。海虎和他媳妇当着老爹的面，一百个应承，可是等老爹一死，媳妇先变了卦，天天当着海牛的面，不是摔盆就是摔碗，连顿饱饭也不让海牛吃。海牛受不了这份气，一跺脚，就离家去陆上一家豆腐店当了伙计。人在外头心在家，一到夜晚，海牛就牵挂着那些珠子，不觉落下了伤心泪。

一天夜里，海牛正在伤心落泪，房门"吱嘎"一声响，走进来一个姑娘。她浑身透着香气，笑盈盈地走上前，柔声蜜意地说："海牛哥，你怎么了，想回家吗？回去看看吧。"海牛摇摇头，呆呆地望着姑娘说："我嫂子心肠坏，我不回去。"姑娘说："就因为你嫂子心肠不好，你才该回去呢。那罐子落到你嫂子手里，不到一年就白瞎了。我给你个小铜铃你带着，回家以后，大年三十半夜子时，趁你哥嫂出去接财神，你用铜铃朝罐子上敲三下，那大珠子就会跟你走了。过了年，你马上回来，什么也别说。"海牛愣愣地望着她问："大姐，你是谁？怎知我家有珠子？"姑娘羞答答地低下头说："别问了，到时候再告诉你。"说着，把铜铃往炕上一放，不见了。海牛愣了半天。

转眼到了腊月二十五，海牛向东家告了假，置了些年货，坐上小船回家了。哥嫂见他在外面混得不错，对他挺亲热。大年三十半夜子时，哥嫂出去接财神，海牛急忙拿出铜铃，对着罐子敲了三下。等哥嫂回来，见院子里有一团大火球，转着滚来滚去，把院子照得通明瓦亮。嫂子一看高兴了："哎呀，咱还没到家，财神爷先到了，大吉大利，谢天谢地！"话还没落地，就见大火球打了个滚，"嗖"的一声上了天，转眼飞得没影了。哥嫂一看泄了气，一屁股坐在地上，半天没有爬起来。

过完了年，海牛搭船回到陆上。一下船，有个如花似玉的姑娘迎上来，甜甜地叫了声："海牛哥。"海牛抬头一看，不觉吃了一惊："又是你，你到底是谁？"姑娘腼腆地说："你真傻，我就是你辛辛苦苦养活的蚬子姑娘呗，你要不嫌弃，我就给你做伴吧。"海牛说："不行，你跟上我会受苦的。"蚬子姑娘说："我图你的心眼好，受苦受难我不怕，只要你答应，往

后的日子会好的。"

店主人见海牛带回了未婚妻，当晚就操办着给他们成了亲。打那以后，豆腐店的生意越做越红火，不到三年，又开起了绸缎庄。店主人见小两口心眼好，就认他俩做儿女，又让海牛当了掌柜的。海牛发了财，又想起了家中的穷哥哥。一个春暖花开的日子，他带着媳妇回家了。进门一看，哥哥家穷得叮当响，海牛很难过，忙叫媳妇打开行李。嫂子一看，金银绸缎直晃眼。她喜出望外，又生诡计，拉上蚬子姑娘去挑水。来到井台上，蚬子姑娘弯腰去提水，嫂子顺势一掀，把她推到井里。只听井下"扑通"一声，接着红光一闪，蚬子姑娘又站到了井台上，拉下脸对嫂子说："你这是干什么？"嫂子羞红了脸，支支吾吾地说："好妹妹，我一时没站稳，把你碰到井里，不是有意的，你送我那么多东西，我亲还亲不够呢！"

妯娌俩回到家，和面切肉包饺子。嫂子一直惦记着那些发光的宝贝，趁蚬子姑娘低头揉面，举起菜刀狠狠地朝她头上砍了一下。只听见"当啷"一声，菜刀落到地上，蚬子姑娘纹丝不动。嫂子大吃一惊，忙赔着笑脸编瞎话："好妹妹，刚才打水，我看你练了一身好功夫，想试试看，果然不差。别多心，嘻嘻……"晚上，蚬子姑娘把白天的事对海牛说了，告诉他，如果不离开，早晚得死在嫂子手下，还说："原来人间也这样复杂。我是海里生海里长，我该回去了。"海牛一听，紧紧地抓住媳妇的手说："你走了我怎么办？咱俩死活在一起，我不能没有你。"

蚬子姑娘流着眼泪说："海牛哥，实话告诉你吧，我原来是通天河里的一颗明珠，被天神捞去献给了王母娘娘。有一天，王母娘娘打瞌睡，一松手把我跌落在东海里，我就在那里安了家。后来听说人间挺美好，就跟你来到海岛上，多亏你伺候了我十二年。为了报答你的大恩大德，和你结成了夫妻。如今我才明白，人间也有不平事，我该走了。看在夫妻的情分上，你若有意，就跟我去吧，咱俩永生永世在一起。"

半夜里，夫妻俩手拉手离开了家门，朝东海飞去，再也没有露面。多少年以后，人们在海里发现了成片成片的沙蚬子，都说这些沙蚬子就是海牛和蚬子姑娘的子孙后代。

鳘鱼鳔 "万能胶"

鱼鳔又叫鱼泡，是鱼类在水中控制身体沉浮的器官。其中鳘鱼的鱼鳔不仅能用于止血、治疗儿童腹泻，还能用作黏合剂，可是渔家人的宝贝！传说中鳘鱼鳔的神奇功效还与"百工圣祖"鲁班有关。

鲁班带着一帮徒弟到沿海岛屿传艺，一路上跋山涉水，不辞辛苦，深受百姓爱戴。

鲁班有个徒弟叫子奔。这个人长得膀大腰圆，满身力气，但不舍得吃苦。他看师傅带着他们东跑西颠不得闲，就暗暗叫起苦来，心想：学徒几年了，一般的手艺活都能拿得起放得下，何必再跟着他们遭罪呢！他想自己去谋生又不好直说。这一天，他想出了一个花招，就跑到师傅跟前，鼻涕一把泪一把地说："恩师啊，今有一事相告，我家有八十岁的老母，不幸染上了重病，我想回家……不知恩师……"说着又挤出两滴眼泪。鲁班早就看出他的小九九，也没强留，只说道："孝敬父母是本分，明天我送你上路。"

第二天师徒一行来到海边，鲁班对子奔说："本想叫你们个个成才，不想事不从心，你就半道而弃了，看在师徒分上，临走赠你一物吧。不过此物不同一般，你必须吞下肚里方可，你看如何？"

子奔满心欢喜，心想：师傅平日待我胜过父母，今赠礼物，必定贵重如金。就高兴地连连点头。鲁班又道："快把头转过去，伸出手来。"子奔马上按着吩咐做了，把手伸了出来。鲁班走上前来，慢慢低下头，在他手心上轻轻地吐上一口唾沫，随之说道："好啦，快吃下去吧。"子奔急忙转过头来，仔细一看，吃了一惊，这是什么礼物？明明是一口白里带黄的唾沫，好不恶心，心想：师傅有意戏弄我。一挥手"啪"的一声，把唾沫甩到海里去

117

了。只听海面"哗"的一声响，从海底浮上来一群鳖子鱼，抢着吃了起来。鲁班看了，迅速从箱子里掏出一块木头，又拿出一把刀子，三下两下刻出一只木鹰，吹了一口气，向空中抛去。徒弟们正感到奇怪，就见木鹰展开翅膀，变成一只凶猛的老鹰，"呼"的一声向海里扑去，眨眼工夫就叼上来一条活蹦乱跳的大鳖子鱼，送到鲁班跟前。鲁班接过鱼，马上用刀子把鱼开了膛，从肚里取出一个有一拃长短、白净净黏糊糊的东西，对徒弟们说："你们可知这是什么吗？"大家一齐摇头。鲁班说："这就是刚才我赠给子奔的礼物，可是他不识宝，扔掉喂鱼了。你们可别小看它，如果把我的礼物吃下去，你的唾沫就可以黏合木板了。"说着就叫徒弟拿两块木板，在其中的一块上面吐了点唾沫，用手一抹，再把两块木板合在一起，不一会儿，木板就牢牢地粘在一起了，怎么拉也拉不开。大伙个个惊讶不已，子奔也愣住了，但后悔已经晚了。

鲁班又指着那黏糊糊的东西说："礼物已被鱼吃掉了，变成这样的东西，现在大家给它起个名字吧。"徒弟们你看看我，我看看你，谁也说不出叫什么好。鲁班看了看大伙就说："我看它能把木板黏在一起，就叫它鳖鱼鳔吧。"徒弟们拍手叫好，个个赞成。

鳖鱼鳔由此得名，直到现在，岛上的人还用它来黏合木器呢。

讲述：苏行恩

采录：尹正茂

大耳无眼海蜇贼

海蜇的长相很奇怪，顶着个大帽子，漂着一大片须子在水里游来游去。夏天，如果在海里不小心碰到它，会被它蜇得很疼。这个大耳无眼的家伙为啥会长成这种样子？

从前，有个会拉胡琴的小伙子，一拉起

据《事林广记》，中国是最早食用海蜇的国家，晋代张华所著《博物志》中就有食用海蜇的记载。海蜇不仅营养极为丰富，还是一味治病良药。《本草纲目》中记载，海蜇有清热解毒、化痰软坚、降压消肿之功效。海蜇加工后的产品，称伞部为海蜇皮，称腕部为海蜇头，海蜇头贵于海蜇皮。

胡琴来，把什么都忘了，人们都管他叫琴师。

琴师只会拉胡琴，不会干活，后来把家产折腾光了，成了个流浪汉。

这一天，琴师流浪到一座高山上，见那儿鸟语花香，景色宜人，就坐在树底下拉起了胡琴。山洞里的猴子听到这优美动听的琴声，乐得手舞足蹈，心想：我要是天天能听到琴声，该多好哇。它顺着琴声找到了琴师，恭恭敬敬地说："大哥，咱们交个朋友吧，只要你天天拉胡琴给我听，洞里的东西管你吃管你用。"琴师正想找一个光拉胡琴不干活的事做呢，就满口答应了。

从此，琴师就和猴子交上了朋友，一起住在山洞里。猴子为了能天天听到琴声，每天都勤勤快快地伺候着琴师。琴师整天吃香的喝辣的，高兴了就拉拉胡琴，倒也觉得快活。

转眼间，一年过去了，一天，琴师对猴子说："猴弟，我在洞里过闷了，让我出去玩几天再回来吧。"猴子一听，心里就觉得不是滋味了，可做朋友的怎能光想自己不为别人呢？琴师临走时，猴子给了他好多银子以备路上用，又装了半袋子干粮水果让琴师带上。猴子眼泪汪汪地一直把琴师送到山底下，千叮咛万嘱咐地说："大哥，早点回来呀！"

琴师告别了猴子，走了不大一会儿，来到了大海边上，他雇了条小船，让船夫划着，自己坐在上面拉起了胡琴。柔和悦耳的琴声传到了海底，让龙王听见了。龙王觉得琴声怪好听的，一高兴，吩咐虾兵蟹将把琴师请进了龙宫。琴师在龙宫里拉起了胡琴，婉转动听的琴声把整个龙宫的大小喽啰们都给迷住了！龙王高兴极了，马上吩咐把琴师留下来，并答应把小龙女嫁给琴师。琴师见龙女长得如花似玉，魂都被勾走了。从此，琴师就和龙女尽情地玩耍起来，早把猴子朋友给撂在了后脑勺。正当他欢天喜地地要和龙女成亲时，龙女突然病倒了，经龙医检查说，要治好这种病，非得用一只猴子的心做药引子才行，不然，龙女就活不成了。龙宫里没有猴心，琴师急眼了，冷不丁想起了猴子朋友来，就把他的想法对龙王说了。龙王很高兴，就派鲤鱼精把琴师驮到了岸上。

琴师上了岸，连跑带颠地进了猴洞。猴子一见大哥回来了，别提多高兴了，要为他设宴接风。琴师急忙摆摆手，说："猴弟，大哥今天是特地来请你到龙宫喝喜酒的！"接着，他就把如何跟龙女成亲的事说了一遍。猴子听说大哥娶了龙女当媳妇，更乐了，连忙收拾了一下，跟着琴师走了。

海的传说

119

来到岸边，琴师和猴子骑着鲤鱼精就朝海里去，走了一会儿，快到龙宫了，琴师抹着眼泪对猴子说："猴弟，不瞒你说，龙女病得厉害，说是吃了猴心就会好的，咱俩既然是朋友，你就把心扒出来吧。"猴子一听，哈哈大笑说："原来是这么回事啊，大哥怎么不早说呢，我的心挂在树梢上忘了带啦，让我赶快回去取吧！"琴师信以为真，就让鲤鱼精掉过头去，把他俩送到岸上。

到了山上，琴师问猴子说："心挂在哪棵树上？"猴子指着前面的一棵大树说："就在那棵树梢上呢！"说完，就"嗖"的一声爬上树，站在树枝上唱起歌来——

> 远来的朋友不可交，
> 哪有猴心挂树梢？
> 你上龙宫招驸马，
> 我回高山啃毛桃。

猴子唱完，打了一声呼哨，就跳到另一棵树上，只听树枝哗啦啦地响了一阵子，猴子就跑得无影无踪了。

琴师这才知道上了当，只得垂头丧气地回龙宫去了。龙王一见，勃然大怒，大声骂道："你这个有耳无眼一肚子坏水的东西，到了紧要关头，连自己的朋友都不认了，朕是在考验你哩！既然你连朋友的心都想扒出来，朕与女儿的心早晚也会让你扒着吃啦！小的们，快把他给我扔出去！"

琴师被扔到海里淹死了，死后成了一个有耳无眼的大海蜇。

讲述：土中坤

采录：宋承昆、于同群

海蛎子沾边赖

大连盛产海蛎子，大连人爱生吃海蛎子，说话有浓重的口音。外地人吃不来生海蛎子的味，又听不懂大连话，就戏称"大连话有海蛎子味"。在西方，海蛎子曾被称为"海之奶"，在《圣经》中被誉为"海之神力"。我国唐代诗人李白有"天上地下，牡蛎独尊"的题句。

海蛎子又叫牡蛎，生在浅海礁石上，再大的水流也冲不掉它，渔家人砸碎了海蛎子上的壳，取走了海蛎子肉，海蛎子壳仍然粘在礁石上。最讨厌的是海蛎子长在船底上，一片片箍得紧紧的，拖累船不能快跑。从船底往下起海蛎子，可就麻烦了，劲使大了损坏船底，劲使小了又起不下来。航海行船的人都格外小心它。大伙一边敲打粘到船底的海蛎子一边说："海蛎子沾边赖，它们是几个无赖泼皮变成的。"

相传在海里还没有海蛎子的时候，岛上的打鱼人淳朴厚道，互帮互助，和和美美过日子。后来岛上来了贩鱼的商人，随船还来了一伙男女，窜到各大小岛上，一个岛上住一家，要落脚谋生。淳朴的渔家人心肠好，帮助这些外乡人盖海草房，置办渔具，教他们打鱼手艺，生怕委屈了这些新邻居。

谁也没想到，新来的邻居得惯了便宜，不织网不打鱼，整天游手好闲，净使损招，发昧心财，是一些"沾边就赖"的家伙。

岛上有个渔翁王有德，五个儿子都是壮汉，打鱼碰海攒点钱，盖了五间新房子，正要搬进去住，想不到新邻居懒蛋子一家四口闹事。原来新房子正和那家紧挨着，高出了有半尺。这本来是常见的事，可懒蛋子一家却埋怨王有德欺侮外乡人，说王有德要克得他们家破人亡。一家人哭着喊着，不把五间新房拆了，就一头碰死在新房子里。邻居劝也没用，王有德只好依了懒蛋子，五间新房换了三间旧房。

懒蛋子一家住上了新房，渔家人谁也不愿和他们来往。懒老婆出窝了，手端一个大海碗，装了大半碗油渍麻花的刷锅水，走村串户，专往人多的地方挤。谁要是不留神撞洒了她碗中的刷锅水，她就耍赖纠缠，趁对方招架不住，刷锅水一股脑儿泼在人家身上，让人家赔香油，不赔就砸人家锅。

老娘们赖回了香油，老爷们就赖酒。岛上有个造酒的烧锅，专造冒烟酒。只要喝了这酒，就舒服得浑身冒热汗，嗓子像冒烟。懒蛋子跑到烧锅前，浑身哆嗦牙打战，却说不出话来。开烧锅的老刘头心善，寻思这人虽然赖过王有德房子，可今天怪可怜的，给他舀点烧酒暖暖身子吧！半瓢酒递到懒蛋子手里，他也不哆嗦了，"咕嘟咕嘟"一口气灌进了肚子里，吧嗒一下嘴，连叫："好酒，好酒啊！冒烟酒果然名不虚传！"掏出一串铜钱要打酒。

老刘头见懒蛋子没带打酒的家什，就把一个小酒坛借给他。谁知这下惹了祸，不一会儿懒蛋子家老娘们风风火火地赶来了，把坛子往老刘头面前一摔，又哭又号，寻死上吊地大闹，硬说老刘头教会了她汉子喝酒。老刘头忍气吞声，答应天天让她男人白喝酒。

他们的儿女得其家传"赖术"，也学会耍无赖骗钱财。儿子小赖皮上了渔船当伙计，别人撒网下钩线，他躺在舱里睡大觉。拉网时，老少爷们喊着号子，累得张口喘，小赖皮手也不伸。到了卸船的时候，小赖皮的眼睛睁起来了，尽挑大鱼往家划拉。渔家人气得两眼冒火！

女儿放赖也有术，渔家人背地里说她是赖皮脸。日久天长，渔家人见了那一家四口人，就像见了恶鲨鱼，远远地躲着。他们赖不上了，就打起了外乡人的主意。有一天，一伙客商在大孤山装了山货，要从海上运往山东，路过一座岛时，海面起了大风，就停在港湾里避风。岛上来了一个四十多岁的人，挺热乎，把船上的三个人让进了家里，又是递瓜子，又是敬茶水，说岛上张家滑、李家刁、王家奸，只有他家是善人。船上的三个人信以为真，却想不到这一家四口正是沾边赖。

好饭好菜，冒烟酒，喝得三个客商晕乎乎。沾边赖翻脸了，老娘们赖一个客商偷了她的钱匣子，男人赖一个客商偷了他的金元宝；那个年岁最小的客人是船老大的儿子，被赖皮脸缠住，小赖皮瞅准机会，把小客人打得鼻青脸肿，说是对方诱拐他的老婆。

海面风平浪静，大船上却闹得翻了天。沾边赖一家人闹到天傍晌午，讹出一大笔银子。船老大经不住折腾，把心一横，跳海寻了短见。客商和伙计一看都哭了，破口大骂海岛人。

海龙王知道了这件事十分恼怒，命三太子前往，用计谋惩治恶人。三太子变成游山玩水的书生，乘一叶扁舟，到了岛上。正在海边转悠的赖皮脸看见有船来，迎上前去同书生卖弄风骚。书生不理她，继续往前走。路上有个酒葫芦，三太子提起来一看是空的。正在纳闷，懒蛋子从道边草窠子里钻出来，张口就赖书生偷喝了他的酒。书生怎么解释也不行，就说："好吧，到我小船上去拿钱吧。"

两人转身往回走，见道上有一个钱匣子。书生还没吱声，从路边水沟里

海蛎子早在宋代就是贡品。古时山东文登人有将牡蛎就地生火烧烤而食的习惯，保留了蛎子的原汁原味。此习俗相沿至今，而锅塌蛎子为境内沿海居民的传统菜肴。

牡蛎不仅是佳美食，而且还有很高的药用价值。明代李时珍在《本草纲目》中记载："牡蛎肉，甘温无毒，煮食治虚损，调中，解丹毒，补小人气血，以姜醋生食，治酒后烦热，止渴。炙食甚美，令人细肌肤，美颜色。"现代医学实验还表明，从牡蛎肉中提取的水溶液对肿瘤细胞有抑制作用。

钻出一个老娘们，硬赖书生拿了匣子里的钱。书生争辩不过，说："好吧！跟我上船去取银子，要多少给多少！"老娘们乐颠颠地也跟了去。

刚到海边，装作钓鱼的小赖皮撒了钓鱼竿，揪住书生说："刚才大鱼正咬钩，你来把鱼惊散了，赔我银子！"书生说："好吧，跟我上船去取，要多少给多少！"

书生领着三个无赖上了小舢板。三个家伙见船上堆满了金银珠宝，脱下衣裳就包，包满了还不罢休，便脱下裤子扎住裤腿往里装，还是装不完，就想把这条船给赖到手！

就在三个无赖琢磨骗术的时候，赖皮脸打扮得花枝招展，扭扭捏捏走到岸边，张口就哭："书生你真没良心，睡完觉你就走，撇下小奴受孤单，快把我接上舢板带我走！"

书生听了，莫名其妙，正要分辩，船上的三个沾边赖揪住了书生不放松，非要用这条船做抵押不可。赖皮脸也跳上船，扭住书生就打，没想到厮打中，舢板翻了，船上的人全落水了。

这时，三太子现出本相，到别的岛上为民除害去了。沾边赖一家人见珠宝散落水中，拼命去抢。一阵浪潮卷来，四个人站立不住，死死地抓住礁石和船底，想等退潮后再上岸。想不到这潮总也不退，在海浪的拍击下，他们被拍成了癞癞巴巴的扁饼子，紧贴在礁石和船底下，变成了海蛎子。

由于海蛎子身上有龙宫的宝贝，渔家人敲碎它的壳，可以挖到鲜美的海味，有时还能挖到珍珠。

讲述：周永福

搜集整理：徐延顺

龙女长发救众生

夏天在海边游泳的时候，经常会看见海里一条条一丝丝的植物，它们随着波浪漂荡起伏，像是少女的长发迎风飞舞，这就是大连非常多见的海带。因其生长在海里，表面有一点粗糙，柔韧似带而得名。海带含有大量的碘质，可用来提制碘等。中医入药时叫昆布，有"碱性食物之冠"一称。海带能治病，说起来还有一个感人的故事呢。

从前，一个偏僻的山沟里住着一户姓张的人家，父子二人靠祖传的一点医术给乡邻行医治病度日。空闲时，父子二人便到山上去挖药材。

他们住的这个山沟流行一种肿脖子病。得了这种病的人，脖子肿得如脑袋一般粗，严重时，喘气都很吃力，有的人竟活活地憋死了。张家父子发誓要为乡亲们治好这种病。可是，遍采草药，还是没有找到治病的良方。

一年一年过去了，父亲的年龄越来越大了，常年的奔波劳累使老人染上了重病，卧床不起了。他知道自己快要不行了，便把儿子叫到身边，吃力地说：“儿呀，我就要不久于人世了，我只有一宗心愿，我死后，你一定要想方设法找到治肿脖子病的方子。世上有哪种病，就一定会有治这种病的药，你记住我这句话吧！”说完，就咽了气。

小伙子含着悲痛埋葬了父亲，又开始满山遍野地采药了。可是，又试了半年，还是不对症。看到患这种病的乡亲越来越多，小伙子愁得吃不香，睡不安。他想，会不会是治这个病的药没长在山里呢？他心里一亮，决定到山外闯闯运气。

小伙子走了七七四十九天，来到了海边，在打鱼人的窝棚里住了下来。

第二天，正赶上渔船靠岸，渔民把网来的鱼一筐筐地搬下船来，“啪”的一声，一条金翅金鳞的小鱼蹦到了沙滩上，翻滚了几下，就奄奄一息了。小伙子看见了，急忙走过去，把那条小鱼捧起来，送到海里。小鱼在海里缓过气来，冲着小伙子点了点头，一摆尾巴不见了。

小伙子感到奇怪，这小鱼好像通人性似的。正想着，水面“哗啦”一声，水分两路，中间出现一条平展展的大道，一队虾兵蟹将高声喊道：“龙王有请贵客！”小伙子不知道发生了什么事，只得跟着它们走。路越走越深，只见道旁长满奇花异草，不久，一座金碧辉煌的龙宫出现在面前。进了大殿，老龙王赶忙起身相迎，连说：“感谢贵客搭救小女性命！”小伙子说：“您是不是认错人了，我哪里救过您的女儿？”龙王说：“一点不错，刚才你不是搭救了一条小鱼嘛，那就是我的女儿！都怪她贪玩，化作鱼形游到岸边，若不是遇到你，只怕是我们父女再不能相见了！闺女，还不快来面谢恩人！”

这时，从屏风后走出一位美丽的公主，羞答答地来到小伙子面前，眉目含情地看了小伙子一眼，微微施了一礼。小伙子惊呆了。他从未见过这么美丽的姑娘，赶忙还了一礼。龙王见小伙子心地善良，为人忠厚，就要小伙子留下来，想招他为龙婿。龙女也在一旁流露出爱慕之情。小伙子想起村里的乡亲们还没有解除病痛，说什么也不肯留下。龙王挽留不住，只好说：“那么，我们龙宫里的稀世珍宝你随意挑几样吧，这每一件宝物都价值连城，够你用一辈子的。"小伙子见龙王说得恳切，便上前一步，深施一礼说："这些稀世珍宝我都不需要，我只需要一件东西，还不知道在哪里能够找到。""什么东西？""就是能治肿脖子病的药方，我父亲找了一辈子也没找到，我现在还在找。如果您能帮助我找到它，比给我什么珍宝都强百倍，我和全村人都忘不了您的大恩！"小伙子说完，满怀希望地看着龙王。

龙王看了看公主，为难地低下了头。公主早已被小伙子为老百姓解除痛苦的诚心所感动。她伏身在龙王的怀里，恳求说："父王，您就答应他吧！"龙王爱怜地抚摸着公主长长的黑发，半晌才说："年轻人，治这种病的药方有哇！可是，只有用我女儿的头发才行。"小伙子一听，也发愁了，不忍心美丽的公主失去漂亮的头发。公主看出他的心思，一咬牙，把自己满头秀发齐根剪断了，双手捧到小伙子面前。小伙子接了过来，又发愁地说："公主的好意我接受了，只是这些头发够治多少人的病呢？就是治好了全村人的病，今后再有人得了这种病，还是没有办法治呀！"公主说："这不用愁。我的头发能够落地生根，能长好多好长呢。"说完，她从小伙子手里要回了头发，向海水里扬去。霎时间，头发变成了长长的褐色带子，在海水里摇来摆去漂啊漂的。小伙子看呆了。公主说："你回去告诉人们把这带子采下来，吃了病就会好的。"小伙子又惊又喜。他含着热泪向龙王和龙女深深鞠了一躬，由虾兵蟹将陪同上岸去了。

小伙子回去把这消息告诉了乡亲们。大家从几百里外来到海里，采了这些带子，回家煮着吃，不久，肿脖子病就好了。而且自从吃了这东西，村子里再也没人得肿脖子病了。由于这些带子是龙女的头发变的，只能在海水里生长，栽到陆地上不能活；又因为它在海水中的形状像一条条带子，人们就叫它海带。海带能预防肿脖子病的说法一直流传至今。

讲述：陈金氏

搜集整理：工凡

海的传说

中国原来不产海带，它是北太平洋特有的种类，分布于日本本州北部、北海道及俄罗斯的千岛群岛南部沿海，此外朝鲜元山沿海也有分布。20世纪70年代由日本引进后，首先在大连养殖。

小磨转，海盐出

有首《游子吟》的歌唱道："都说那海水又苦又咸，谁知那流浪的悲痛辛酸。"我们从小生活在海边，在海里游泳，如果不小心呛到了水，还真是又苦又咸呢。可是据说古时候盐是很珍贵的，从山里能挖出来，从井里也可以捞到一点。不过，一片汪洋海水，却连一颗盐粒也晒不出来。原来，那时候海水是淡的，海水从什么时候变得又苦又咸呢？

有这么一对兄弟，老大做买卖，老二种庄稼。这一天，老二拿了把镢头上山刨地。刨到一个地方，这地方石头可真多，刨一镢头一个火星子。说也怪，石头还越刨越多，不多会儿老二就累出汗来了。老二心想：这地方这么多石头，到别处去刨吧！可是又一寻思：不，我已经在这儿刨了一头晌了，放弃了可惜。哼，我是个庄稼汉，我不信就治不了你这几块石头，不刨干净不回家！

老二这样想着，劲头就上来了，直到晌午，太阳挂在头顶上的时候，他才把地挖出个大坑，石头才刨干净。老二脱下小褂来，擦着身上的汗，自言自语地说："这下可把你刨完了！"话刚说完，忽然眼前一阵闪光，老二奇怪地往坑里一看，咦？有一个白白的、圆圆的东西。老二赶忙拿来一瞧，原来是一盘小磨。

"这么大点的磨有什么用？"老二心里正琢磨，就见磨上写着八个大字："只准送盐，不许借磨。"这是什么意思？老二更糊涂了。忽见磨眼里有张纸条，忙抽出一瞧，那纸条上写着一首歌："石磨白，石磨圆，石磨里头出咸盐。石磨石磨赶快转，转出咸盐好吃饭。"老二看了，心中透亮了，就照着纸上的歌念了一遍。果然，石磨转起来了，白晶晶的盐豆子从磨里滚了出来。一会儿，出了一地，老二心想：别堆到这里都糟蹋了，赶快停了吧！

可是怎么个停法呢？老二心里发毛了，忽见纸条的反面还有一首歌："石磨小，石磨好，饭菜有盐吃个饱。石磨石磨站一站，换换地方你再

《大连通史·古代卷》记载：战国时期，燕国的盐业主要在辽东郡内，辽东地区盐的生产靠煮海水取盐。考古发现，早在距今三千多年前的大嘴子遗址上层，就已经开始煮盐，"辽东之煮"给燕国带来巨大经济利益。汉时，盐被称为"食肴之将"，大连地区及整个辽东地区的盐业生产，自战国以来就久负盛名。

转。"老二照样又唱了一遍，果然磨就停了。

老二赶快把撒在地上的盐收起来，用小褂包起，然后扛起小磨，欢欢喜喜地回家去了。

回到家，他把石磨放到囤子里，唱起歌来，不一会儿，囤子就满了。他想：这一下子我一年也吃不了啦！忽然他又想：这石磨要多少盐有多少盐，光我一个人吃哪行？他就送一些给左邻右舍。

人家要给他钱，他说："给钱干啥？我也不是花钱买来的。"大伙听了也不客气，不但自己拿着口袋、筐子、盆盆罐罐到他家去取，还互相转告。一传十，十传百，不久都传开了。东村，西村，十里八村，都跑来要盐，老二是个心肠好的人，凡是来人，没有一个空着手回去的。不过，只有一样，盐要多少都可以，谁想借磨可不行。这样，不到一个月，方圆几百里的人家，都有了盐吃。吃了盐，长了力气，下地干活更欢了。

自然，这事叫老大知道了。

老大是个商人，满脑子里想的都是钱。他想：老二真糊涂，得了这么个宝贝，不正是发财的好机会？不用多，少得点利，也能成为百万富翁。看来他命中无财！

他想到这里，就打了一斤酒，割了二斤肉，到老二家来了。

见了老二，他说："兄弟呀，你的心真好，得了这么个宝贝，也不肯要人家一文钱，家里还是这么穷，你真行！今天咱哥儿俩好好喝一盅。"

弟兄两个平常不怎么见面，冷丁见了面，能不高兴？老二一面连声答应，一面做饭炒菜，兄弟俩吃喝起来。几杯酒下肚，老大皮笑肉不笑地说："我有一件事，不好开口。"老二说："什么事，你说吧，只要我能办到的，一定答应哥哥。"

老大说："我想跟兄弟借点盐使使！"

老二说："我当什么哩，要盐有的是，在囤子里，你只管拿去好啦。"

老大说："你不知道，我要用的盐可多啦，要腌几百缸咸菜。到你这儿来取嘛，挺麻烦的，我想借你的石磨使使，又轻快又方便，你看多好！"

老二寻思了半天，为难了：借给他吧，磨上明明写着"只准送盐，不许借磨"；不借吧，自己的亲哥哥，开了一回口，何况他讲的理由还挺贴谱呢！

老大见老二直犹豫，就说："怎么，你信不过哥哥怎的？"

海的传说

127

老二说：“不是信不过哥哥，那磨上明明写着'只准送盐，不许借磨'八个大字嘛。”

老大说：“我的傻兄弟，那是指外人讲的，咱是一奶同胞，就跟一个人一样，哪能算数？”

老二架不住老大的花言巧语，只好把磨借给他了。临走时，老二把《出盐歌》传给老大听了，老大扛起磨就走。老二打后边招呼道：“哥哥慢走！还有——”

老大把磨弄到手，心头正想着怎样发财呢，哪里肯慢走，回头说：“再见吧，兄弟，我还有事呢！”说完，他大步流星地走了。

老大回到家里对老婆说：“这回我可要发大财喽。”

老婆说："发什么大财？"老大指着磨说："这是咱兄弟的宝磨，要多少盐有多少盐！我可不能那么傻，一文钱不要！"

老婆说：“哼，自打兄弟得了这盘磨，这一带老百姓家的盐都吃不了地吃，谁还稀罕你的盐！”

老大说：“你个老娘们，真是头发长见识短，买卖买卖，这儿买，那儿卖，这一带有盐吃，咱不好远点走着吗？去海外！”

老婆一听可也对，就问什么时候走，老大说：“今晚就走。”

当夜老大收拾停当，趁着月色上了船。

船行到海当央，老大高兴得怎么也睡不着，心想：我何不看看宝磨出盐什么样，别到了海外再不好使。这样想着，就爬起来，把磨取出，口中把《出盐歌》念叨了一遍。

石磨真听话！歌刚唱完，它就哗哗地转起来了，紧跟着，白晶晶的盐粒就流出来了。盐越流越多，老大心里越看越高兴，那美劲就甭提了，心想：只要过了海，我这一粒盐就是一粒银豆子了！

他将着胡子越寻思越美，好像他真成了一个百万富翁。这时候，白色的盐粒已经堆成了一座小山，在老大眼里简直就是一座银山。这座银山，像发面似的越来越大。

猛然间，老大惊叫一声，像谁拿锥子扎了他一下似的，他从凳子上跳起来，看看船皮已经被水吃进半尺还多了，不用说，是盐出多了压的。

“停住！”老大连忙大声向石磨喊。

石磨没理他，仍然飞快地转着。

"停下来歇会儿吧，我的宝贝！"老大这回来软的了。

不行，石磨还是不听他的，该怎么转还是怎么转。

老大急了，这是闹着玩吗？盐越出越多，再过一会儿，船禁不住这么沉的载，那船不就沉了嘛！想到这里，老大顿时吓出了一身汗。他记起自己临走时，老二喊他慢些走，好像还有话说。

"哎呀！都怪我财迷心窍！"老大一边叹着气，一边跑到石磨旁边，想用手去按住它，可是那石磨飞快地转，按也按不住。

石磨一个劲地转着，盐一个劲地流着，一会儿船舱满了，堆到船帮上，一会儿船帮满了，石磨被盖在盐里头了，桅杆也埋进半截。不大工夫，这船由于超过载重，同老大一起沉到海底了。

老大死了，船儿烂了，只有石磨，因为没有人念《停磨歌》，仍然一个劲地转着，盐也一个劲地往外流着，永远不停。海水因加了盐，从此就变成咸的了。

讲述：王礼友

搜集整理：阎濂

白姑娘情系鸥哥

"仙人有待乘黄鹤，海客无心随白鸥。"这是李白《江上吟》的诗句。在大海上，白鸥逐浪，任意翱翔，发出"鸥哥——鸥哥——"的叫声，这在我们大连可是很常见的风景。它飞来飞去好像在寻找着什么，原来这里还有一个凄惨的爱情故事呢。

古时候，黄海北部有个小岛，岛上住着一个姓白的渔家姑娘，人们都叫她白姑娘。白姑娘心灵手巧，又是前村后屯出名的俊丫头。她和隔壁的鸥哥很要好，鱼汛季节，两人常常搭伴出海打鱼。哥哥摇着橹，妹妹唱着歌，一个葫芦里的水两人喝，一根网绳两人拉，你疼我爱，亲亲热热。渔人们都说他俩是天生的一对。两家老人给他们定了亲，婚期选在这年中秋节。

七月里，海上刮了七天七夜的狂风，正赶上鸥哥的老妈妈生病，家中无米下锅，急得鸥哥捧着个空米罐子，在锅台上敲打一遍又一遍，等风稍微小了，就扛起橹往海边走。白姑娘见他要出海，急忙拦住说："鸥哥，风浪太大啊！"鸥哥咬牙说："有什么法子，闯一闯吧。"

海的传说

129

鸥哥驾着渔船在海里一晃就是五天五夜，一条鱼也没有拉着。第六天，东方刚刚冒红，鸥哥又打起精神，使劲地把网抛出去。收网的时候，感到这一网有点分量，就小心地往上拉。拉上来一看，是一条红色的小鲑鱼兜在网里直蹦跶，鸥哥吓得"啊"的一声，脸色变得像张黄表纸。渔人在海上最忌讳拉上鲑鱼，听老人们说，谁拉上鲑鱼谁就要倒大霉。鸥哥想到这里，一腚坐在船板上，嗷嗷地哭了起来，越哭越伤心，越哭声越大。这时候，小红鲑鱼也跟着哇哇地哭起来，一会儿就哭了半舱泪水。鸥哥看了挺惊奇，问它："小鲑鱼，你跟着哭什么？"小红鲑鱼哀求他说："鸥哥，你放我回家吧，妈妈正等着我呢。"鸥哥看了看它，叹了一口粗气说："你怎么不可怜我？我妈妈病得要死，我已经五天五夜没拉上一条鱼，没有吃的，她怎么活呀？"小红鲑鱼眨动着一双晶亮的眼睛，想了一会儿说："鸥哥，你别急，你把我哭的半舱泪水装进水葫芦里，拉鱼的时候只要往海面上洒上几滴，你就能一眼看清海底的鱼群了。"鸥哥好奇地解下腰上的水葫芦，正琢磨小小的水葫芦怎么能盛下这半舱水，这时，舱里的泪水突然不见了，鸥哥只觉得手中的水葫芦一下子变得沉甸甸的。小红鲑鱼又说："鸥哥，你以后有难处，就到乱礁洋去找我，我还能帮你一次忙。"鸥哥的心怦怦直跳，急忙把它捧在手上问："你是谁呀？"小红鲑鱼的尾巴一摆，一个高蹦进海里，露出头说："我是鲑鱼娘娘。"说完，红光一闪就不见了。鸥哥照着它说的话做了，果然，满载一船鲜鱼欢天喜地回家了。从这以后，鸥哥带领岛上的渔人打鱼，潮潮满载而归，渔家的日子也一天天富裕了。

岛上有个于员外，是个狠毒的有钱人。没过几天，宝葫芦的秘密就被他探听到了。

有一天，海上的风暴刚停，渔人们摇船出海了。鸥哥在家里喝完最后一盅酒，才不慌不忙地来到海边。他刚要上船，于员外急急忙忙地赶来，笑嘻嘻地说："鸥哥，今天是我的寿辰，你赏赏脸，到我家喝一盅。"鸥哥望望远去的渔船，冷冷地说："我要出海，没工夫。"于员外又笑着说："你呀，真是个有福不会享的人。来，我的家人都把酒送来了，咱们边吃边唠好不好？"鸥哥一想，喝他两盅，看他唠什么，就和于员外坐在沙滩上喝起来。喝得差不多了，于员外对他说："你看风暴过去了，浪潮还凶呢！你每天为大伙造福，大伙给你磕头还来不及，歇他一潮，谁还能对你有半句怨言。"于员外这番话说得鸥哥迷迷糊糊的，心想：这话也有理。就说："好吧,今天就歇一潮,来,干杯!"于员外见鸥哥上了钩,就横一盅竖一盅地把他灌倒在沙滩上,看看四下没人,急忙从鸥哥身上解下宝葫芦。也巧,白姑娘在家远远望见鸥哥的渔船停在那里,急忙跑到海边打探。她看见于员外正在抢宝葫芦。于员外做贼心虚,见势不妙,拔腿就跑,一不小心绊了一个跟头,宝葫芦从怀里掉出来,"啪"的一声摔在一块石头上。宝葫芦摔碎了,鲑鱼娘娘的眼泪洒了一地,白姑娘心疼地用手捧,一滴也没有捧起来。昏睡的鸥哥也惊醒了,他抓起碎葫芦片,哭着喊:"完了,完了!"白姑娘生气地说:"懒人得不了宝贝,福气要靠勤人找;一个篱笆三个桩,好汉要靠众人帮。"鸥哥羞得满脸通红,只是连连点头,无话可说。从此,渔家的日子又穷下来了。

于员外逃回家,反咬一口,诬赖鸥哥打了他,派出家丁把鸥哥抓了起来。

鸥哥被抓走了,老妈妈愁得在家哭了起来。白姑娘忽然想起鸥哥告诉她的话,对老妈妈说:"我想起来了,鲑鱼娘娘曾经答应过鸥哥,再有了大难还可以救他一次。大娘,我出海找她去,八月十五那天,我一定回来。"

白姑娘下到海里,不歇气地摇着大橹,走了一天一夜,来到了乱礁洋。突然海浪把小船托起来,升啊,升啊,越升越高,冷不防,忽地跌下来,掉进碾盘大的旋涡里,摔了个稀碎。白姑娘顺手抓住一块船板,拼命地喊:"鲑鱼娘娘,你在哪里?"话音刚落,鲑鱼娘娘出来了,它坐在浪尖上,浑身金光闪闪。白姑娘一看,流着眼泪说:"鲑鱼娘娘,快救救鸥哥!"鲑鱼娘娘说:"我都知道了,我送给你一对宝贝。"说着,从身上剥了两片红鳞片交给白姑娘说:"你把它贴在眼上,出海打鱼能看清水下的鱼群;把它贴在心窝,能起死回生。快去吧,拿去救鸥哥。"说完,一头钻进海里不见了。

海的传说

据说日本北海道住有虾夷族人。虾夷族人把鲑鱼称为神鱼。他们认为,神高兴时会拿装有骨头的袋子投向海洋,骨头变成鲑鱼,由海洋往上游的虾夷族村游来。每年鲑鱼游来的季节,虾夷族人禁止做一切污染河流的事情,直到神所赐的鲑鱼来临。他们把捕到的第一条鲑鱼奉献给神,表示对神的感谢。如果虾夷族人怠慢对神的祭拜,或是污染河流,鲑鱼就不会来了。虾夷族人也认为,随着歌声,鲑鱼会一面玩水,一面逆流而上。如果鲑鱼觉得河水不好,就会停止往上游。人们得不到食物,就会饥饿而死。

想起鸥哥，白姑娘心急火燎。她抓住船板，拼命地往岛上游。

这天正是八月十五，鸥哥在于员外家里受尽了折磨。于员外逼他说出宝葫芦的来路，他记住鲅鱼娘娘的话："我还能救你一次。"就至死也不告诉他。于员外气得没法，就把他活活地扔到后花园的枯井里封了口。然后于员外带着家丁跑到山崖上，假惺惺地叫喊："快来人呀，鸥哥跳海了！"

这时，白姑娘正好赶回来了。一听鸥哥跳海了，立刻慌了神，她忘了一切，随着大伙没命地往山顶上跑。她站在悬崖上，扯着嗓子呼叫着："鸥哥，鸥哥！"喊了半天也没有回声。她向山下张望，忽然想起那两片红鳞，就急火火地掏出来贴在眼上往下看，顿时，水中的鱼，浪下的礁，看得清清楚楚，唯独没有鸥哥的影子。这时一个家丁急忙来到于员外身边悄声说："白姑娘刚从乱礁洋回来，听说见到了鲅鱼娘娘。"于员外大吃一惊，要是白姑娘弄回来的宝贝能救出鸥哥，自己不就露馅了吗？想到这里，他趁人不备，一下子把白姑娘推下崖去，又大呼小叫："不好了，白姑娘也跳海啦！"人们往下一看，只见白姑娘张开两条胳膊，像大鹏展翅，上下扇动着，忽忽悠悠落下去，刚一触到浪尖，突然电闪雷鸣，一股冲天的浪柱喷洒开来，浪花开处，飞出一只谁都没有见过的大白鸟。这只白鸟顶着狂风上下翻飞，一声声"鸥哥——鸥哥——"地哀叫着，一会儿掠过浪尖，一会儿冲向云天，一会儿绕着山崖转，一会儿贴着海边飞。

害死了一对有情人，于员外不顾风大浪高，急忙备船下海，他要亲自到乱礁洋闯一闯，向鲅鱼娘娘求宝。小船摇出不远，突然那只大白鸟张开一双雪白的翅膀，催起起 排排滔天大浪，铺天盖地朝小船扑来，于员外吓了一个趔趄，一下子翻到大海里去了。

打这以后，岛上的渔民出海打鱼，总会看到一只白鸟"鸥哥——鸥哥——"地叫着，给他们指点着鱼群。当渔船满载归来的时候，白鸟总是送了一程又一程，恋恋不舍地送到海边。人们都说，这是白姑娘不忘渔家情。你听那"鸥哥——鸥哥——"的叫声，到如今白姑娘也没有找到鸥哥的下落。

从那以后，人们就把这种白鸟叫作白鸥。

讲述：程鸳莲

搜集整理：梁延成

民俗传说

一方水土养一方人，大连的民俗处处离不开海岛和渔业捕捞。神秘莫测的海上风浪，艰难的生存环境，容易产生对超自然力的民间信仰。它比宗教影响更为深远，相信神灵能够保佑并支配信众的人生。大连的民俗信仰大多围绕海神娘娘和马祖，他们救苦救难的慈悲和保佑闯海人的神迹，在民间流传甚广。祭祀和由此产生的禁忌也被广大渔民严格遵守。

海神娘娘

在大连旅顺口，每到谷雨节或农历正月十三海神娘娘生日这天，善男信女就从四面八方涌向石岛天后宫。女人们献上精心绣制的花鞋、幔帐，男人们则焚香烧纸顶礼膜拜，船家或渔行也借此还所许之愿，唱戏酬神、耍狮子、走高跷，形成了盛大庙会，人们以各种方式表达对海神娘娘的敬意。海神娘娘本是一个渔家姑娘，怎么得到这么多人的爱戴呢？

这是很早很早以前的事了，旅顺口北山根下是个小渔村，村里有个打鱼姑娘，长得挺俊，名叫海花。村南面是大海，大海里有个小岛，岛上有个打鱼的小伙子，长得也很英俊，名叫渔郎。海花和渔郎经常在一起打鱼。她摇橹，他撒网，形影不离。有时海花不出海，就在家里替渔郎做饭、缝补衣服。要是碰到海上刮风，渔郎回来晚了，海花就打着个红灯笼，到海滩上去等他。这样，天长日久，两个人一时不见面，就想得慌。他俩互表心迹，愿结为夫妻。

这一天，是海花和渔郎成亲的大喜日子。

天刚蒙蒙亮，海花就爬起炕。她又插簪又戴花，又套裙子又穿花衣裳。梳洗打扮好以后，就坐在炕上等迎亲。等啊等啊，一直等到天靠晌了，也没听到迎亲的喇叭声。

又等了一会儿，天色变了，大雨哗哗地下着。海花见这情景，坐立不安，生怕渔郎出事。她靠在门旁，向门前的大海里张望。望啊，望啊，一直望到天快黑了，也不见渔郎的影子。她提起红灯笼，急忙走出家门，跳上自家小船，顶着大雨，张开帆，向大海里摇去。

海花把小船摇到渔郎的小岛边上，登上小岛一打听，人们都说渔郎一大早就摇着船迎亲去了。她听了这话，更慌了神，二话没说，又摇着小船到大海里去找。这时，雨还在下着，狂风卷着恶浪，海花一边找一边喊："渔郎啊渔郎！渔郎啊渔郎！"

夜色越来越深了，天上一颗星星也没有，海面上一片漆黑，上哪儿去

旅顺口城内的天后宫，位于白玉山东南麓的海边上，规模颇为壮观。旅顺口自古以来便是辽东半岛重要港口，为求神保佑航海平安，人们早在明朝以前就修建了天妃庙，清代更名为天后宫。此庙可能是辽宁乃至东北地区最早的天妃庙，明永乐初又重修并立碑以记，此碑现藏于旅顺博物馆。

找渔郎呢？她在海里漂流一宿，好不容易等到天亮。这时候雨才停了，风也渐渐小了。她困得不行，却咬着牙，硬撑着睁开眼睛，把船摇回家去。这时，天已经晴了。她想，今天一定会找到渔郎。她连一口饭也没顾得吃，就走出家门。渔郎迎亲要经过的小礁石、渔村，她全找遍了，可还是不见渔郎的影子。她心想：渔郎迷了路，漂到远海去了？今儿个到外海去看看，一定要把他找回来。于是，她收拾收拾又出海了。她找了一天又一天，一直找了六天。她已浑身无力，疲劳极了。可是第七天没等天亮，她又提着那个红灯笼，走出家门。这时，东面天边雾蒙蒙的，启明星快要落了，北面天边飘来一层乌云，天又要刮风了。海花顾不得这些，她跳上小船，又向远海摇去。果然，刚过晌午不大一会儿，天和海就让风给刮得昏黑一片。浪花落在小船上，就像下雨一般。一个大浪打来，小船被浪头举上高空，好像要上天；浪头下落，小船又好像要被摔到万丈深谷当中。她刚想：这下完了，见不到渔郎了！忽然一阵更大的狂风刮来，海水就像一面墙，向小船压来，一下子就把小船给打翻了。海花掉进水里，手里还提着那个红灯笼。她那条小船，

被大浪打成一块块碎木板；船上那张帆，早被撕成布片；折断的桅杆，也让大风吹得无影无踪，不知去向。

海花掉进水里，不省人事。等她睁开眼来一看，自己躺在一个亮晶晶的大屋子里，墙壁都是透明的，外边的游鱼蹦虾都能看清楚，周围的摆设金碧辉煌。她身旁站着一群虾兵蟹将，还有个白胡子老头儿，正在朝她笑。她站起来，急忙问："这是哪儿？我死了吧？"

那白胡子老头儿说："这是龙宫，我是东海龙王。你没有死，是我

放海灯民俗是北方诸多海岛及沿海地区的渔户在农历正月十三（传说海神娘娘的生日），给海神娘娘送灯的民间传统庆典活动。活动当天，各地渔家带着自制的灯船，会集到渔港岸边，摆设供品，焚香烧纸，祭拜海神娘娘，并将海灯放入大海，祈祷一年的渔事活动平安丰收。

民俗传说

用还魂丹把你救活的！"

海花问："我的渔郎在哪儿？"

龙王说："你别急，先歇一歇，我带你去找你的渔郎。"

海花又问："我的灯笼呢？"

龙王让蟹将拿来那个红灯笼，还给海花。海花接过红灯笼，冲着龙王磕个头，千恩万谢。哪知龙王却起了歹意。他想：眼下玉皇大帝正叫我给他选美人，我挑来挑去，送去几个，他都看不中。想不到今天竟碰上了这样一个绝色美人。这回送给他，差不离！龙王想到这儿，对海花说："走，我领你找渔郎去。"

海花十分感激，说："你太好了！等找到渔郎，我俩回去，四时八节，给你上供！"

说着，她就提着红灯笼，跟龙王钻出海面。她正东张西望找渔郎，冷不防，龙王施个法术，呼一下把她带到天上。海花一看，眼前一座金顶红柱的宫殿，上面龙飞凤舞，香烟缭绕，就吃惊地问："这是什么地方？"

龙王说："这是天宫。走，咱们进去看看。"

"不，我不去！我要找渔郎！"

"你那渔郎就在这天宫里。"

海花跟着龙王走进大殿。只见正中高高的宝座上坐着一位头戴皇冠、身穿龙袍的老头儿，两旁站着头戴金盔、身穿银甲的天将。一些披红挂绿的仙

另外一个传说：东海龙王有六个闺女，都十分俊俏。这年春天，龙王带她们一起巡游，见到了一个叫姚山的小伙子。姚山生了一副好嗓子，吸引了六姐。她对姐姐们说要嫁给姚山。大姐看出小妹铁了心，只好说："要去你就快走，只给你三年夫妻时间，爹百年大寿的时候，我们准保到海边接你回来。"就这样，姐姐们帮助小妹盗走龙宫莲花灯，送她到了人间。乡里邻居就为他俩操办了婚事。转过年生了一个大胖小子，取名叫姚园。三年期到，姐姐们来接她了，临走时，六姐告诉姚山："我去三年如果还没回来，就等我儿中了状元，你到牛家山，夫妻再团圆。"后来姚山千辛万苦找到了六姐，从此，夫妻在牛家山仙岛永世居住下来。龙女六姐给姚家留下一条根，姚园去京城应试得了状元，直奔牛家山给母亲修娘娘庙。哪知，再也找不到那个仙岛了，状元只好在一个个像牛家山葫芦湾的小岛上修了一座座娘娘庙。这样，黄海一带，庙岛、海洋岛、庄河、大东沟都有海神娘娘庙。龙女六姐时常给海上遇险的船只送去神灯，各地的娘娘庙香火长年不断。由于长山岛的船只长年从事北货南运，大都在山东的烟台、威海一带结账，因而庙岛的海神娘娘庙规模最大，香客朝拜，终年不绝。

女正在宝座前面边舞边唱。龙王跪拜在地，恭恭敬敬地对那老头儿说：

"启禀玉帝，小臣东海龙王奉旨选美女，前来叩见。"

玉帝仔细端量海花一番，手抚三绺胡须，连连赞美说："美哉！美哉！我就封你为'天后'吧！"

说着，玉帝又命仙女捧来凤冠霞帔，帮海花穿戴好。海花经这一打扮，更加俊俏了。那些仙女同她一比，都自叹不如，抬不起头来。玉帝喜得手舞足蹈。他见海花手里提着个红灯笼，眉头一皱，说："我的天后，从今往后，全天宫的仙女都来伺候你，还用得着你自己打灯笼吗？快把它扔掉吧！"

海花冷冷地说："我宁可舍了命，也不能扔了这灯笼！"

玉帝眼睛一瞪："为什么？"

海花说："因为我还得用它照亮大海，去找我的渔郎呢！"

龙王生怕海花惹怒玉帝，他凑到海花眼前，小心翼翼地说："天后娘娘，今后，你陪伴玉帝，有享不尽的荣华富贵。你那渔郎，早就喂鱼鳖虾蟹了，上哪儿去找啊？我看，你就死了那份心吧！"

海花怒斥道："告诉你吧！别说是玉帝，就是金帝、银帝，有多大的荣华富贵，我也不稀罕。找不到渔郎，我永远也不会死心的！"

海花说着，就用手猛劲地去拽头上的凤冠和衣服。哪知，这些东西就像长在她头上和身上似的，怎么拽也拽不下来。她心头一急，就用手去抓挠自己的脸，想毁掉自己的容颜。玉帝一看，心中大怒，他吹胡子瞪眼地说："不识抬举的刁女！快把她打进冷宫里去！"

据柏芳《旅顺天后宫轶闻》一文："上文提到的娘娘，那天后，又名天妃，俗称'海神娘娘'，传说是位主管海上安全的女神。古时船舶简陋，又无气象预测，航海很不安全，因此，沿海船主和渔民来这里祈神求福的络绎不绝，不仅本地人熟悉，不少外地善男信女也前来拜谒。一年四季，香火兴盛。"

祭祀海神娘娘的活动主要集中在三大节日：上网节、渔灯节和谷雨节。海上的运输业者同样在航行的船上进行祭祀活动。与渔民不同，运输船设眉目清秀的未成年男孩充当香童，专门侍奉海神娘娘。他们都在舵楼的上层专设神龛，祭祀海神娘娘。幔外置供桌一张，一日三时致祭，由香童上香。航业的船员绝对禁止赤身裸体，以免亵渎神灵。规模较小的运输船一般不专设香童，由船老大亲自致祭。在风暴中一切防风措施无济于事并已迷失方向时，船老大要在海神娘娘神龛前焚香跪拜，请求海神娘娘送灯救助，指点迷津。平安返航后一般都以全猪一口、大戏三天酬谢海神娘娘。

民俗传说

137

海花被打进冷宫后，玉帝仍然想着她，每天都吩咐一个仙女到冷宫去劝说。一直吩咐了三百六十个仙女，整整劝说了一年，也没能使海花回心转意。

一天，玉帝带领众妃到外边游玩，路过冷宫门口，听见海花还在那里不断地呼唤着渔郎，不由勃然大怒，恶狠狠地说："不识抬举的刁女！她不是说不见渔郎心不死吗？我就要看看她那颗心到底能不能死！"

他喝令二郎神杀掉海花，把海花身上的皮肉、骨头全喂天狗，只把海花的心留下来，扔进下界的大海里。

海花的心真没死。这颗心一落进大海，就立刻变成海花的真身：头顶仍然戴着金光闪闪的凤冠，身上仍然穿着五光十色的霞帔，手里仍然提着那个红灯笼。她踏浪逐波，不分昼夜地寻找渔郎。哪里海面上有打鱼的渔船，海花就会找到哪里。只要海花一到，海上就风平浪静，鱼虾也跟着来了，渔民们就会满舱而归；渔船要是在夜晚迷失方向，海花就会赶来引路，渔民们一看见海花的那个红灯笼，心里就亮堂了，再怎么黑的夜晚，也不会迷航。渔民们为了纪念这个忠于爱情、热爱渔民的渔家姑娘，就在她住过的那个小渔村的海边上修了一座海神娘娘庙。因为海花曾经被玉帝封为天后，所以这座庙又叫天后宫。

据说现在，每逢刮大风下大雨的夜晚，住在旅顺口海边上的渔民，还会听到从大海里传来的一阵阵"渔郎啊渔郎！渔郎啊渔郎！"的呼唤声。渔民们都说，直到现在，海花还在大海上继续找她的渔郎呢！

现在，旅顺天后宫已成为历史的陈迹，只剩下一块石碑存在旅顺博物馆。但是，海花寻找渔郎的故事，却在渔民中间流传着，大伙都用崇敬的心怀念着她。

讲述：张成林

搜集整理：宋一平

马祖庙

在大连，为渔家保驾护航的神仙除了海神娘娘还有一位马老祖，他和海神娘娘一样也是渔民的孩子，从成仙那天起，他就为闯海人救苦救难，赢得了百姓的爱戴。在大连老铁山西面的望海岭上，人们为他建造了一座别致、诗画满壁的庙宇来供奉，人称马祖庙。

相传当年在广鹿岛住着一户姓马的人家，老两口有两个儿子。大儿子叫马进海，小的没有名，因为他傻头呆脑，寡言少语，再加上衣衫破烂，村里的人都管他叫马痴子。马痴子的父亲熟海性，会打鱼，是个岛里岛外出名的闯海人。在马痴子四岁那年的正月十四，渔霸赵鳖眼硬逼着马痴子的父亲下海钓黄鱼，给他过元宵节。马痴子的父亲说天气不好，不能出海。可赵鳖眼却吹胡子瞪眼地说："钓不上新鲜货，渔船就得收回。"这渔船可是闯海人的命根子，没办法，马痴子的父亲只得顶着漫天大雪，冒着呼啸的东北风出海了。直到掌灯时分，才钓了十几条小黄鱼。当他返航路过狼牙礁时，雪更大了，风更猛了，几个开花大浪把小船抛到了礁石上，小船撞得粉碎，可怜的闯海人连个尸首也没留下。后来，马家在岛里过不下去了，母亲就领着两个未成年的孩子，搭船来到了山东蓬莱一个小渔村。可谁知天下黄连一般苦，山东的日子更艰难。第二年母亲哭瞎了眼，第三年就染病离开了人世。幸亏村里穷苦渔民的接济，这两个孤儿才勉强长大成人。老大也娶了媳妇。

这一天是正月十四，马痴子闷闷不乐地躺在炕上，回想起父母惨死的情景和父老们被海浪吞没的遭遇，他恨渔霸心肠黑，他怨自己太无能，他一口气跑到了母亲的坟前，大哭起来，哭啊哭，直哭到日落月升星满天。忽然有人在他肩膀拍了一下，马痴子吓了一跳，回头一看，原来是一位白发老人。那老人亲切地问："孩子，你哭得这么伤心，想必有什么为难之事吧？"当下，马痴子就把自己一家的遭遇和眼下的困境一五一十地向老人诉说了一遍。白发老人哈哈大笑，拍着马痴子的肩膀说："真是个有志的少年，待老翁帮你一把。"他从怀里掏出一个小包，塞到马痴子的手里说："这是十粒绿豆，回家让公鸡吃了。明天一早，你就把公鸡宰了，从翅膀下拔下六根毛插在你的炕席上，再把公鸡肚里扒出的鸡油添在你家的油灯里，然后把鸡肉吃下去，鸡汤喝完，就可以成仙了。这炕席能托千钧，那油灯能照百里，在你急难之中它们有大用。"马痴子连忙叩头致谢，可一抬头，白发老人不见

马祖庙坐落于老铁山西南面的望海岭上，西南望海，东观老铁山和仙女湖，有关马祖的神奇故事在当地广为流传。农历六月十六马祖节，对于长海县的人们来说，是一个非常重要的节日，当地人称之为马祖庙会。为了表达对马祖的敬拜之意，人们往往在头一天半夜就开始登山，竞相在农历六月十六的第一时间，为马祖供上第一炷香。据说，每年六月十六，那里都要下一场雨。

民俗传说

了。马痴子高兴地自言自语："定是仙人在向我传道授艺，这下就可以回岛里了。"

马痴子回到家里，天色已晚，他连忙把十粒绿豆喂了嫂子那只芦花大公鸡，然后进了门，兴冲冲地对哥嫂说："我要回岛去！"哥嫂一下子愣住了。哥哥说："傻兄弟，咱岛上没有一垄地，船上没有一块板，家里有一文大钱都是人家给的，你拿什么回岛呀？"嫂子也为难地说："他叔叔，要是嫂子这几年慢待了你，就只管说出来，咱家里再穷，也不能让你独身一个人走啊！"这时，马痴子抹了一把眼泪，连忙解释说："这么多年，哥嫂为了我，嘴里不吃肚里挪，老嫂比母，恩难忘啊！我回岛里，为的是替父母报仇，为的是给闯海人救难啊！"

替父母报仇，给闯海人救难，这是马痴子从懂事起就立下的志向，他怕哥嫂不答应，接着说："明天就是正月十五元宵节，我决心已定，死不回头！过了元宵节就回岛去，哥嫂不必担心，兄弟自有办法。"马进海见弟弟是吃了秤砣铁了心，就无可奈何地叮嘱妻子说："明天我要出海，你一定给弟弟做点好吃的。"嫂子也抹着眼泪对小叔子说："想吃啥尽管说，只要嫂子能办得到，一定让你满意。"马痴子笑着说："不吃东，不吃西，单吃嫂子的大公鸡。"嫂子满口答应了。

第二天一大早，马痴子就宰了公鸡，拔下长毛，扒出鸡油，一切都按白发老人的指点准备妥当。可是就在马痴子吃鸡肉喝鸡汤的时候，小侄子跑进屋子里直叫叔叔，他过意不去，只得把鸡冠撕下一半递给小侄子吃了。

正月十五的灯会最热闹的地方要算是山东登州府了。为了试验一下仙法，马痴子决定去登州府观灯。晚上，他把平时最好的五个朋友叫到海滩，然后放开炕席，点上油灯，叫小伙伴们到席上坐好，只听他嘴里念道："一年一度过十五，观灯前去登州府。"说着，那张炕席载着六个少年飞了起来，眨眼工夫，还真来到了登州府。只见大街上、小巷里、衙门口、楼房顶挂满了五颜六色的彩灯，什么西瓜灯、菊花灯、玉米灯、棉花灯、走马灯、猪头灯……数也数不清。耍龙灯的，跑旱船的，踩高跷的，挑花篮的，看得少年们眼花缭乱，只恨爹娘少给了几双眼睛。

夜深了，要回家了，可是一点人数，那个岁数最小的刘二不见了。马痴子放开炕席把那帮孩子送回家后，又回头找刘二。原来刘二正闹肚子，躲在一个没人的地方拉屎呢。

再说刘二的母亲见孩子深更半夜还不回来，就找了东邻找西舍，找遍了全村也不见影。正在着急上火的时候，刘二满头大汗地跑进了家门。母亲问他到哪里去了，刘二实说了。刘二的母亲说什么也不信，就扯着孩子找马痴子对证。可是她同马痴子的嫂子走进马痴子的屋一看，屋内空无一人，炕上的席子和油灯也不见了。两人正猜疑，忽然院子里传来了公鸡打鸣声。马痴子的嫂子暗想：怪呀，公鸡明明早晨宰了，哪还有鸡打鸣呢？她提着灯笼来到院子里，仔细一瞧，正是她那只芦花大公鸡在打鸣，只是翅膀少了几根翎毛，鸡冠少了一半。她想起早晨那半拉鸡冠是自己的儿子吃了，就连忙叫道："他叔叔成仙了！马痴子成仙了！"这消息很快传遍了整个渔村。

话分两头，再说广鹿岛上有个叫于大成的渔民，正月十五这天，被赵鳖眼逼着领上三个儿子，顶着狂风大浪下海捕鱼，小船在海上漂来颠去，一阵飓风，大篷一转把于大成的三儿子甩进浪涡。船上那两个儿子喊破了嗓子要救弟弟，可是于大成一声不吭，紧握着舵把，让船一个劲地往前闯。他明白，只要舵把一歪，船头一掉，立即就有翻船的危险，爷儿四个的命是一个也保不住。到了狼牙礁，于大成吓得连气都不敢出。忽然，船身稳了，船前亮起了一盏明灯。于大成以为认错了地方，就径直摇船朝灯光跑，谁知不到一袋烟的工夫，渔船就到了老铁山。小船刚刚抵岸，于大成就哭起儿子来了。正在这时，岸上传来了喊声："爹爹，别哭了，我上岸了！"于大成上岸一看，果然是自己的三儿子，好端端地站在那里。于大成又惊又喜地问："这么远的路，这么大的浪，你是怎么游上岸的？"三儿子说："我一掉下水，就觉得有领炕席在水里托着我，眼前还有盏油灯，不大一会儿就漂到了岸上。"于大成一听惊了："漫海大洋，哪儿来的炕席呢？"他一边寻思，一边领着儿子找地方生火取暖。刚到老铁山跟前，忽然前面闪出了一道亮光，走近一看，原来是个石洞。约莫走了两丈多远，只见前面的石桌上亮着一盏油灯，石床上铺着一领炕席，石凳上坐着一个衣着简单的小伙子。于大成一看那盏油灯和滴答海水的炕席，心中立刻明白了大半，赶紧让儿子们跪下叩头，然后问道："请问仙祖尊姓大名，小民也好报答救命之恩。"那小伙子连忙扶起于家父子四人，回答说："小仙姓马，不要多谢，救苦救难乃仙家本分，罢了，罢了。"说也奇怪，这石洞特别暖和，不大一会儿，爷儿四个的衣服全干了。

第二天，爷儿四个带着最好的礼品，要酬谢救命的马仙人。来到一看，山洞空无一人，就连那炕席和油灯也不见了。原来这个仙人就是马痴子。后来，岛上的渔民就把马痴子住过的那个山洞取名为神仙洞。

其实，马痴子并没有走远，为了站得高，看得远，他搬到望海岭上去了。每当渔民遇险落水，马痴子总是用炕席托住，海上再也没有船碎人亡的事故发生了。渔民为了表达对这位救苦救难的马仙人的敬意，都称他马老祖。他们搬来岛上最好的石块，伐下山上最好的木材，请来岛上技术最高的匠人，在望海岭上修起了一座庙宇，庙堂正门的横匾上写着三个金色大字：马祖庙。

就在马祖庙修好的第二年，望海岭下出人意料地发生了一件船破人亡的事故：又是个正月十五，赵鳖眼为了光宗耀祖，孝敬他那九泉之下的先辈，强令各家做了一百二十盏花灯，送了一百二十担供果，说是要回老家上祖坟送灯。原来，赵鳖眼的祖籍也不在岛里，而是在陆上的城山镇，到他爷爷那辈才来到海岛。这天早晨，赵鳖眼把那只专供他来往游玩的"福寿号"船打扮得花枝招展，带着八个儿子上路了。他们在城山镇整整闹腾了一整天。就在他们酒足饭饱，拔锚启程往回赶时，天起风了。赵鳖眼像得了瘟病的肥猪，大口大口地呕吐着。天越来越黑，风越刮越大，船还没跑到半路就迷失了方向。正在这时，船前忽然亮起一盏明灯，赵鳖眼高兴得简直要发疯了。他朝着船头一边叩头，一边祷告："马老祖真灵验，救苦救难保平安，今天引我船上岸，送你香纸两大船。"赵鳖眼的话音刚落，就听见"轰隆"一声，"福寿号"船撞到了狼牙礁上，赵鳖眼和他的八个儿子全都煮了凉水饺。岛上的渔民听说马老祖除了赵鳖眼这个大祸害，可真是比娶媳妇都高兴。人们提着彩灯，捧着供果，从四面八方涌向了马祖庙，把个庙院挤得水泄不通。大伙说着、笑着、唱着、跳着，直庆贺到天大亮。

另据日本人山宅俊成所著《长山列岛的史迹和传说》记载，马祖是山东蓬莱人，到广鹿岛时，与吴家屯的吴某结为兄弟。因吴家贫困，马祖不想牵连，打算另谋生路，但吴某不允，马祖于是想靠神力离去。一天，马祖脱下一只破鞋，递给吴某。吴某还在愣怔时，马祖已穿着一只破鞋奔瓜皮岛而去，瞬间无影无踪。吴某并不知道马祖鞋的神力，到处寻找，借到一条小船，朝瓜皮岛追去。快到岸时，小船遇险，吴某想起马祖所送的鞋，于是紧紧抓住，居然死里逃生。吴某这才知道，马祖是个神仙。其后，马祖隐居广鹿岛老铁山南的神仙洞内。

从此，广鹿岛上鱼肥粮丰，闯海人的日子越来越好。马祖庙的故事，也一代一代地流传下来。

讲述：王玉田

搜集整理：邹吉玉

龙兵过

早年间，打鱼的都有个老规矩，六月十二不出海，为的是躲避"龙兵过"。久而久之，这一天就成了休渔节。

龙兵比鲨鱼大，性子凶烈得很，行动起来成群结队，掀起浪涛如海啸。据说出海的不幸被它们碰上，十有八九是船翻人亡。

那么，龙兵为什么在这一天过呢？这一过，又表示着什么？这还得从大唐开国元勋李靖说起了。

能掐会算的李靖告老还乡后，跟一个种瓜的老爷子搭上了伙。这老爷子在海边种了一片香瓜，搭了个瓜窝棚。李靖就着他这个瓜窝棚摆了个小卦摊。瓜香招人，使得卦摊生意兴隆；卦摊生意兴隆，又使卖瓜的买卖红火。两个老爷子谁也离不开谁。

来来往往的都是出海人，所求的自然都是打鱼的卦。李靖老爷子卦打得十拿十准，钱花在这里算是花在了刀刃上，网不空撒，船归满舱。倘若有"天气"，你给他多少钱也不开卦，说是穷富不在这一两天上，回家睡大觉去。听话的不必说，不肯听话下了海的，或多或少都有个闪失。这种事一次抵得了百次，再往后哪还有不听他话的！

打鱼人欢欢乐乐，老龙王却纳了大闷：连日来总把鱼群送到网口里，以致殿下减员太甚，变着花样躲也躲不过去，怎么回事呢？

老龙王有三个儿子，三太子小白龙最机灵、最孝顺，老龙王叹上一声，他就安慰道："父王别上火，怕是外头出了能人，待孩儿出去打听打听，破了他。"

他摇身一变，成了个白白净净的小伙子，一身书生打扮，出了龙宫，来到海边，碰上两条打鱼船。一条要出海，一条不动弹。出海的船主跟不出海的船主说："卦，我们打好啦，老先生说，大南索一带的黄花鱼海啦。"不出海的船主说："我们的黄花鱼网还得补，大头鱼网倒是囫囵的，怎能跟你们走？"

民俗传说

这人说着便往岸上走。小白龙紧跟着，心里犯了合计：岸上果然出了能人，这不，父王空费了心机，又把黄花鱼群送进网口里。

上了高岗，拐进瓜窝棚，只见瓜窝棚里挤满了人，中间坐着个老爷子，干巴巴的核桃脸，猫弓着罗锅腰，面前摆了个卦签筒。不等来人开口他先搭上话："带了什么网？"来人说带了大头鱼网，他举起一只手，拿拇指往其他各手指关节上点了几点，便说："这老龙王，真滑头，今日又把大头鱼支到东石礁啦。"

求卦的放下一包碎银，又听那老爷子说："午间开始有牛毛细雨，不必怕，只不过一天一宿，该怎么干只管怎么干。"

小白龙吃了一惊：这老爷子竟有通天本事，真让他算了个准。不过他也暗中得意，今日碰上三太子，这卦摊算是摆到头了！

他凑上前去，抽了签，问道："老先生，你可说准了，真是牛毛细雨，也只是一天一宿？"

李靖起初没拿他当个人物看，这阵子细细一打量，嗬，来头不小，脊背上还穿了条龙骨呢！便不冷不热地说："是不是要打个赌？"小白龙说："好啊，这场雨过后，可别说我来踢了你的卦摊！"李靖说："有半点差错还要人踢？老汉我自己收。"

兴雨虽说是龙王的事，可该兴多大的雨，起止在哪个时辰里，都是玉皇大帝规定下来的，走了尺寸是要按情节治罪的。三太子一心要踢那卦摊，解除龙王的心病，就暗中动了手脚，多兴了一点雨。多兴了一点雨又嫌少，他怕岸上那老爷子耍赖，不妨再多卜一点……这么一点一点加上去，就把牛毛细雨加成了瓢泼大雨，时间上也拖成了三天三夜。一淹淹了九甸十八县，人啊，畜啊，一片片卷进浪涡里。

小白龙犯了天条里最大的一条，没有可说的，判斩。可他年轻毛愣，耳

我国的渤海、黄海、东海都曾经出现过鲸鱼成群结队、凌空跨海的壮观场面。这种场面，生物学家的解释是鲸鱼洄游，而渔民则称之为"龙兵过"。见诸文字记载的中国海面最后一次"龙兵过"，为20世纪80年代，鲸鱼群穿越渤海海峡。从此，鲸鱼群在中国沿海销声匿迹，不知去向。"龙兵过"是中国海上最瑰丽的景观之一。一队排列有序的钢蓝色的鲸鱼，或如一座山冈跃上浪尖，或如一艘潜艇钻入水底，一起一伏，配合默契。那穿波蹈浪的磅礴阵势，那排山倒海的冲天水柱，那前呼后应的龙吟虎唱，活脱脱是一支训练有素、卫护海疆的铁甲舰队，叫人叹为观止。

后不知天鼓响，大雨一过，又变成个白面书生走进瓜窝棚。瓜窝棚全仗地势高，没了瓜，总还留下个窝棚。打卦老爷子在里面耷拉着脑袋，半闭着眼睛，面对着收起了的卦摊不知想什么。小白龙两手叉腰，哈哈大笑，说："老爷子，怎么样，有脸没脸啦？"

李靖慢慢睁开眼睛，说："我没了脸，总还有个头，你呢？"

李靖这句话一出口，小白龙就觉得脑袋发涨，脖颈发酥，他明白大事不妙了，"扑通"一声跪下去，求老先生开开恩，想个办法救他一命。这命哪个救得了！玉皇大帝发了怒，小白龙那颗脑袋眨眼间离了脖颈落了地。这一天正是六月十二。

李靖这一卦，不能说打错了，可也不能说打对了，他当天就摔了卦具。从此海里的鱼类就又无忧无虑，无灾无害了。只可怜个三太子，他为了龙王和大海里的鱼鳖虾蟹而丧了生。老龙王又伤心又难过，鼻涕一把眼泪一把。老龙王的卫队——龙兵，更是怒不可遏。它们为了哀悼三太子，安慰老龙王，向李靖以及渔民们显显威，便结队而出，满海转悠。打鱼的即使等米下锅，每年六月十二这天也不能下海去。

好汉不吃眼前亏，不让出海就留在岸上舒舒服服地歇一天，手头宽裕些的，还可以海味山珍伴米酒，歌舞弹唱乐上一天。年久日深，六月十二这一天便成了休渔节。

讲述：白富顺

采录：白清桂

长山群岛驴当表

长山岛渔民有个顺口溜："长山群岛有三宝，海参、鲍鱼、驴当表。"

另外一种传说：海龙王挂招贤榜要安定四海，海豚揭榜，带儿孙组成龙王的巡海兵，用龙泉宝剑敲动水鼓，巡行四海，斩除邪恶。大海里出现了这支龙兵，众弱小水族欢声雷动，都对龙兵肃然起敬。每年春秋，一对对黑脊梁大鱼排成两行，敲着"咚咚喠、咚咚喠"的鼓点声，巡行在辽阔的海面上。这龙兵大的有丈余，重千余斤，半大的也有七八尺长，三四百斤。龙兵所到之处，凶狠的鲨鱼远远逃避，狡猾的鳖子鱼成了龙兵的口中食。龙兵队伍齐整，纪律严明，从不伤害渔船，还能把掉在海里的渔人托到岸边。海上过龙兵成为一大奇观。

驴能当表报时？岛上的驴难道是神驴？在长山群岛，渔家人半夜听到毛驴叫，起来下海去撒网，回来保准鱼满舱。它比真正的钟表都准确，报晓的公鸡都难比。这是什么缘故？

相传当年八仙到处扶正祛邪，助善除恶。世上的老百姓都敬服他们，到处修起了八仙庙，一年四季香火不断。从此八仙都到福地仙山去了。

单说八仙之一张果老，在东海仙山一觉睡了三百年。醒来和韩湘子下了几盘棋，恰好汉钟离、铁拐李他们都到了，大伙聚在一块，谈论大千世界。讲到人间敬八仙的香火盛况，张果老心里发痒，向诸仙拱拱手，倒骑小毛驴，要亲眼去看看。

张果老围着天下转了一周遭，果然处处香火缭绕，人们敬重八仙，乐得他白胡子直颤悠，心中开了花。看看天色已晚，欲回仙山，小毛驴来了犟脾气，左蹦右跳，一个高蹦起来，蹦到一座小海岛上。只听"哎呀"一声惊叫，正在驴背上打瞌睡的张果老吓了一跳。张果老睁眼一瞧，原来这小岛是一条青龙变的，人们叫它海洋岛，小毛驴一撒欢，驴蹄子把青龙皮蹬破了一大块。青龙疼得钻心，要不是她身下按压着一个鲨鱼精，准得跳起来大发脾气。

张果老认得，这是东海龙王的小女儿，青龙公主的化身，就赶忙在驴背上施礼道歉。青龙吃了亏，嘴巴不饶人，闹得张果老不好意思，只好留在小岛上住一宿，给青龙公主医伤口，顺便看看岛上的香火。

岛上有八仙庙和供奉青龙公主的海娘娘庙，两座庙里的香火一样多。张果老一想，俺名扬天下的八仙之一，怎能和一条不起眼的小龙同等待遇！他决定找户渔家投个宿，顺便问问个中缘由。

张果老改成平民打扮，牵着小毛驴，走近一间海草房，把驴往槽子上一拴，叩开了房门。

屋里住着老两口和小两口，一见进来个白胡子老头儿，连忙把他让到炕上，问他从哪儿来，想吃点什么。张果老心一热，随便说了个名号、来处。

张果老是八仙之中年龄最大的一位神仙，在中国民间有广泛影响。张果老给人们最深刻的印象便是他的坐骑和他的骑法。他骑的是一头纸驴，而且是面朝后倒骑在驴背上。此驴非普通的驴，它能日行数万里。休息时，还可以将纸驴折叠起来，放入口袋里，若需要时，"则以冰噀之，还成驴矣"。此驴更可以漂洋过海，真是无所不能。

不一会儿，婆媳端上了好饭好菜，张果老不吃荤腥，扒拉两碗饭，吃了几口海带，和爷儿俩唠了一会儿嗑就睡了。

婆媳俩都没睡，点着一炷香火在那守着。张果老纳闷，她们点香敬谁呢？他一边打呼噜一边听动静。媳妇说："妈，你睡吧，俺守着香火，保管误不了时辰。"婆婆说："你年纪轻，整天忙活怪困的，睡吧！俺上了岁数睡不着，看香火守更正合适。"张果老听明白了，她们点香火是记时辰，八成这家有出远门的。

守到香火着完了，婆婆叫起老头儿，媳妇唤起丈夫，爷儿俩扛着摸竿，背着渔网出门了。老头儿临走还嘱咐："不要慢待了客人，给他做些好吃的，再泡一捆海带喂客人的小毛驴。"婆媳连声答应，回屋点亮海娘娘神龛前的油灯和香火，祈求娘娘保佑他们爷儿俩别遇上大风和鲨鱼。媳妇扶起婆婆上炕睡了，自己回身就去做饭。果然给客人做了香喷喷的白米饭，自己吃的是棒子面疙瘩汤。

张果老把这一切看在眼里，临走问那婆媳俩："听鸡叫起来打鱼不行吗？为啥点香火守时辰？为啥求海娘娘保佑不求八仙呢？"

婆婆说："打鱼人起三更，鱼群正过来，才能网网不空，等到鸡叫四更天，鱼群过去了，还能打到鱼？不点香火误了时辰哪行？求八仙？八仙能帮助俺渔家干啥，俺也不知道！海娘娘青龙公主为了镇住鲨鱼精，把整个身子变成岛，俺不求她求谁呀？"

张果老听了，惭愧得脸红到了脖子根，心想：俺一觉睡了三百年，百姓的疾苦全不管，再不给渔家办实事，谁还信咱！

他辞别渔家婆媳俩，牵着毛驴向青龙公主赔不是，求青龙公主指点，要为渔家做些好事。青龙公主见张果老如此恳切，就说："仙翁已知渔家点香火守更的苦处，能不能想法子帮他们报个时辰？"张果老是神仙脑瓜，一点就透。他拜辞了青龙公主，对毛驴说："咱帮渔家报个时辰吧！每天半夜子时劳你在这一片岛上跑一圈，唤醒渔家人去撒网，怎么样？"

毛驴明白主人的意思，第二天半夜子时，只见它腾空而起，围着大小几十个岛一边跑一边嗷嗷叫。这一叫不要紧，每个海岛的毛驴都跟着叫起来，此起彼伏，你呼我应。

渔婆听到驴叫，对老头儿说："你听这驴叫唤，是不是槽子里没草了？"老头儿披衣起来，见儿子已经起来了，槽子里的草好多哩。爷儿俩以

147

为驴渴了，牵到井边去饮，驴也不喝。真怪！恰好香头点完了，爷儿俩顾不得多想，就出海了。

一来二去，毛驴子天天准时叫唤。婆婆心里纳闷，对媳妇说："你在屋里看香头，俺在外边守一夜，看看毛驴叫唤啥。"嘿，真让她给看见啦！三更天的月光下，一个白胡子老头儿倒骑着毛驴，从海上飞也似的跑过来。那驴上了岛就叫，引得全岛的毛驴都叫了起来。她揉揉眼，想细看看，也没看清啥人物。媳妇不知啥时也出来了，年轻人眼睛尖，一下子认出这倒骑毛驴的老头儿正是来投宿的那个白胡子老头儿。他前天不知坐啥船走的，找遍全岛，只在一条沟里的大石头上发现一个大驴蹄子印，原来他是神仙啊！是哪路神仙呢？婆媳俩想了好几天，才明白，白胡子老头儿正是八仙庙中倒骑毛驴的张果老。

这件事很快传遍了长山群岛。打那以后，渔家人再也不用点香火记时辰了，只要听到毛驴叫，赶紧起来撒网，保管误不了时辰。那神驴，从那时候起就挨个岛跑，挨个岛叫，一直叫到现在。它在海洋岛踩出蹄印的那个地方，如今叫成了马蹄沟。

讲述：魏传庆

搜集整理：徐延顺

复州皮影戏

很多复州城人小时候追过皮影戏班，沉迷在樊梨花征西、界牌关、盗马关等曲折传奇的故事里。复州皮影戏在大连地区十分有名，皮影戏却非大连所独有。明朝万历年间，由陕西来东北戍边的士兵传来的皮影戏，却在复州城发展起来，形成了自己的风格和故事。有关皮影戏的来历，有一种传说流传最广。

相传汉武帝时，李夫人备受宠爱，可入宫只短短几年，却不幸染病在身，不久病入膏肓，直至卧床不起。武帝难过不已，亲自去看她。李夫人一见武帝到来，急忙以被覆面，口中说："妾长久卧病，容颜已毁，不可复见陛下，愿以昌邑王及兄弟相托。"武帝说："夫人病势已危，非药可以医治，何不让朕再见一面？"李夫人推辞说："妇人貌不修饰，不见君父，妾实不敢与陛下相见。"武帝说："夫人不妨见我，我将加赐千金，并封拜你兄弟为官。"李夫人说:"封不封在帝,不在一见。"武帝又说一定要看她,并用手揭被子,李夫人转面向内,唏嘘掩泣,任凭武帝再三呼唤,李夫人只是独自啜泣。武帝心里不悦,一怒之下拂袖而去。

这时李夫人的姐妹也入宫探病,见此情形,都很诧异。待武帝走后,她们责备李夫人:"你见一见陛下,托付兄弟是很轻易的事,何苦违忤至此?"李夫人叹气说:"你们不知,我不见武帝的原因,正是为了深托兄弟。我本出身微贱,他之所以眷恋我,只因平时容貌而已。大凡以色事人者,色衰而爱弛,爱弛则恩绝。今天我病已将死,他若见我颜色与以前大不相同,必然心生嫌恶,唯恐弃之不及,怎么会在我死去后照顾我的兄弟?"

几天后李夫人去世。事情的结局果然不出李夫人所料。李夫人拒见武帝,非但没有激怒他,反而激起他无限的眷恋。武帝将李夫人用皇后礼安葬,命画师将她生前的形象画下来挂在甘泉宫。武帝思念李夫人之情日夕递增。

有一天武帝去了昆明池。昆明池在上林苑中,池中有豫章台、灵波殿及一只石刻的鲸鱼。石鲸长三丈,每到天上下雨的时候,石鲸首尾皆动。昆明池东西各立一个石人:一是牵牛,一是织女,做成立在天河两岸的样子。时值秋日,武帝坐在舟中,见夕阳西斜,凉风激水,景物使人凄凉,不禁触景怀人,想到李夫人生前的种种好处,于是自作新词一首,名《落叶哀蝉曲》。其词曰:"罗袂兮无声,玉墀兮尘生。虚房冷而寂寞,落叶依于重扃。望彼美之女兮,安得感余心之未宁?"

武帝出来游昆明池,本为散闷解颐,谁知反添了许多新愁,于是回到延凉室中休息。他觉得很疲倦,睡眼蒙眬之间,忽见一人袅袅走近,原来竟是李夫人。她手携一物,赠予武帝,并说:"这是蘅芜香。"武帝忽然惊醒,

民俗传说

回忆刚才的梦境，历历如在眼前。又闻到一阵香气，芬芳经久不息。他记起是李夫人梦中所赠的香，到处摸索却找不到。但是枕席衣襟，却不知怎么沾染了香气，因此改延凉室名为遗芳梦室。武帝怀思转切，召来一个方士，让他在宫中设坛招魂，好与李夫人再见一面。方士在晚上点灯烛，请武帝在帐帷里观望，烛影摇晃中，隐约的身影翩然而至，却又徐徐远去。武帝痴痴地看着那个仿如李夫人的身影，凄然写下："是邪？非邪？立而望之，偏何姗姗其来迟。"原来深海里有潜英之石，颜色发青，且轻如毛羽，天气寒冷时石头却是温的，当暑热时反而变冷。方士将这种石头刻成石像置于纱帐里，宛若李夫人生时。但因石头有剧毒，不可接近，只可以在远处观望。

武帝想到李夫人病中嘱托的话，于是封李延年为协律都尉。李夫人还有一个弟弟李广利，因没有尺寸之功，武帝不能无故加封。不过机会终于来了，武帝听说大宛国有汗血马，便派使者持千金及金马前往大宛国换取良马。此事被大宛国王一口拒绝。使者费尽许多辛苦白跑了一趟，因此生气之下痛骂大宛国大臣，又将金马锤成了碎屑。大宛国将使者杀死，财物夺去，只有使者的几个随从侥幸逃脱。武帝借机派李广利领六万骑兵、七万步卒征讨大宛。待四年后班师回玉门关，仅剩下万余人。武帝却不加苛责，反而封李广利为海西侯，食邑八千户。

艺人们从故事中得到启发，开发了皮影。皮影渐渐发展成皮影戏，从皇宫流传到民间，人们又叫它灯影戏、土影戏，个别地方也叫作驴皮影。大约到11世纪的宋代，皮影戏已经十分盛行。在开封、杭州等大都市，街上设有许多专门供演出用的戏棚子，演出三国故事等。这首先得归功于成吉思汗的远征。13世纪以后，蒙古军队南下，对中原繁盛的皮影戏非常惊奇，把它请进军营，成了最好的娱乐工具。随着元军的三次西征，皮影戏被带到东欧和中东地带，在波斯人、阿拉伯人和斯拉夫人中间进行了广泛传播。当地人民将自己民族的神话故事，比如《一千零一夜》也编入皮影戏中，广泛流传。无怪乎14世纪波斯的一位历史学家雷士丹丁这样生动描述：当成吉思汗的儿子继承大统的时候，有不少中国演员到达波斯。这些聪明过人的演员在帷幕后面弄光舞影，表演特别的戏曲，演绎出许多国家的故事，惟妙惟肖，让人惊叹不已。

复州皮影戏真正活跃和盛行是在清朝嘉庆年间，当时河北一带"白莲教"盛行，有皮影艺人也参加"白莲教"，被清政府诬为"悬灯匪"，皮影戏被禁演。河北滦州皮影艺人被迫大量流入东北地区并进入辽南。复州皮影戏就是在这种背景下产生和发展的，距今已有三百余年的历史。

从1932年开始，复州皮影戏被迫停止了演出，抗战胜利后，复州皮影戏恢复演出。新中国成立后，瓦房店地区的皮影戏非常活跃，最兴盛时有四十三个皮影戏班，在群众中影响较大的皮影艺人有二十多位。

金州龙舞

金州龙舞有一百三十多年历史，曾为金州区乃至大连市赢得过无数荣誉。金州龙舞作为大连地区民间传统文化，具有一定象征意义，已被国务院批准列入第二批国家级非物质文化遗产名录。

旧时，每到过年过节，舞龙队就活跃在大连城乡，民间称龙灯迎春。舞龙灯与《西游记》里记载的魏徵斩泾河老龙有关。传说泾河老龙骄横霸道，错把雨行，玉帝问斩。老龙求救唐天子，唐天子李世民失信没能保住泾河老龙，又经不起他的纠缠，为超度他，还他三个半龙头：一是正月耍龙灯，二是二月龙抬头（算半个龙头），三是端午划龙船，四是六月龙相会。于是才有了唐天子打排灯、魏徵丞相耍龙头的传说，舞龙灯因而代代相传。大连地区龙灯舞由清光绪十一年（1885年）淮军所部驻防大连湾时传入金州。

听老人讲，一百四十多年前，清朝淮军提督刘盛休驻防金州。正月十五这天傍晚，官兵们列队来到渤海边，面向大海伫候。良久，只见远处海面划来一条帆船，官兵们急忙点燃香和蜡烛，齐刷刷地跪在那里。船靠岸了，船上的十二名清兵擎着一条巨大的纸龙小心翼翼地上了岸。龙登陆后，官兵们向它三拜九叩，一时间鞭炮齐鸣，锣鼓喧天。礼毕，官兵们尾随巨龙回到马步十二营。龙到营门，擎龙的清兵全体跪地，边舞龙边进营门。而龙出营门时，同样，舞龙士兵也要跪地，龙尾先出。

金州人自己舞龙时，把龙擎到龙王庙下的海边，龙头象征性地往水里一

一支金州舞龙队由两条龙和一个龙珠组成，共十九人，一人舞龙珠，一人舞龙头，多人舞龙身，一人舞龙尾。经过百余年的发展、传承、创新，金州龙舞花样不断增加，有盘龙、行龙、卧龙、龙出海、龙打滚等近四十种；在动作编排上，讲究和谐、美观、大方，同时将地域特点和北方民族的审美习俗融汇其中；在形态上创造了金龙、玉龙、荷花龙、锣鼓龙、单鼓龙、虾爬龙和蚰蜒龙等。

扎，表示喝水，饱饮一顿后，便趾高气扬、精神抖擞地进得城来。龙一进西门，阵势可大了，由灯官老爷开道。灯官穿皮袄，毛朝外，脖子上戴一串铜铃铛，手里拿着大烟袋，坐在绑在木杆一端的太师椅子上，木杆固定在推车上，利用杠杆作用，上下起动。灯官是管灯的，看哪家买卖的门灯不亮，他就用烟袋指一指，示意批评。谁家门前的灯又亮又美，他就停下让龙耍一阵子，乐得掌柜的赶紧给赏。正月里，那些朱门富户、达官贵人都要请舞龙队到自家门庭舞龙，一是庆贺新春，二是求得一年的吉利。舞罢，主人尊舞龙人如上宾，大摆酒席和馈赠年糕、粉条、猪肉，也有的甩红包。

这一习俗流传至今。

大骨鸡的来历

庄河大骨鸡现在已经成为大连市的一大名产，肉质鲜美，几近野味。它跟普通的肉鸡不一样，不能圈养，只能散养，因为大骨鸡好斗好动，圈养养不活。为什么庄河会有这独特的鸡种呢？

清朝乾隆年间，现在的庄河市西部、西北部，山岭林木参天，田野荒草漫地，人烟稀少。在那里的一条大河边，住着从山东搬来的一家姓于的，夫妻俩还有一个女儿。这女儿长得像花骨朵一样美，两口子视如掌上明珠，就给女儿起名叫骨朵。

一眨眼骨朵到了二十岁，聪明伶俐，能诗善对，却由于该地人烟稀少，总也找不到婆家。为这事父母发愁，骨朵也是唉声叹气，经常独自来到河边，面对大河想心事。

这一天，一家人正在院子里喂鸡，忽然从门外进来一个英俊潇洒的青年，自我介绍说自己姓葛，名叫葛利，年方二十，因父母双亡，只身一人流落到此，见到这里有住家，想进来休息些时日再走。一家人一听，忙热情地把葛利让到屋里。骨朵的父母立刻想到了这是送上门的好女婿，就让女儿单独和葛利在一起说话，骨朵也巴不得能够这样，两个人就亲亲热热地谈了起来。正谈着，院子里那只最大的公鸡，声音洪亮地打起鸣来，骨朵随口说了声："鸡。"葛利应声答道："凤！"骨朵一愣，又说："五更鸡鸣。"葛利接上："三春凤舞。"骨朵这会儿知道葛利也会吟诗答对，心里像开了花一样高兴，就又羞答答地吟道："鸡公有情牵红线。"葛利立刻回答："凤姐无虑结姻缘。"骨朵听到这里脸更红了，又说："求媒何难，卯时当歌眠共枕。"葛利接答："得贤不易，艳凤作舞渡同舟。"骨朵听完，就急忙把父母叫了进来，说明了刚才的答对，表示她和葛利愿成百年之好。父母亲当然愿意。于是，经过几天准备，骨朵和葛利便举行了婚礼。因为是大公鸡啼鸣而促成了他们的婚事，便把大公鸡作为媒人，婚礼上，骨朵和葛利双双对大公鸡进行了叩拜。

　　结婚后，小两口恩恩爱爱，一年后又有了一个儿子。一家人和和睦睦，种地、养鸡，小日子过得芝麻开花节节高。

　　到了清嘉庆四年（1799年）冬，有一天晚间，葛利梦见观音菩萨对他说："你被贬五十年守河宫，期限已到，玉帝下旨让我带你回宫，快跟我走！"葛利忙求道："菩萨开恩，我不能走啊，我离不开娇妻和乖儿一家人，宁死也不再回仙界。"观音一听，沉思片刻说："好，念你对苍生再造之德，宽限你三个月。"说罢转身拂袖而去。葛利惊醒了，知道自己的阳寿快尽。原来他是大河里的蛤蜊精，倾慕骨朵美貌和文采，喜欢人间的欢乐，就变成人形和骨朵结婚成亲。蛤蜊精的前身是观音菩萨驾前的青衣童子。有一次，观音菩萨带他去赴王母娘娘的蟠桃会，他因调戏玉帝驾前的舞女，被观音菩萨贬入人间的一条大河里，化作蛤蜊五十年。

　　三个月期限快到了，这时候天下鸡瘟流行，老百姓家的鸡几乎全都死

民俗传说

　　庄河大骨鸡被称为辽宁省畜牧业"四大名旦"之一，是我国著名的肉蛋兼用型地方良种，主产于大连庄河市境内。早在三百多年前，清朝乾隆年间，随着山东移民大量迁入庄河，带来了山东寿光鸡和九斤黄鸡与当地土鸡杂交，又经过老百姓多年选育而成庄河大骨鸡。大骨鸡具有体大、蛋大、毛色艳丽、肉味鲜美的特点。成年公鸡羽毛火红色，尾羽黑而亮丽，体躯高大，雄壮有力；成年母鸡羽毛麻黄或草黄色。庄河大骨鸡不吃饲料，只吃野草、野菜、草籽、昆虫、五谷杂粮等。

光了。骨朵家的那群鸡也只剩下那只大公鸡和一只最大的花母鸡，而且都已奄奄一息。骨朵急了，她的父母更是心疼得吃不好睡不香。葛利决心要救活这两只鸡。他想到了观音菩萨，就在地上画个"十"字，口念真言，作法驾云去了南海，向观音菩萨苦苦哀求，讨来一瓶还阳圣水。往回走到了家门口那条大河时，他感到口干舌燥，就把圣水放到河岸，低头喝了几口水，又洗了洗脸。这时却有一条毒蛇跑到瓶子跟前，想喝圣水，把瓶子碰倒了。葛利忙上前打死了毒蛇，拿起了瓶子，可有一半圣水已经洒了，流到了河里。

回家后，一家人忙给那两只鸡喂圣水。瞬间奇迹出现了，两只鸡一下子活蹦乱跳，啼鸣展翅，翩翩起舞。几天以后，那只大公鸡长到十几斤，那只母鸡也长到六七斤，并且下的蛋又多又大，一家人高兴得不知说什么好。

不久，葛利病了。他知道自己回去的日期到了，就向骨朵讲明了身世。葛利死后，骨朵按他生前所嘱，将他的遗体在水面旋转了三圈，他就化作一道白光朝天飞去。

骨朵失去了丈夫，便一心一意侍奉老人抚养孩子，精心地喂养那两只鸡。转过年，两只鸡又繁育了几十只小鸡。这期间，从山东来了一些逃荒的人家，他们都到骨朵家淘换鸡崽，家家养起了鸡。因为鸡是从骨朵家里来的，长得又大，人们便把鸡叫成"大骨鸡"。逐渐地，大骨鸡传遍了四面八方。而骨朵家门口的那条大河，骨朵给起名叫葛利河（即蛤蜊河）。因为河里曾洒过半瓶圣水，据说，鸡得了瘟病，喝了那河里的水就好了。

后来，有了庄河的地名，大骨鸡就叫成了庄河大骨鸡。

搜集整理：高源清

海岛渔村的婚俗故事（五则）

▶ 新房挂三宝

海岛渔村逢男婚女嫁的大喜事，不但要在新房贴"喜"字和对联，而且要挂"三宝"：精心编织的筛子、弓箭和桃树枝。这叫作"新婚洞房挂三宝，驱妖避邪保平安"。

据说很久以前，大海边出了个驴头海妖，在沿海渔村兴妖作怪。那妖怪长了个听风的耳朵，闻味的鼻子。谁家要办喜事，它都要跑去大吃二喝填饱肚子。更可恶的是，它晚上还要去糟蹋新娘子。渔家人举刀舞棍与驴头海妖拼命，都没把它镇住。它越闹越邪乎，渔家人心急火燎，眼睁睁地看着它作践人。

岛上有个叫王小的小伙子，单身一人过日子，为人勤劳忠厚，和村里一个叫陶花的姑娘定了亲。两个人情投意合，可是，他们等到快三十岁了还不敢办喜事，怕的是驴头海妖在新婚之夜来糟蹋人。

有一天，王小出海打鱼，在海里救出个白发老婆婆，他把老婆婆背回家，做好海味和小米粥请老婆婆吃。老婆婆喝了一碗粥就睡过去了。王小把自己的被子轻轻盖到老婆婆身上，自己坐在板凳上，倚着墙壁睡着了。睡到半夜，起来给老婆婆做好了饭，服侍老人吃了，就匆匆划着舢板出海了。

天刚亮，陶花来到王小家，一进屋见炕上躺着个老太太，看样子病得不轻，就连忙给老人做了可口的饭菜，又从十里远的山坡上采回了杨梅果给白发老婆婆吃。

老婆婆的病好得真快，只三天工夫，就能下地了。七天后，白发老婆婆的病全好了。老人临走前，问道："你们相爱十多年，为啥快三十岁了还不成亲？"王小和陶花就把驴头海妖作恶的事说了。白发老婆婆说："你们不要怕，告诉亲友乡邻们都来喝喜酒吧！我为你们小两口张罗办喜事，包你们平安无事！"两人一听，心里乐开了花。岛上的男女老少听说王小和陶花要办喜事，都赶来贺喜。

婚礼上，大伙担心驴头海妖来搅和，它果然来了。只见它摇头晃脑地来到屋里，一抬头，见新房门上挂着一个筛子，就像一张大网，闪着耀眼的金光。金光中，有金弓箭和桃树枝。驴头海妖害怕了，不敢进新房，在门外鬼头鬼脑地往里撒目。忽听"哗啦"一声，那筛子像天网一样飞起来，罩住驴头海妖，桃树枝变成一把锋利的剑，一支箭"嗖"的一声射中了它的脑袋。驴头海妖大叫一声，不一会儿就化成了一摊污臭的血水。

这时，人们看到白发老婆婆用双手拢了拢白发，白发顿时变成了乌油油的长发；她把那身旧衣裳抖一抖，旧衣裳立即变成了华丽的新衣裳；她用双手往脸上一抹，脸上的皱纹马上消失了，变成了一个年轻貌美的姑娘。她对王小和陶花说："妖怪已除，你们好好过日子吧！"说完，驾着一朵祥云，飘向广阔无边的大海。

众人这才知道是海神娘娘显圣，立即焚香叩头。海神娘娘赠给王小和陶花的三件礼物——筛子、弓箭和桃树枝，从此被渔家人看作是驱邪避妖、保佑新婚夫妇吉祥如意的法宝。渔村谁家再结婚办喜事，洞房门框上都要挂上这三宝。这个习俗代代相传，一直沿袭到今天。

▶ 新娘子脚不沾土

长山群岛男婚女嫁拜天地这天，新娘子的花轿抬到新郎家之后，不等新娘子下轿，早有人在地上铺好席子（有钱人家铺上红毡），新娘子走到哪儿，席子就铺到哪儿，新娘子要脚踩席子完成拜天地各项仪式，直到进入洞房"坐炕"。这叫作"新娘子脚不沾土"。传说这样可以给丈夫家带来"五福"。

渔家人靠海吃海，对大海有着很深的恭敬之情。按阴阳五行的说法，五行相生相克，主宰天地万物的生长消亡。大海是属于五行之中的水，土克水，水生木，有木才有船，船在水上漂。渔家人最恋海，最忌讳土，新娘子脚不沾土，是防备"土腥气"冲散了福气。这风俗起源于早年间一个小岛渔村。村子里人丁兴旺，日子却越过越紧巴，没富起来还不算，出海的渔郎有撞礁搁浅的，有伤人伤财的，灾祸不断。这时，有个算卦先生来了，知道这件事后，就用五行那一套说法，对渔家人说："这是娶媳妇带来的土气冲散了福气。土石属五行之土，土克水，无水难以行船，无船难捕鱼虾。渔夫要想日子富，新娘子过门莫沾土，不踩土，留下福，日子保准过得富。"

经过这一番点化，渔村就兴起了这么个风俗，新娘子下轿，脚不能沾土。

▶ 新娘了扫地

早年，海岛渔村办喜事，迎新花轿到了男方家，新娘子下轿时，由新郎的父亲或伯父频频用筛子遮住新娘子的脸。这是为了驱妖避邪。接着，新郎在前，新娘子在后，到天井案前拜天地，到正堂拜祖先。拜完天地、祖先之后，新娘子手拿扫帚向门里扫地四下，每扫一下，主持婚礼的司仪就高声念着新娘子扫地喜歌："一扫金，二扫银，三扫聚宝盆，四扫骡马成了群！"这叫新娘子扫发家扫帚。

在很久以前，海岛上有一家渔民日子过得挺好，可娶了媳妇以后，渔船出海接连出事。家里老人信命，也信算卦先生。老头儿听说岛上来了个算卦先生，急忙请进屋里，好酒好菜供着，虔诚地问怎样才能保人船平安。算卦先生摇卦之后说："你这媳妇是属羊的，腊月生人，犯了金苗扫帚星。这是个有福气的好命，以后必发大财！只是她刚嫁进门时，漏掉了一个礼仪，没扫发家的扫帚，把福寿官禄财都扫外边去了！"

老头儿一听着急了，儿媳妇命好福大，可往外扫财宝。这可咋办呢？

算卦先生说话历来是两头堵，让人信服他。他见老头儿已被吊上了胃口，故意打着唉声不言语，直到老头儿下了血本，一块银子两个金镏子往他手里一塞，才神秘地说："金苗帚，有救星，婚姻大礼重新行，扫帚向里扫四下，和气谨慎把财生！"

老渔翁一家按照算卦先生指点，为儿子儿媳妇重新办了拜天地大礼。"新娘子"一进门，那算卦先生就念道："新娶媳妇进家门，发家扫帚手里拎。""新娘子"急忙拿起一把新扫帚，在算卦先生指点下，"一扫金，二扫银，三扫聚宝盆，四扫骡马成了群！"

后来，这家人打鱼时小心谨慎，人船平安，日子过好了，就把功劳记在了儿媳妇动扫帚这码事上，到处讲算卦先生算得准。渔村的人见人家结过婚的都重行大礼拎扫帚，咱新媳妇刚进门，管她是不是"犯了金苗扫帚星"，先扫四下再说。就这样，新娘子扫地的婚俗在长山群岛传开了，直到现今，不少新娘子还扫发家扫帚呢！

▶ 老公公滚墩子

早年，渔家办喜事，新郎新娘拜完天地之后，新娘子的公爹就在儿媳妇身后滚动一个圆滚滚的木头墩子，好像做游戏。主持婚礼的司仪却一本正经地念道："公爹此时滚木墩，送子娘娘喜在心；今天儿子把妻娶，明年公婆抱孙孙！"接着一些人齐声唱和："今天儿子把妻娶，明年公婆抱孙孙……"

据说从前岛上有一家五代单传。到了第五代娶个媳妇不孕，男的年过四十后媳妇死了，要续娶一个二十岁的姑娘。他们信了一个游方尼的话，在四十岁的渔郎和二十岁的姑娘拜天地时，年过花甲的老公公在新房外边滚着木头墩子。第二年果然生下一对胖小子，乐得这一家合不拢嘴。由于遇见的是尼姑，这一家人以为遇见了送子娘娘，终年供奉香火。

渔村有些盼子心切的人家，见老公公滚墩滚来了一对胖孙子，也都争相效仿，这风俗就流传下来了。

民俗传说

157

▶ 三六九瞻舅

新婚三日，新媳妇回娘家，小两口同行。这在陆上叫回娘家，在岛上叫回门或瞻舅。岛上不仅叫法不同，日期也很特殊，如逢初一或十一、二十一回门，小两口一般都在女方家住两宿，逢三才能回来，这叫"瞻舅回三，养儿做官"。如逢初九、十九、二十九回门瞻舅，一般都在当天回来，这叫"瞻舅回九，两家都有"。渔村这个风俗，源自巧媳妇和老公公斗智谋。

相传在很久以前，渔村娶了媳妇很少让她回娘家，看得紧紧的，怕媳妇跑了，尤其是从外岛和陆上娶来的媳妇，回家一去无踪无影，搭钱费工惹气生。公婆怕儿媳妇跑，想个笨招，不让回娘家！家家都这样，可苦了新媳妇，想爹妈却回不了家。

有一个姓郭的姑娘嫁到外岛，想妈想家，求公婆丈夫全没用。第三天早上，她说梦见海神娘娘，娘娘让她捎个话，要是不放新媳妇回娘家，就会遭报应，养几个儿子都是光吃饭不干活的白痴！要是在新媳妇过门三天让回家看娘亲，尽人伦，就能生个能打鱼、能当官的好儿子。新媳妇回家，也得在三、六、九这三个日子回来，这样才能两家都发财！

公婆一听是海神娘娘托梦，赶紧让儿子划着小船把媳妇送回娘家。

到了娘家，爹娘乐得够呛，一再要留女儿多住，可打鱼人不能误了汛呀，女儿就把海神娘娘托梦的话说了，爹妈和娘家兄弟听了，也不多留。

渔家人最信海神娘娘，自此谁也不把儿媳妇当笼中鸟关在家，都打发儿子送儿媳妇回门瞻舅，逢三、六、九回来。让儿子去，一是奉了海神娘娘的旨意，二是防备儿媳妇跑了不回来！真是一举两得，难怪这风俗一直传到现在。

讲述：曲月枝等

搜集整理：徐延顺

渔船出海的风俗故事（八则）

▶ 出海之前祭海神

早年，打鱼船出海之前，要备上香烛供品到海神娘娘庙祈求娘娘保佑，据说这样在海上打鱼时可以风平浪静保平安，万一遇到风浪或迷雾，也可以在娘娘指点下化险为夷，平安回家。

很久以前，老渔民张泉和船上的四个渔民在海上遇到大风，小船的桅杆被折断了，帆、橹、桅全都让大风刮跑了，五个人两手空空，只好让只剩空壳的渔船在大风浪中漂流。眼见小船就要被淹没，忽然海面闪起一道红光，小船在原地打起了转转，没有被大风卷走。

晚上，小船前方海面上出现了两盏灯，一盏是红色的，一盏是蓝色的。小船追着灯光，缓缓向西北漂去。到了半夜，有一个小伙子上前仔细看那两盏灯，原来是两个不知从哪儿漂来的琉璃瓶子。那灯被人这么一看，一下子熄灭了。海上浊浪喧腾着，好像要吞没失去控制的小船，但小船一直在原地打转转。

第二天早上，海雾蒙蒙，五个人不知身在何处，心里都很慌乱，只得任小船在水上漂。奇怪的是小船随浪漂动，但就是不离开那一带海面。

这时，海洋岛苇子沟有家姓胡的打鱼人心里忽然乱得慌，非得出海不行。他挂好鱼饵，收拾两筐钓鱼线钩，准备划着舢板出海。老婆孩子都劝他不要在这雾天出海，老胡就是不听，邻居们也来劝阻，他还是不依。最后老胡顶着漫天的大雾悄悄出了海。

老胡一划船出海，这船就不听摆布了，一个劲往前跑了十多里。船稳了，老胡把线筐拾掇一下，正要甩钩下线，忽见前面有条小船，坐着张泉等五个渔民，细一撒目，哎呀妈呀，原来这五个人空手坐在空壳船上。他心里琢磨，原来是海神娘娘指点我来救人啊！鱼也不钓了，忙把五个人接上舢板，拖着空壳船，顺风顺水回到了苇子沟。

张泉等五人为了感谢老胡的救命之恩，每人给了他两袋白面。张泉逢人就说："多亏俺出海前祭了海神娘娘，要不然，这次出海哪能死里逃生！"

后来，打鱼人为出海平安归来，出海前都到海神娘娘庙去进香火，祈求娘娘保佑。这个风俗就这样传下来了。

▶ 行船不得带长虫

早年，渔船货船出海之前，船老大总是黑下脸来检查上船的人是否带了长虫。如果谁带了长虫上船，不但会被毫不客气地赶下船，还可能遭到打骂。因为据说长虫过海能成龙，成了龙就会残害天下生灵。载着长虫的船航海，可能会遭遇灭顶之灾。

从前，有一条大船，装着一船鲜鱼到陆上去卖，行至中途，平静的海面突然掀起了巨浪，把大船一会儿抛上浪峰，一会儿又甩下波谷，船上的人都紧紧抓住船帮或舵把才没被甩到海里去。这时，一只十爪大乌鱼，从海里伸出十条比桅杆还粗的大长腿，使劲向大船砸去，把船上的一个持篙竿子的小伙连篙竿子一起卷了起来，抛向了海中，小伙被卷成了两段，篙竿子也被撅成了数截。这时只见一道黑气从篙竿子里冲出来，飞到半空，化成一条足有盆口粗的大长虫。蟒蛇盘到了桅杆上，张开血盆大口用尖刀似的牙齿去咬大乌鱼的腿，连着咬断三条。大乌鱼痛得把腿抽回海里。又有一群海豚冲出水面，来战大蟒蛇，打了好半天也不分胜负。这时只听船下一声响，一个大虾精用虾枪撞船底，想把船撞漏，吓得船上的人哭爹叫娘乱成一团。

就在这时，天上突然电闪雷鸣，乌云像口大黑锅扣在天顶上，好像天就要塌下来了。只见几道白光从大桅上划过，接着是几声雷响，桅杆上的大长虫被劈成数段，掉进了海里。海面顿时风平浪静，天空乌云散尽，只是船上死了一个伙计，雷劈死了一条大长虫。众人都有些后怕，说这蛇要过海成龙，残害天下生灵；谁要带了，就会触犯神灵，遭到灾难。直到今天，还有人相信蟒蛇过海会成龙，行船不得带长虫。

▶ 忌帆称篷

渔民把船上的风帆叫作篷，是忌讳"帆"与"翻"同音。海上行船的最大灾难是翻船，人们觉得这样叫不吉利，于是把帆叫成篷。

据说早年有一对渔船在海里打鱼，一条是领船，一条是跟船，两船在海上打鱼时，看到两条龙在打架。两条龙一会儿从海里打到天上，一会儿又从天上打到海里，一直斗了三天三夜，不分胜负，搅得大海不得安宁。

船上的渔民见风浪太大无法打鱼行船，就在海上下了大锚二锚，坐船观龙斗。

这时，从海里钻出一个黑乎乎的赶鱼郎（海夜叉），对船老大说："龙王爷和妖龙斗了三天了，不分胜负，谁要能得到老百姓帮助谁就能胜。你们世代居住在海岛上，在海上打鱼多少年了，能帮龙王爷打败恶龙吗？"

船老大说："俺是凡人，上不了天，入不了海，想帮也伸不上手呀！夜叉神，你能教俺个法子吗？"

海夜叉说："明天龙王爷和恶龙在这里斗法，一个变成海豚，一个变成鲨鱼，你们下网把鲨鱼捕上来，用三升草灰往它脑袋上一撒，就会把恶龙眼睛蒙上，龙王爷就可以除掉恶龙了。"

第二天，果然有海豚和鲨鱼在酣斗。船老大一声吆喝，大渔网撒下去，一下子把鲨鱼罩住了。趁往上拖的工夫，船老大把三升草灰撒下去，鲨鱼的眼睛迷住了，现了本相，用尾巴一扫，把船上的风帆全扫掉了。没等它缓过劲来抖威风，变作海豚的龙王爷也现了本相，把恶龙按到了海里，一群蟹将虾兵钻出水面围上去，把个恶龙打得骨折筋断，转眼丧命。

龙王得胜回宫了，海夜叉跳到船上谢恩，还送了两大盘价值万贯的珍珠，然后转达龙王的旨意："有什么需要帮助的事，尽管讲。"

领船上的船老大说："俺船上的篷被恶龙撕坏了，这个样子怎么回家啊？"

海夜叉说："这好办，我马上回禀龙王爷。"又问跟船上的船老大："你要什么？"

"俺别的都不用了，只要给船弄一张帆就行了。"

海夜叉回去和龙王一说，龙王马上照办了。

结果，这一对渔船就因为一个要篷，一个要帆，返航的时候，那条要帆的跟船半路翻了船。

从此，人们便把帆叫成了篷，防止向渔家报恩的海妖办错了事而帮倒忙。因此，风帆就有了"帆"和"篷"两种不同的叫法。

▶ 船头柱子不能坐

早年，上了木帆船，任何人不能坐船头上拴缆绳的柱子，柱子是一船之主，代表船主的头，谁敢坐在船主的脑袋顶上？

相传鲁班造船的时候，把木帆船造得又漂亮又结实，船主看了直叫好，就问鲁班，船体各部位都叫什么名称，并让鲁班在船上确定一个能代表船主的位置。

鲁班听了心中一愣，问道："这条船的船主是你，又何必这样呢？"

船主说："这条船是我的，我将有更多的船员，所以我是不能上船受风浪颠簸之苦的，我要雇一些船夫来为我驶船，因此要选个能代表我的东西在船上，让他们像恭敬我一样恭敬它。我看这高高耸起的家伙不错，就让它代表我好吗？它叫什么名字？"

鲁班心里有气，但不动声色："这是船上的桅，因为在风大浪大的江河

161

湖海航行难免会遇到风浪，树大招风，这杆子容易遭遇危险而折断，所以叫'桅'，你若同意，就叫它'主桅'吧！"

"哎呀，那可不行，我可不能让这不吉利的'桅'代表我来担风险。这手把的东西不错，叫什么名字呀？"

"这是舵，开船人整天摆弄它，舵向左船就向左，舵向右船就向右。"鲁班说，"舵怎么摆布都行，如果船主你同意，就叫它'主舵'吧！"

船主又摇了摇脑袋："不中不中，俺这船主怎么能听驶船的摆布呢？再换一样，这底下坐人的地方叫什么？"

"这叫舱，里边什么都可以装，如果你同意，就叫'主舱'吧！"鲁班又说，"这舱装东西时间长了会脏，最好少装点东西。"

"不中不中，少装东西我靠啥发财呀，多装东西又脏，哎呀，我可不能让这装杂货的舱来代表我，让它多装货吧。边上这是什么？"

"这是船帮。"

"前边这个木桩是什么？"

"这是柱子。"

"那好吧，就让这柱子代表我，作为一船之主，任何人也不能在我的脑袋上坐着。柱子是船主，大桅是大将军，二桅是二将军，给我保驾，船上的舵手叫船老大，其余的都叫船夫，一切都要听我这一船之主的。"

从此，船上就把柱子当成一船之主了，有时船夫和船主闹僵了，就背着船主去坐柱子，别人见了，便说这柱子是船主的象征，坐不得。日子久了，拴缆绳的柱子就成了一船之主，谁也不敢坐了。

▶ 上船不得打海鸟

渔船出海打鱼时，成群的海鸟围着渔船飞，有时船上炖鱼，把鱼下水扔进海里，海鸟抢着吃漂在水上的鱼下水，渔船上的人谁也不打不抓近在咫尺的海鸟。据说这是早年传下的规矩，因为海鸟救过迷航人的命。

渔船在海上打鱼，难免会遇到风天和雾天。有一年大雾，几十条渔船都迷航了，在海里随波逐流。后来人们遇见了迷雾中飞翔的海虎子和海钻鸟，还有嘴尖脖长的海吃鹤。鸟儿在雾中飞着，叫着，终于把渔船引到岸边。

后来，这些打鱼人发现海鸟在风暴来临之前，性情与平日不大一样：海钻鸟也不贴着水皮飞了；海虎子晴天在海上飞得少，越到阴天风天它越欢腾，下雨前围着渔船飞，刮风前随着浪花飞。渔家人见了，赶快往回划船，海鸟成了渔船的好伙伴，好心的渔民谁也不肯伤害它们。

► 渔民驶船风俗

过去长山群岛渔民常年在海上捕鱼作业，无论生产多么紧张繁忙，渔民们对渔船总是倍加爱护，每逢出海都要把渔船打扮装饰一番。年节到来时，就把渔船拉上岸，在称为"大橇子"的渔船船头画一轮圆月，涂上红漆，在船头两侧、船尾画两个燕翅，在船尾两侧对称的小柱子上画一幅渔翁得利图，涂上红漆，作为装饰。最有趣的是贴上渔家的对联，船头两肋部贴上联"前头无浪行千里"，下联"舵后生风送万程"，横批"海不扬波"；船尾部的两个燕翅贴上联"九曲三弯由舵转"，下联"五湖四海任舟行"，横批"顺风相送"；船上大桅上贴"大将军八面威风"，二桅上贴"二将军协力相助"，三桅（头桅）上贴"三将军开路先锋"。

渔民们在船上都说吉利话，最忌讳说"翻""倒""扣"等词。如，渔船上烙饼不能说"翻"过来，只能说"转"或说"划一橹""划过来"。渔船上吃鱼还有个规矩，吃完上半片，吃下半片时，只能将鱼骨拿掉后顺着吃，不可翻身。老渔民对刚出海的小渔民要求特别严，说话要说好听的、吉利的、有财气的话。比如，端着一筐鱼往船舱里面倒，要边倒边拖着长音喊"满了"，意思是渔船要装满渔货，满载而归了。鱼卸完了或米面吃完了，要说"满出了"，不能说"完了"。打上来的鱼个头小，要说"鱼挺碎"，因为"碎"为多之意，而"小"与"少"谐音。饺子煮破了，要说"挣了"。器具打碎了，叫"笑了"。在海上遇见"鲸鱼"，要叫"财神爷""老兆"，不许用手指它。不许在船头大小便。平时渔民在船上不许背着手，不许吹口哨，不许蹦跳，因为这些是松弛、麻痹的表现。渔民常年与风浪打交道，危险性很大，所以很忌讳不吉利的言行。

现在，渔船都有先进的通信设备，可以在大风来到之前进港避风，保护渔船，因而海损事故极少，但渔民们还是很在乎驶船的风俗，言行尽量注意。

► 大船上设香童

早年，载重五十担以上的木帆船上都有海神娘娘的神像，并有主管给海神娘娘烧香上供和"侍候海神娘娘起居"的香童。为啥让海神娘娘神像上

民俗传说

163

船？为啥用香童侍候海神娘娘呢？

传说在很久以前，尽管人们虔诚地信奉海神娘娘，但远海航行的船只仍有船毁人亡的事发生。有个南方老客在船上供奉海神娘娘像，并用童子专门供其香火，航海四十多年，平安无事。

后来各家船主争相效仿，此风俗就在大船上流传下来了，其童子被称为香童，以示敬重海神娘娘。香童一般几年一换，年龄都在十岁左右。

▶ 洒酒祭海

大海里，有许多奇异的巨兽，有些比渔船还要庞大，如果渔船遇到大鲸鱼、大蚫蛸、大乌鱼等，为避免受其伤害造成船翻人亡的事故，船老大往往亲自站在船头，向这些大鱼、巨兽洒下三碗米酒来奠祭。这叫作"洒酒祭海"。之后，巨兽隐没于波涛之中，渔船遂得平安。

相传很久以前，有个渔民叫魏二虎，他划着小船钓鱼，突然有两只像小山似的大鲸鱼游过来，他急忙摘下身上的酒葫芦，向大鲸鱼倒去，口里祷告说："房鱼大人，你别吓唬俺打鱼人了，你喝了酒，快走吧！"那两只大鲸鱼喝了沾酒的海水，不但没伤害魏二虎，还一边一个护送渔船返回，遇到海里拦路抢劫的，两只大鲸鱼把海匪大船拱翻了。魏二虎平安到家，逢人就讲鲸鱼保驾的事。

从此，人们出海就带酒，遇到巨兽就洒酒祭奠、祷告。据说这么一来，都化险为夷了，有的还得了珍珠发了财。

人物传说

　　这里所选大连历史上响当当的人物确有其人，有据可查。这些文人雅士、武将猛士、得道高僧，均天赋异禀，不流凡俗，他们或机智，或神奇，或英勇，有的是黑虎星下凡，有的获神仙指点。这些流传于民间口口相传的故事，来自民间对大人物的仰视等。无论怎样，封疆大吏李秉衡、抗倭将军黄贵、横山书院的顾尔马浑将军，他们的故事传奇有趣，在这片故土代代流传。

石嘴子走出封疆大吏李秉衡

庄河青堆镇东北七八里远的地方有个屯子，名叫石嘴子。别看这个地方土里土气，在清朝末期却有很高的知名度，不仅在奉天，就是在山东、河北、河南、广西等地都比较有名。为什么呢？因为它是清朝光绪皇帝七大贤臣之一——李秉衡的故乡。

李秉衡为人刚正清廉，文武双全。由于人们对李秉衡的爱戴，他的故乡石嘴子的美好传说也就越来越多。

相传李秉衡的老祖宗李协功是在乾隆年间，从山东登州府莱阳县逃荒来到庄河青堆子北面落户的。当时那儿不叫石嘴子，叫北荒甸子，人烟稀少，树林子一眼望不到边。李协功觉得这个地方不错，就和几个儿子住了下来。几年以后，据说有一位天神不知为什么遭贬下凡，当他骑着马出了南天门，忽忽悠悠向前走着时，忽然看见地上一座九个顶的小山上有只金凤振翅要飞，霎时金光四射，刺人眼目。这位天神还没看清究竟，金凤就"嗖"的一声蹿上来，正好把天神连人带马撞落在地。天神落到九顶凤凰山西南一里远的地方，变成了一个大石人，仰脸向东北天空望着。马落到九顶凤凰山东北坡变成躺在地上的石马。马鞍子甩得远，落到九顶凤凰山的东北面，变成一座山，就是如今的鞍子山。从这以后，人们就把石人噘嘴那个地方取名叫石嘴子，又把石人南面叫前石嘴子，石人北面叫后石嘴子。李协功住在后石嘴子。

天神落下来以后，人们都说这里是灵山宝地，日后必出大人物。说来也巧，有一年春节，一个过路的老头儿走到后石嘴子时，天已经放黑了。他到李协功家借宿，李协功答应了。那天晚间下起了雪，大雪一连下了三天三夜，这位老人就走不了了。老李家对这位老人很热情，招待又很好，老人

李秉衡，字鉴堂。生于1830年，逝于1900年。在清朝同治、光绪年间，历任知县、知州、知府、按察使、护理巡抚、布政使、巡抚、水师大臣、帮办武卫军事务等职。他的一生以清廉、爱国著称于世。后为封疆大吏，在广西曾率领冯子材等将领，在抗法战争中取得镇南关和谅山大捷。中日甲午战争时期任山东巡抚。后来八国联军要进攻北京，清朝各封疆大吏无人敢领命请战，李秉衡从扬州巡阅长江水师大臣任上挺身而出，进京勤王。因为是临时凑集的杂牌军，与敌接战即溃。李秉衡痛惜于颓势难挽，面对着腐败的清政府和国土的沦丧，悲愤交加，在败逃路上，自杀于通州（今北京市通州区）山林的于谦庙里。

感激不尽，就对李协功说："我没有别的报答你，可我会采茔地，给你家采一个茔地吧，也算尽了我一点心意。"说着，老人就踏着深雪出去了。在九顶凤凰山西面采着了一个好地方，就把自己的羊皮袄搁在那里，走到小河西边一望，见搁皮袄的地方卧着一只黑虎，到眼前一看，除了羊皮袄什么也没有。这个老人高兴极了，自言自语地说："好坟穴就在这里。"忙找树棍插好标记，就回去对李协功说："我给你家采了一处好茔地，在石人东北边，我插着树棍做记号。这块坟地东坐九顶凤凰山，西望歇马山，你家久后必出大官。你家以后既要积德，又要供后代念书，不能光种地。"老人交代明白后就走了。

后来到李秉衡爷爷、父亲那两代时，李家就出了好几任县官。李秉衡的父亲李辉德从江苏知县任上回家探亲，正赶上李秉衡出生那天。家里人一开门，见到一只黑老虎扑门而来，吓得急忙把房门关上。接着又从门缝往院里瞅，可院里什么也没有。这时只听到小孩出生后的哭叫声。李辉德一看是个男孩，给起名叫李秉衡，这是李辉德第三个儿子。人们传说李秉衡是黑虎星下凡，像包公一样来治乱世的。李秉衡肤色较黑，人们都叫他小黑三。小黑三从小就很聪明。他父亲看小黑三聪明过人，老早就请了个私塾先生教他。李秉衡不仅书念得好，还很喜欢练武。他父亲又请了武术老师教他学武艺。他每天早晚练武，白天念书。经过几年工夫，李秉衡文武都进步很快。后来他父亲又把他送到岫岩名门沙府深造，接着又送到京城念书。

有一次李辉德回家，遇着一个牵骆驼的到他家找晌饭吃，闲谈中，李辉德听那个人说他会看风水，就问道："都说俺家能出大官，你看什么时候能出？"那个人说："我出去看一下再说。"看了一气，回来对李辉德说："请你记住，什么时候石人西边冲出一条大河来，你家就该出大官了。"

牵骆驼的走后，李辉德半信半疑："这可能吗？"又过了几年，到了光绪五年（1879年）夏天，接连下了几天暴雨，只见一条巨龙从石人西边由北向南奔腾入海，果真冲开了一条大河。这条河，人们都叫石嘴子河。

无巧不成书，从那以后，李秉衡真就升官了：由知县升为知州、知府、按察使、护理巡抚、布政使、巡抚、水师大臣、帮办武卫军事务等。官的等级也由七品升到从一品。石嘴子，也随之出了名。

讲述：王绪亮

采录：徐延顺

167

顾尔马浑将军和横山书院

在瓦房店复州城，正红旗防守尉顾尔马浑·四音太将军的故事可谓家喻户晓。他阵亡后就葬在复州古城小逄村飞莺山的南坡上，至今已有三百多年了，他的故居横山书院培养了很多名人呢。

据说顾尔马浑将军的父亲在世时，家境比较宽裕，在当地还算是富户。一个寒冷的冬天，狂风卷着纷纷扬扬的雪花敲打着每户人家的门窗。这时，从村东头走过来一个老头儿，他步履蹒跚，衣不遮体，在刺骨的寒风中瑟瑟发抖。他乱蓬蓬的头发，乌黑乌黑的脸，像是从另一个世界来的，让人分不出是人还是鬼。不知是由于一路的疲劳，还是饥饿过度，老头儿一个趔趄摔倒在地。他挣扎着想爬起来，但是力不从心，动一动都很困难。开始他还喘着粗气，渐渐地，喘气声不再那么急促了，缕缕白气一丝也没有了……

这时，"吱扭"一声，顾尔马浑家厢房的门开了，牛倌去喂牛，从牛棚里出来时，眯着双眼向南山张望，发现皑皑白雪里有一个黑点，在纷纷扬扬的雪花中忽隐忽现。牛倌很好奇，走到跟前一看，不禁惊叫道："啊！有人！"牛倌赶忙把手放到老头儿嘴边。发现他还在微微地喘息，身上还有余温。于是，牛倌把老头儿背到厢房里，又报告顾尔马浑家的老太爷。老太爷让牛倌把这个老头儿背到上房，又吩咐家人给老头儿灌了药，并熬了一碗姜汤。全家人都守在老头儿身边，观察着他的变化。

过了很长很长时间，老头儿终于苏醒了。他睁开眼睛一看，那么多的陌生面孔出现在眼前。他竭力回忆着所发生的一切，只模模糊糊地记得，他跌倒在风雪中，再也没有爬起来。至于以后，什么都不知道啦。他想活动活动身体，可是，身子贼沉，腿上的冻伤钻心地疼。他那疑惑的目光在人们的脸上扫来扫去。他发现每个人的脸上都带着微笑，亲切而友善，让人温暖。

炕前，白发苍苍、银须飘拂的老太爷见他睁开了眼睛，就说："终于醒

位于瓦房店复州城的横山书院，原是顾尔马浑将军的府邸。清道光二十四年（1844年），复州知州章鞠人倡议利用将军府的旧址建成书院，并以复州境内名山"横山"二字冠名。咸丰年间，复州知州王廷祯主持重修和扩建了横山书院。从此，复州考生高科连捷，是复州学风极盛时期。近现代许多文人学士、著名将领都由此孕育而生。书院从1844年至1905年，在册中取科名的近三百人次，其中举人十名、进士两名、翰林一名。其中的翰林就是"复州第一才子"徐赓臣。

了。"并长长地吁了一口气，安慰他道："好点了吗？你放心地好好养伤，一个人出门在外不容易啊。"又吩咐人端来姜汤，让他喝下，好驱逐寒气，暖一暖身子。

从此以后，老头儿在顾尔马浑家安心养病。在顾尔马浑家人的精心照料下，老头儿很快恢复了。在顾尔马浑家养伤的日子里，老头儿熟悉每一个人，熟悉每一个人的想法，从老太爷到牛倌。

老太爷为了子孙后代光宗耀祖、高官厚禄，请老头儿给顾尔马浑家采块好坟场，老头儿说好，实际上却不给采，整天游手好闲，吃喝玩乐。而顾尔马浑家呢，对待他还始终如一，一天三顿饭，总是碟来碗去地招待，就像对待亲人一样。

时间长了，老头儿的心被顾尔马浑家的一片真诚打动了。一天，他对老太爷说："你们待我真好。这样吧，既然你们信得过我，我就尽我平生所学的本领，给你们采块真地。可如果这样，对我来说实在太不利了，我的双眼会瞎的。我举目无亲，四海漂泊，一个残疾人以后怎么生活！不知你们是否肯奉养我一个瞎老头子？"

老太爷激动地说："有我住的，决不能让你蹲牛圈棚；有我吃的穿的，也就有你一份。无论如何，也要把你养活到老，即使我死了，还有我的儿孙。"

老头儿很高兴，于是就在飞莺山的南山坡选了一块好坟场。他说："此山与昆仑山脉相连，上至青天，下至地道，东西南北的走向都占天时地利。高官厚禄，指日可待。将来，顾尔马浑家能出高官。"听了老头儿的话，老太爷组织人把祖坟移到了山上。

说来也怪，时隔不久，老头儿的眼睛果真瞎了。顾尔马浑家照顾他很周到，跟当初一样。顾尔马浑家的人丁也渐渐旺盛，日子过得非常富足红火。

老太爷的儿子四音太，小时候就天资超人，有胆有谋。一天，四音太从学堂出来到街上散步，走到城隍庙门口，听到庙里鬼哭狼嚎，哭声连天，他觉得很稀奇，就上前舔破窗户纸，往里一瞧，原来城隍爷正在殴打那些老气横秋的差役。四音太心想：城隍啊城隍，你平常装着公正，闹了半天还关着门打人呀！打人？他灵机一动，挥笔往墙壁上写道："城隍，城隍，你上辽阳，巳时去午时回。"写完就走了。城隍爷自从看了墙上的字以后，就天天巳时起程上辽阳，午时再往回返。一连十天，累得城隍爷腰酸腿痛，实在

169

受不了了，就托梦给四音太的老师说："不知是你哪位学生，在墙壁上写着字，要我上辽阳。你查查是谁干的，免了我这个苦差事吧。"城隍爷托梦后，老师半信半疑地去查看笔迹，发现是四音太写的，便命他将墙壁上的字抹掉。四音太不假思索地拿起了笔，在"你上辽阳"的"你"字前面添了个"免"字，这样就变成了"城隍，城隍，免你上辽阳，巳时去午时回"。

从这以后，再没看见过城隍殿打差役。

顾尔马浑家从老太爷去世后，渐渐地把双目失明的老头儿给忘了。炕不暖，饭不应时，冷眼相待。

老头儿忍受不了冷眼，就问牛倌："你想不想升官发财？"牛倌说："怎么不想呢？""眼下有一个机会，看你敢不敢干。"牛倌说："敢！"老头儿就贴着牛倌的耳朵嘀咕了一阵子。

这天夜里，天漆黑漆黑的，像锅底，伸手不见五指，牛倌紧握着刀，藏在草丛中。老头儿跪在坟头念着咒语。忽然间，"嘭"的一声巨响，坟头开裂钻出一条龙，两眼放射出熠熠光芒。牛倌一蹦高蹿出草丛，手起刀落，龙头掉地，剜出龙的双眼，原来是两颗夜明珠。老头儿把这两颗夜明珠往眼上一抹，顿时，双眼重见光明。老头儿叹息道："可惜呀，顾尔马浑家要衰败了。"说完就避走他乡。牛倌拿着夜明珠到京城献宝去了。

话说顾尔马浑·四音太将军到京城做了官后，就把代表官员品级的龙头拐杖捎回家，想让家人见识见识。谁知他的哥哥拿着拐杖欺压百姓，横行霸道，无恶不作。城中百姓深受其害，怨声载道，当地官府也不敢动他一根毫毛。这事传到京城，从高官到黎民百姓，议论纷纷。皇上得知后，派钦差察访民情。当钦差来到古城东城门的时候，顾尔马浑将军的哥哥拿着拐杖横在门口，不让进来，北城门也不让钦差进来。

清康熙年间，北京来的正红旗世袭云骑尉顾尔马浑，因平贼有功，充任复州防守尉。顾尔马浑第二个儿子巴海从护卫选入宫中，当上一名小马童，专为皇帝饲养御马。一年，巴海回家探亲，遇见少年时代的干兄弟张云清。张云清赠给巴海一匹好马，名叫白龙驹，据说此马奔腾如飞，日行千里，于是巴海走时把马也带回了北京。

一天，康熙去郊外打猎。从田间跑出一只兔子，巴海跟在康熙身后，看在眼里，他骑的是白龙驹，拍马向前，俯身伸手捉住了小白兔。康熙在马上哈哈大笑，不禁失声喊道："好一个固鲁马哄（满语，兔子）将军。"巴海一听要封他为将军，急忙下马，跪地叩头："谢圣恩。"康熙一愣，知是失言，但"君无戏言"，话已出口，无法收回，只好应允。从此以后，巴海就当上了镇殿将军。

钦差来到南城门的时候，天色已晚，便住在南城门外的客栈里。下了请帖，邀请将军的哥哥前来赴宴。结果，顾尔马浑将军的哥哥喝得酩酊大醉。钦差趁机将龙头拐杖拿走，并将顾尔马浑将军的哥哥绑了，打入监牢。一切处置妥当，就急返京城。钦差晓行夜宿，风雨兼程，几日间便回到了京城。

自从顾尔马浑家的祖坟被捣坏，再加上钦差去私访民情，顾尔马浑将军如坐针毡，终日惶惶不安，急火攻心，头都抬不起来了。一天，遇见正宫娘娘，他既不施礼，也不问安，急匆匆走了过去。正宫娘娘很气愤，就向皇上煽风点火："顾尔马浑将军有谋反之心，见了我头不抬、眼不睁，骄狂自大，不把我们放在眼里。"皇上听了，心里很不悦。

参朝议事时，钦差将此行私访之事叙说一遍。皇上盛怒，一道圣旨传下，将顾尔马浑将军的哥哥斩首。皇上听了正宫娘娘谗言贬了顾尔马浑官职，顾尔马浑最终战死于镇南关。

顾尔马浑的家人为了躲灭顶之灾，将"顾尔马浑"的满族姓，改为汉姓"那"，终于免了满门抄斩之祸。自此，顾尔马浑家便以"那"为姓了。

讲述：那君维、那永范

搜集整理：张世利

人物传说

徐赓臣巧言辞官

在普兰店这块古老的土地上，曾涌现出不少知名学士。清咸丰年间，大田镇太平庄就出了个翰林院大学士，名叫徐赓臣。他天资聪颖，才思敏捷，幼读私塾，四岁能读《百家姓》，五岁能诵《三字经》，六岁能诵《名贤集》和《唐诗三百首》。他读书过目不忘，吟诗作赋出口成章，人称神童。

一天晌午，同学们都在私塾馆里睡午觉，徐赓臣听到外面树上的家雀叽叽喳喳直叫，心就活了，他趁先生不注意，溜出学馆，爬到树上摸雀蛋。摸着摸着，先生来了。徐赓臣一看，急忙下树，边下树边想：这下可坏了！得挨手板子了。由于他心慌，一下子从树半腰摔下来。这一跤摔得可不轻，疼得他龇牙咧嘴却不敢吭声。

先生心里有气，本想处罚他，但一见他那副可怜相，又觉得好笑，便随口说道："咕咚掉下地。"

正在这时，树上的一只雀展翅而飞，徐赓臣急忙和道："噗噜飞上天。"

一个天一个地，对得严丝合缝。先生听罢，转身走了。

又一天放学后，徐赓臣与同学们一道往家走，来到大沙河边，见一少女不敢过河，他二话没说，裤腿一挽，便把少女背过河去。同学们见了，都耻笑他，一个个交头接耳直嘀咕。徐赓臣毫不理睬，放下少女扬长而去。

第二天，先生知道了这件事，大发雷霆，把徐赓臣叫到堂前，在一通"男女有别""授受不亲"的训斥之后，举起戒尺问道："为何不知廉耻，亲近女性？讲！"

徐赓臣不慌不忙，把脸一扬，随口吟诗一首：

　　淑女临渊叹碧流，书生化作渡人舟。

　　聊将素手挽纤手，恰似龙头对凤头。

　　一朵鲜花插玉背，十分春色满河洲。

　　轻轻放在沙滩上，默默无言各自羞。

先生听罢，把戒尺一收，转怒为喜，暗自称赞徐赓臣是个德才兼备的好后生。

徐赓臣不仅出口成章，善诗善对，而且还能改诗呢！

徐赓臣（1824—1880），字韵初，号东沙。1849年，徐赓臣考取拔贡，朝考第一，授工部虞衡司七品京官。1853年考中进士，钦点翰林院庶吉士，授朝议大夫。徐赓臣生前历任知县、知州、知府等官职。同治八年（1869年）回横山书院任教。平生著有《斯宜堂诗钞》。1880年9月18日，徐赓臣病逝于故里，终年五十六岁。

徐赓臣品行端正，淡泊名利，正值青云直上，却急流勇退。还乡后，效晋清谈与乡中父老饮酒畅谈。曾以三国祢正平骂曹故事为题材，写过一副对联：沽酒晋谈乡父老，解衣平祝汉公卿。

一天早晨，先生在私塾门前散步，见一车夫赶着一辆马车往地里送粪，马尾被风一吹，来回摆动，便触景生情地作起诗来："风吹马尾千条线，鱼咬老龙万层鳞。"

徐赓臣每天总是第一个来到学馆，他一听，便说："先生！这首诗这样作对吗？"

先生一听，愣了一下："嗯？怎么不对？"

徐赓臣说："先生，你怎么知道马尾是一千根？你怎么知道鱼咬老龙是万层鳞？难道先生数过不成？"

"这……"先生被问得张口结舌，答不上来。先生看了看徐赓臣，问道："既然这首诗不对，那么你说说，怎样才对呢？"

徐赓臣向先生深施一礼，然后说道："依学生之见，这首诗应该这样作：'风吹马尾条条线，鱼咬老龙层层鳞。'不知这样改动是否妥当，请先生赐教！"

先生听罢，连连夸奖徐赓臣改得好。日后与人言谈中，先生常提此事，夸徐赓臣是个有出息的孩子。

一天傍晚，徐赓臣和叔叔在门口歇风凉。叔叔见一牛倌举鞭在抽打牛，便作起诗来，以试侄儿的学问。他说："牛皮做鞭还打牛。"

徐赓臣连寻思都没寻思，张口就说："雕翎做箭仍射雕。"

叔叔一听，乐了。

有一年腊月二十九，徐赓臣的父亲要找一副字联挂。这字联，自打有了徐赓臣那天起就没挂过。他找来找去，只找到上联，下联不知哪儿去了。他喜欢这副字联，就叫儿子写个下联，想借此机会试一试儿子的学问，故意不告诉儿子下联写的是啥。

徐赓臣见上联写的是"风扫竹枝活"，稍一寻思，提笔写出"雨浇荷叶翻"的下联来。

人物传说

父亲见儿子写得一点也不错，十分高兴。

1853年，癸丑科三位主考共荐徐赓臣任太子（后来的同治皇帝）之师，他却以才疏学浅恐有负恩师厚望为由，婉言谢绝。咸丰帝闻知他如此狂烈，遂由文武百官陪同去翰林院见他，并出一上联"口十心思思父思母思妻子"让他对。谁知话音刚落，他张口就答"寸身言谢谢天谢地谢君王"。咸丰帝听了这工整绝妙的对答，十分高兴，当即准半年假让他回家探望父母、妻子。

徐赓臣谢过皇上，便踏上归途。

回到家后，正赶上家乡唱大戏。戏班子听说徐翰林在家，便求他写副对联。徐翰林毫不推辞，提笔便写道：

唱是两个日日喜怒日哀惧日出于口，

戏是半边虚虚荣华虚富贵虚动于戈。

戏班子将这副对联张贴在戏台两侧的柱子上。这一天看戏的人特别多，人山人海。他们不是来看戏的，而是来看徐翰林写的这副对联的。

讲述：刘成惠

采录：王连发、由治义

奭大人巧言正法纪

清朝光绪年间，大连瓦房店复州城有一位叫奭良的州官。当年他上任时才二十五岁，才华横溢，稳重和气。老百姓看他没有架子，都不打怵见他。奭良审理案件非常认真，秉公执法，从不吃私袒护。遇到地方臭大爷和乌七八糟巧取豪夺的，总要好好地治服他们。当地的老百姓都叫他"小包公"。

奭良到复州以后，听说复州城南天后宫庙里，住持和尚戒历目无庙规，光着膀子、露着肚子到娘娘殿里念经。不管男的女的，凡到庙里给娘娘烧香的，他都陪着打木鱼，还没多没少地要人家施香钱。又听说，复州长兴岛船

奭良（1851—1930），字召南，镶红旗满洲人，裕瑚鲁氏，贵州按察使承龄之孙，赵尔巽的表侄。屡试不举。早年颇负诗名，有"八旗才子"之称。历任数省道员，辛亥革命后去官。熟悉清史掌故，著有《野棠轩文集》《史亭识小录》等。民国时期，应清史馆总裁赵尔巽聘，在馆有年，曾修订《清史稿》中的部分内容。他主要参与列传撰写并校订本纪，太祖、圣祖、世宗、仁宗、文宗、宣统六朝本纪均为其所辑。

运业同德裕掌柜李嗣君，常常偷运好牲口到国外贸易，农民都恨怨李嗣君。对这两起案子，奭大人多次催天后宫当地的官吏查办，可是，当地官吏都吃过人家的酒拿过人家的钱，手软心亏，所以不给查办，只是向州官上了一纸报告："两案无据可查，一俟查清再报。"拖起来遥遥无期。老百姓不服，联名上告，奭大人觉得问题不小，决定亲自查访。

这天，奭大人打扮成有钱公子哥的模样，领着一个贴心的衙役，好似一主一仆，出城到了天后宫。

一进天后宫大寺庙的大门，住持和尚戒历出来接待。戒历和尚身高七尺，膀宽腰圆，眼赛铜铃，唇红嘴大，长相非常凶恶，体重足有三百多斤。伏里他不扎热，还是露着肚子，光着膀子，陪着奭大人说话。他以为奭良是个有钱的公子哥，一切礼节规矩全然不顾。

奭良说："我们今天来祭祀娘娘，请大师给念经。"他答应一声，仍然没有穿衣服，就陪奭良进了娘娘殿。奭良烧上香，磕了三个头，起来在天后宫庙里转了一圈，就同戒历和尚回到客厅里。戒历唤小和尚进香茶，同时要求公子布施敬神的香钱。奭良突然翻了脸说："哪里有神仙，有神仙你还敢光着膀子参神吗？这是不守清规，有辱佛家的体面。'出家人不贪财'，你是越多越好呀！这样做你可知罪？我要用四句话上报北京，让你永远吃不上这碗逍遥饭。你听，这四句话对不对：戒历祭神不穿衣，违反僧纪把神欺。借要香钱索重赏，和尚心里有可疑。"说完就走出客厅。戒历吓傻了，一把拉住衙役的手："请问刚才说话的那个人是谁？""他就是知州大人奭良。"和尚哆嗦得挺不住架，口口声声求告衙役给说个情，他要决心改正，并献出五百两白银赎罪。奭良说："自知有罪，尚可从宽。今后不准你没多没少地要香钱，随施主自愿，更不准你光着膀子祭神。明天你把银子送到衙门里去吧！"戒历和尚合掌连声说："好！好！"

人物传说

175

时近中午，奭大人和衙役坐船奔长兴岛同德裕栈房。衙役向掌柜李嗣君说："这是知州奭良大人前来查航。"奭大人进客厅坐了不一会儿，就吩咐李掌柜领着他们到船上查看。只见船帆上写着"裕国通商"四个大字。奭良拉下脸说："李掌柜，你有什么资格'裕国通商'？你分明是向外盗取国宝。本州官要用四句话上报省府，你听合不合适：帆写裕国去通商，同德航船到外洋。平民眼中无王法，不起龙票敢出疆！"

李掌柜听了，赶紧跪下："求大人恕小民无知之罪！"他表示要痛改前非，安分守己。奭大人说："罚你一千五百两白银，赎私自出洋之罪，以观后效。要把帆上'裕国通商'四个字换成'复州同德裕航业'。罚金明天送到衙门。"李掌柜弯着腰不敢抬头，连声答应："是！是！"

完结了两起案子，已是玉兔东升，奭大人和衙役星夜回了城。从此，衙门里上上下下的官吏，谁也不敢小瞧、糊弄这位青年知州奭良了。

讲述：刘耀宣

搜集整理：宫涤生

黄贵将军的故事

大约在明朝前期，庄河沿海一带屡遭倭寇侵扰，人烟几乎绝迹。后来朝廷派黄贵将军率兵镇守，所辖沿海，东自大洋河口，西至碧流河口，海防线有好几百里长。

黄贵来到这里，把兵马驻扎好后，带领随从骑马顺着海边从西到东，又从东到西，仔细察看了地形，在沿海设立了三十多座墩台（即烽火台）和哨点。最费心思的是黑岛到南尖之间墩台的设计，既要做到大海湾对岸有事能立即报警，又要做到大海湾北边有事能马上互通信息。于是，就在黑岛凤凰山北紧靠河海汇流处的一座孤峰上设立了墩台。海湾东边，靠近海湾的一座高山上也设立了墩台。以这两处墩台为重点，大海湾北边，又在一些山头上设立若干个墩台。这个大海湾，就像张开的一张大网似的，随时准备擒拿倭寇。黄贵既有重点又兼顾全面地布置好海防后，就要选址建城，好作为长期防御倭寇的指挥中心。

有一天夜里，黄贵独自骑马走在深山旷野里，忽然看见一个老头儿迎面走来。到了跟前，老头儿作揖，说："将军，可把你盼来了！听说你要建城，我特来向将军进一言，切记建城地点必须具备二十四点条件，缺一不可……"老人的话没说完，突然从草丛里蹦出一只兔子，马一惊，差一点将黄贵颠下去。黄贵猛醒，原来是个梦。于是，黄贵就依据那二十四点条件，选择建城地址。

最先选择的地址是在一条潮沟的西边，可只具备十八点条件，没能用。这个地方从那时至今，仍叫十八点。又到潮沟东边选择了一个地方，只有二十二点条件，仍不能用。他的部下议论说："世上的事情哪能十全十美，差一差二不算差，就在这里建城吧。"黄贵沉思再三没点头。凑巧，黄贵夜间又做个梦，他信步走进一座深山古庙里，见到一位鹤发童颜的老道，手拿拂尘，笑迎说："将军是来上香，还是来布施的？"黄贵忙还礼："道长，实不相瞒，末将近来有一件疑虑难断的事……"黄贵就将要选址建城御倭寇的事细说了一番。老道听后，皱了一下眉头，对黄贵说："已选择的两个地址都不能用，尚缺'居高临下''一览无余'两个条件。'居高临下'山前找，'一览无余'冈上寻。"老道说完，只听远处千军万马奔腾而来，喊杀声惊天动地。黄贵惊出一身冷汗，从梦中醒过来。仔细一想，两梦异曲同工必有玄机，不能马虎从事。

第二天，黄贵把梦中的事对大伙说了，决定放弃第二个地址。这个被放弃的地址，后人仍叫大城。这里形成两个自然屯，就叫东大城和西大城——其实这里没有城。

黄贵率领部下到山前去察看地形，果然有一处好地址。北面、东西各是一条山冈，南面有一条黄泥岗伸向海，像宝剑似的。靠海沿是突出部，三面临水，一侧通陆，海边是悬崖峭壁。站在这里，向东、南、西瞭望，一览无

人物传说

177

余。黄贵一计算，这里正好够二十四点条件，就决定在这里建城。这座城建成后，在城北立了一座纪念碑，正面刻着"黄贵建造"四个大字。

黄贵领兵到这里镇守，倭寇多次来侵扰，都被打得狼狈逃窜。打跑了倭寇，逃难的老百姓又都回来，过上了安宁日子。黄贵有三个儿子，都随他来这里抵御倭寇。黄贵渐渐老了，有一天把三个儿子叫到跟前，说："我有一件事要对你们说。我曾遇见异人给我指点，我死后不要多花钱去发送，衣裳鞋帽不要给我穿，让我光身来光身去。切记，要把我的遗体送到南面潮沟里，就算你们尽了孝心。"儿子们听后都愣神了，便问："这是为什么？"黄贵含糊地说："天机不可早泄，久后倭寇还会来逞凶的。我就是为了百姓不再遭难，才叫你们这样做的。"三个儿子半信半疑，只好应承着。

后来，黄贵得病死了。三个儿子对料理父亲后事感到为难。一点衣裳不穿吧，父亲为国为民操劳一生，实在过意不去；给穿，又违背了父亲心愿。后来，老大说："不管怎么的，得给咱爹穿一条裤子。"两个弟弟都表示赞成。就这样，把黄贵的尸体葬到城南潮沟里去了。

自从黄贵葬到那里以后，每天都有云雾笼罩在潮沟的上空。从海南来了一个风水先生，觉得这种现象奇怪，认为有宝物献瑞，便进潮沟摸捞，结果把黄贵尸体捞上来了。只见上身变成龙体，下身穿裤子没变，树根挂住裤腿，没能冲进大海里。风水先生用木柴点火将尸体给烧成灰了。

后人为了纪念黄贵将军，便叫这里为黄贵城村。

高僧宏真的传说

庄河市的仙人洞国家森林公园被称为辽南小桂林，景色非常优美。在龙华山天台峰前侧的般若洞里有座庙，据说是明朝初期高僧宏真建的。现在那里还流传着高僧成佛显圣的传奇故事，般若洞被称为仙人洞就是这个原因。

黄贵城确实是黄贵率领军民在这一带御倭的指挥中心。许多当时设的烽火台，至今仍可寻其遗迹。元末明初，倭寇来犯，烧杀劫掠，无恶不作。今大连地区犹有"倭子上岸"这一民间俗语，口口相传已经六百余年，足见倭寇为害之烈，影响之深远。

明朝初年，浙江有个武举人名叫王洪真，父母都过世了，家境不大富裕，赶上大比之年，王洪真凑足盘缠，叫仆人挑了行李，自己带上一把宝剑就上路了。半路上，遇着一位进京赶考的文举人，名叫李春山。两人边走边聊，谈得很投机，就搭伴一起走。

一天，路经深山，忽然遇上瓢泼大雨，附近没有人家，只在山坳古松林里有一座古庙。二人领着仆人奔向古庙避雨。这座庙是个道观，只有一名老道守庙。老道长得清奇古怪，五十多岁。王、李二人向老道说明来意，老道让他们进屋避雨。大雨下个不停，走不了，只好又向老道借宿，老道也答应了。晚饭后，点上油灯闲谈，老道说他能断吉凶福祸。老道说："你俩将来都会有功果的，只是不同而已。"王、李便问："俺俩将来会有什么功果？"老道说："天机不可泄露。我可分别教给你们一种奇术，将来必有分晓。"说完分别教给王、李一种奇术。一夜无话。第二天雨过天晴，王、李二人拜别老道，领着仆人赶路进京。

到了京城，找馆驿住下后，二人便打听报名入考场的事情，听说主考官对赶考举人大肆勒索，进不了贡，有才华也甭想考中。李春山听后，便动了心思，要用老道教的奇术，做进贡之礼。他先打通关节，后拜见主考官。李春山说："后生愿献仙桃一盘，祝主考大人百福万寿！"主考官问："但不知仙桃在哪里？"李春山说："可请神仙马上送来。"说完，拿出毛笔在左手掌上画出一盘仙桃，念动咒语，吹了一口气，果然见左手上出现了一个脸盆大的盘子，里面装满了红艳艳的大仙桃。主考官乐坏了，忙把这盘仙桃收下。主考官为了讨好皇上，马上去禀奏，皇上立刻召见了李春山，叫李春山当场献仙桃。李春山果然又献出一盘大仙桃。皇上乐了，降旨让李春山免试，算是进士及第。李春山谢恩后，奏道："臣在路上相遇一位名叫王洪真的武举人，也会一种仙家奇术，请皇上验看。"皇上又召见了王洪真。皇上说："听说你会一种仙家奇术，当场演给朕看。"王洪真说："我演的是柳树梢上打碌子，树下落红粮。"说完，用毛笔在左手掌上画了一棵柳树和几盘碌子，念动咒语吹了一口气，左手往院里一扔，

人物传说

仙人洞上、下庙展示了唐宋时期的佛、道教文化遗产。上庙建在天然石窟内曰"般若洞"，洞中有洞、洞中有庙。庙分佛、道两家为全国一绝。下庙曰"圣水寺"。清代于其东增建"龙华观"。

果然出来一棵大柳树，只听柳树梢上几盘打场的碌碡叽里咕噜响，可是柳树下不见落红粮。皇上大怒，呵斥道："王洪真弄鬼，撵出去，不准入考场！"皇上这么一说，柳树梢上的碌碡都掉到了地上，一眨眼柳树和碌碡都不见了。王洪真憋了一肚子气，暗暗埋怨：被老道骗了。无奈，只好和仆人一起回家去了。到家后却发现老婆已经和别人鬼混上了，王洪真心灰意冷，决定离开家乡闯荡江湖。

王洪真边讨饭边走，一天，走到东海边一处船坞，见有一条大帆船装满货物，正要起航。一打听，是开往关东的金州、复州去的。他央求船老大，要坐船到关东一带讨饭求生。路上大海起了风浪，大船被浪打翻了。落海挣扎间，王洪真被两位法师搭救，进了慈航岛上的观海寺。看到佛门圣地清雅幽静，回想自己的遭遇，王洪真心想倒不如出家为僧。两位法师分别叫法海、法山，王洪真拜在他们面前说："弟子无依无靠，情愿出家为僧，求两位法师把弟子引进佛门。"两位法师给他取了法名叫宏真，并给他受戒。

光阴似箭，日月如梭，一晃三年过去了。法海法师说："海北荒芜之地，急需大施教化。若有佛门弟子前去广施教化，普济生灵，也是一番无量功果。"宏真听了，双手合十："阿弥陀佛！弟子愿去。"法山法师说："海北正需要你去。你先到金、复、盖三州寺院宣讲佛家经典，再到龙华山般若洞久居，自然功果无限。"

宏真收拾行李、经卷，准备到海北云游。船到金州海岸，宏真拜谢船老大，登陆云游去了。他先后花费两年多时间，走遍了金州、复州、盖州庙宇，每到一处都精心宣讲佛家经典，普劝世人弃恶向善。同时，每到一地都打听龙华山般若洞在什么地方。

他走遍龙华山，始终没见到有"般若洞"匾额的洞府。只有山峰前面悬崖上有个大洞，洞口石壁上刻着"藏君洞"三个大字，下面刻的小字是："薛仁贵征辽东，因一时失利，曾藏身于此洞，故名。"宏真白天出去化缘，晚间就宿在这个山洞里。一天夜间做梦，梦见了法海、法山两位法师，师徒相逢各叙别离之情。宏真问道："龙华山已经找到了，但不知般若洞在什么地方？"法山法师说："你现在藏身之所，就是佛家的般若洞，就是要把藏君洞改为般若洞。"宏真醒来，知道是佛祖对他的点化。

宏真又收了三个徒弟，在般若洞大兴佛事，前来听讲经说法的人越来多。一天，宏真领着三个徒弟到龙华山前游逛，走到东沟，宏真说："这里的沟像个'人'字，所以就叫人字沟。又叫东禅林，可以度化众生'抑恶扬善'。"来到西沟，宏真又说："这里的沟像个'人'字，又叫西禅林，可以度化众生'去愚求智'。"徒弟听了，只是答应着，却不解其中的意思。

后来，宏真只是在般若洞里打坐，很少下来，吃饭都是徒弟送上去的。一年春天，不知从什么地方来了一只猛虎，伤害了不少人畜。宏真吩咐一个徒弟到人字沟南岭上，念七七四十九天佛经，度化这只猛虎弃恶向善。这个徒弟遵从师命，每天日出来念经，日落归山。起先猛虎见到那个和尚在山头上念经，想要扑上去吃掉他。到了跟前，听着念经声和木鱼声很好听，就侧耳听下去。听着听着，恶念逐渐减少。这个和尚天天来念经，老虎夜间打点食吃，白天就来听经。到了七七四十九天，和尚和老虎都受到了佛祖的点化脱壳飞升了。他们的躯体变成了岩石，这就是至今尚存的"猛虎听经"。

宏真在般若洞修炼，逐渐减少饭食。徒弟问他什么事情，也很少应声，只是闭着眼打坐。有一天，宏真睁开眼睛，把两个徒弟叫到跟前说："有两件事需要告诉你们。一是龙华山般若洞久后必为道家所占，你们切不可同他们争高低。道家若有人来占，你们就远离这里让给他们。二是不久我将圆寂，圆寂后要在大雾天里为我送葬。从般若洞上口出去，一直向北走，杠在什么地方断了，就在什么地方安葬。"说完，双目又闭上了，不管徒弟问什么，就是闭口不应声。

又住了不多日子，高僧宏真果然圆寂了。两个徒弟忙于做棺材、念经等事，不必细说。送葬前一天，龙华山周围就放开大雾了。送葬这天，雾气更大，对面不见人。请来抬杠的人，就觉得像腾空驾云似的，走起来脚步很轻快，没觉得坡陡沟深，过河也没觉得有水。过了河向北走了不远，杠断了。

人物传说

立即就地开坑，把宏真遗体安葬了。安葬后，又放了一天大雾，天就晴了。有个风水先生事后到宏真墓地来察看，说这里是蟾地，主着这里，佛家名声将永远传留后世。

宏真圆寂后，当地有个武进士从京城往家走，路经盖州东南遇着一位老和尚迎面走来。老和尚对武进士说："你是龙华山一带的人吗？"武进士说："是，不知老法师有什么事？"老和尚说："我是龙华山般若洞的和尚，法名宏真。我要去西方云游，临走时一双靴子晒在般若洞门脸上面没拿进屋里，你回去告诉我的徒弟给收拾起来，再无别事。"武进士回来，到龙华山般若洞找到宏真的两个徒弟，说明来意，两个徒弟听了对着笑。武进士不明其故，便问怎么回事。两个徒弟说："宏真法师已经圆寂两个月了。"说完，忙到般若洞门脸上面一看，宏真法师那双靴子果然在那里晒着。这就在民间传开了宏真成佛显圣的故事。

后来，果然有个名叫邹教海的道士要占般若洞。邹教海标榜他是宏真的大弟子，并把高僧宏真说成是老道士。其实宏真并不是道士，而是和尚。至今这一带还流传着宏真法师的盛名，都说宏真成仙了，所以当地人把般若洞叫成了仙人洞。

讲述：宋绪宝、王世福

采录：张天贵

觉慧和尚成仙记

大黑山上有个朝阳寺，是辽南著名佛教寺院。俗话说，山不在高，有仙则灵，传说朝阳寺的住持觉慧大和尚不仅功德高尚，为人慈善，还是这座山上的得道神仙呢。

传说古时候这座大山并不出名，山上几座寺观里只有几个和尚和道士。他们都想在这座大山上苦修苦练，成仙得道，但却没有一个人升入仙境。

那时候，在金州城外大黑山的西麓，有一个穷孩子叫小虎。小虎十二岁那一年，金州一带大旱，饥饿的穷人们把附近一带的树皮、草根都吃光了。小虎的娘活活饿死了，爹爹也连累加饿，病得起不来炕，眼看就要咽气了。怎么能救爹爹一命呢？小虎想来想去，忽然想起听人说过：穷人家的孩子要是舍在庙里当和尚，不光孩子可以活命，大人也能够得到菩萨的保佑。想到这儿，小虎便含着眼泪对爹爹讲明了自己的想法，第二天便到大黑山半山腰的朝阳寺当了和尚。剃度之前，小虎向老和尚悟真讲了自己出家当和尚的目的，悟真听了点点头，念了句"阿弥陀佛"，便替小虎剃了头，取名叫觉慧。其实，朝阳寺的老和尚悟真也并没有多少慈悲。他成天想的只是自己怎样成仙得道，对别人的死活根本不挂在心上。小虎出家两个多月了，他不但没给小虎的爹爹求过一次佛，也不准小虎回家看望爹爹。两个月以后，小虎的爹爹终于连病加饿咽了气。小虎知道这个消息后，哭得死去活来，可是老和尚悟真竟不准他回家埋葬爹爹。

这朝阳寺里先前有一个小和尚觉明，是城里一个有钱人家的孩子，为了求福躲灾，临时舍到庙里来的。老和尚悟真原先待觉明就很好，等小虎来了以后，他便让觉明成天念经、打坐，把干活的事都压在小虎一个人身上。可怜的小虎每天除了磨米、煮饭、担水，上午和下午还要砍回两担柴，砍少了，不是挨骂，就是捞不着饭吃。日子久了，附近的柴火渐渐砍光了，小虎只好翻山越岭到深山老林去砍。这一带的深山老林里，到处都是狼虫虎豹。小虎一听见狼嗥虎啸，便吓得浑身打战。他想：要是老是上这儿来砍柴，早晚还不得喂狼嘛！可是，别处的柴火都砍光了，不上这儿来上哪儿去呢？

有一天，小虎正砍着柴火，隐隐约约地听见老远的地方有人在召唤："小孩小孩，赶快来玩——"小虎以为是山下哪个村子的孩子们在玩耍，便又低下头去砍柴。可是，当他一低下头，喊声便又传过来，一抬头，喊声又没有了。小虎就想：这是在召唤我吗？真奇怪。再听听，喊声就又传来了。小虎忘记了砍柴，顺着声音去找。可是，听起来很近的喊声，找起来却费了时辰。小虎翻了三十六道岭，爬了七十二面坡，来到一片老林跟前，才清楚地听到喊声从老林深处传来。他三步并作两步钻进老林，只见参天高的大树底下，花花绿绿的大草地上，有两个小胖孩在嬉戏玩耍，他们头上梳着小辫

朝阳寺又称明秀寺，位于大黑山西麓，始建于明代。寺院依山谷而建，山明水秀，负阴抱阳。值数九隆冬，亦和暖如春。曾有"朝阳霁雪"之美誉，是为金州古城八景之一。 清雍正六年（1728年）改称朝阳寺，占地面积约三万平方米，为二进院落，三道山门。第一道山门为垂花门，门楣上"朝阳古寺"四个镏金大字格外醒目。朝阳寺分前后两院，穿过第二道山门即可到达前院。第二道山门为牌楼造型，著名书法家启功先生所题"朝阳寺"蓝底金字的巨匾高悬其上，中国佛教协会原会长赵朴初先生所书"万德庄严"的横额悬于山门背面。

人物传说

子，身上穿着红兜兜，胖得招人喜欢。"小孩小孩，赶快来玩——"两个小胖孩喊了一声，便跑到小虎跟前，亲热地跟他一块玩耍起来。

打这以后，小虎每天都到这片老林里，跟两个小胖孩一起玩耍。日子久了，朝阳寺的老和尚发觉小虎天天回来得很晚，便问小虎到哪里去了。小虎不会撒谎，就照实说了。老和尚一听，眼珠子转了半天，忽然堆了笑脸对小虎说："觉慧，那两个小胖孩，八成是神仙。你明儿个上山的时候，我给你两根钢针，你别在那两个小胖孩的兜兜上，我就能够知道他们是什么神仙了。"老实的小虎不知是计，第二天跟两个小胖孩玩耍的时候，就把那两根钢针别在了他们的红兜兜上。原来两根针上都引着红线，一直通到朝阳寺。第二天，老和尚悟真便顺着红线往外找，直找到那片老林里，在草丛里发现了两棵大棒槌。两根钢针就别在两棵大棒槌叶子上。悟真一看哈哈大笑，急忙拿出竹刀竹铲，小心翼翼地把两棵大棒槌挖了出来，用手一掂，每棵都有一斤多重。悟真知道，这样大的棒槌，世上少有。凡人只要能吃上一口，就能升天成仙。回到庙里，悟真用红线把两棵大棒槌缠得紧紧的，放在煮饭锅里，让小虎烧火烀起来。小虎刚点上火，就见山下响水观的一个小道童奉师父之命来请老和尚去下棋。因为这棒槌要烀七七四十九天才能烀烂，所以悟真嘱咐小虎好生看锅，自己便下山会棋友去了。

小虎烧了一阵火，就听锅里传出一阵喊声："小孩小孩，赶快救俺——"一听这熟悉的声音，小虎顿时就明白了，这两棵棒槌原来就是老林里的那两个小胖孩啊。他赶忙揭开锅盖，用刀子把棒槌身上的红线挑断，只见"呼"的一股气，两棵棒槌不见了，就听那两个小胖孩叫他："小孩小孩，赶快喝口汤，麻溜往外跑！"

小虎用水瓢舀了半瓢煮棒槌的汤，喝上两口，扔下瓢就往外跑，刚跑出庙门，就觉得身子一飘，上了半空，脚底下有两朵白云托着。

原来他喝了棒槌汤，已经得道成仙了。

后来朝阳寺的老和尚悟真死了，那个小和尚觉明还俗了，小虎觉慧便下凡回了朝阳寺，当了方丈。他四处云游，为穷苦的百姓治病。方圆几百里的老百姓都知道金州朝阳寺有一位大和尚觉慧，为人慈善，医道高明。人们传颂着他的功德，传来传去，这座大山便被叫成了大和尚山，觉慧就成了这座山上的神仙了。

讲述：郑殿群

采录：周洪芝

人物传说

后　记

　　就像鲁迅的童年有个长妈妈一样，我们这个年龄，在农村长大的孩子，一般家里都有一个会讲故事的老人伴随成长。我小时候听姥爷讲过三条腿的红肚子蛤蟆的故事，听奶奶讲过狐狸精、黄仙、薛礼征东的故事。认字了，自己看《聊斋》，那些故事充满爱恨情仇、因果报应，让人又害怕又有点向往。

　　当大连传说的素材拿在手里的时候真是兴奋。大连传说故事浩繁，版本众多，大部分的故事搜集是在30多年前，最近的也是10多年前。大连各县市区政府、民间文艺研究机构及地方文化部门都曾投入大量人力物力进行民间采风，搜集整理。仅在大连图书馆，就有30余种资料本。感谢前辈们的辛勤劳动。由于时代局限，原始资料存在大量的时代印记，本书在搜集、整理、补充、改编的过程中，本着当代精神当下语言的编写原则，对有代表性的传说进行了重述。

　　大连有山有水，海岸线漫长，一山一石，一草一木，还有那丰富的海洋生物，孕育了极为生动的民间故事和神话传说。这里面既有大家熟知的大连、黑石礁、老虎滩等传说，又有很多不为大众所知，传播很少但又非常有趣、情节曲折的传说，比如龙王私访、金井锁蛟等。本书力图使语言符合目标读者的欣赏要求和习惯，在保留原民间传说的基本故事框架下，使用现代读者喜闻乐见的语言形式和叙述方式，共改编故事近60篇，采取新鲜的山海传说故事和大量精美的手绘插图相结合的手段，带给读者不一样的阅读感受。

　　沉浸在这些奇幻绚丽的传说中，身处这个海味城市，山海之间，天上飞的，水下游的，顿时充满了灵性。

本书是以半岛晨报社为核心团队协作而成的。

贾强，半岛晨报社美编，专栏画家，也是《人民日报》漫画栏目特约作者。他在承担报社极为繁重的工作之外为本书包揽全部绘图任务（包含《半岛晨报》见报专题《搜海漫记》图片）。不过，我想，画完此书，也许他可以给儿子讲很多新的故事了吧。

时间紧迫，水平有限，一定会有疏漏之处，敬请方家指正。

作　者